CB070463

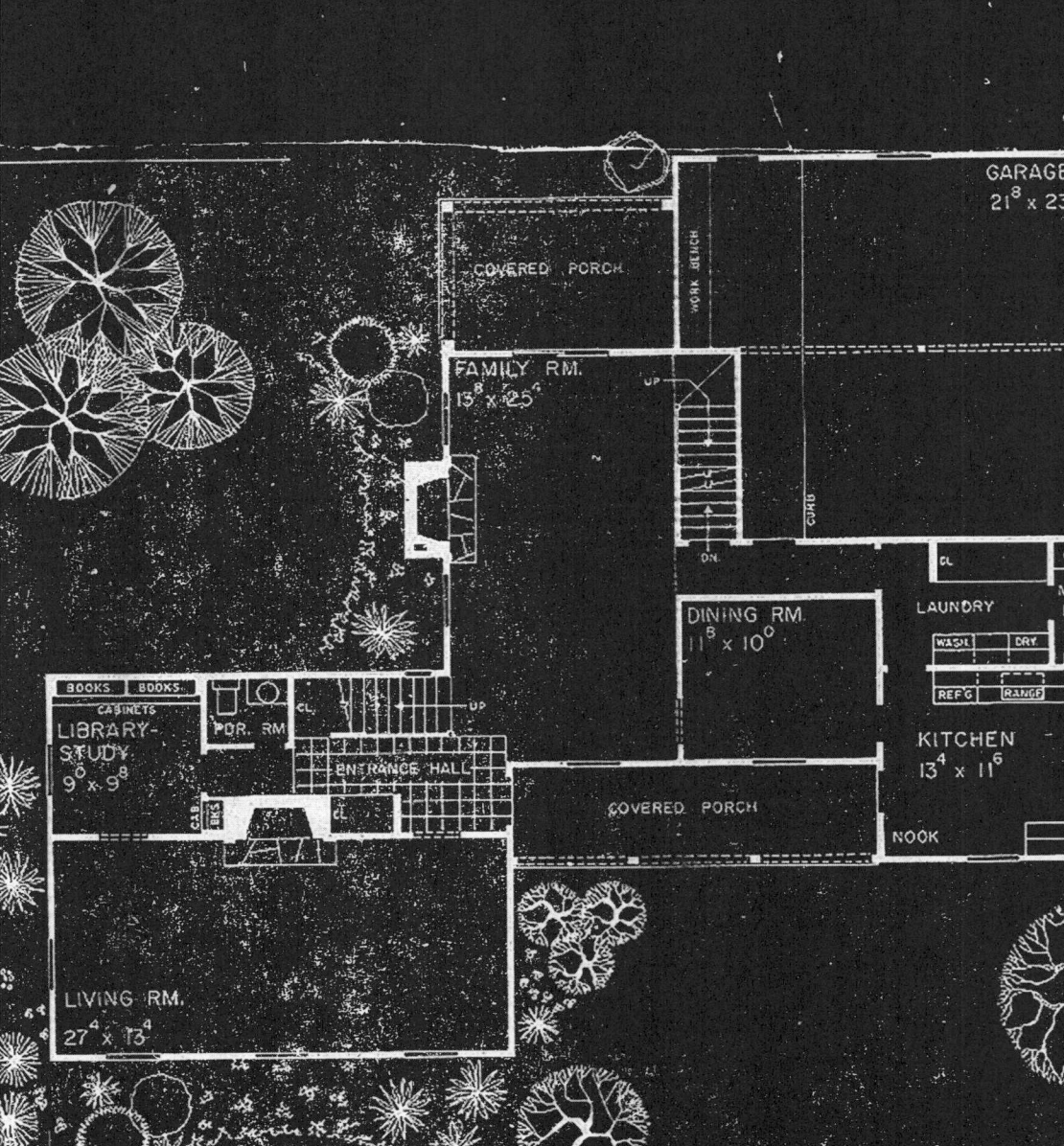

Design ~~maestro~~

1,508 Sq. Ft. — First Floor
1,776 Sq. Ft. — Second Floor
44,219 Cu. Ft.

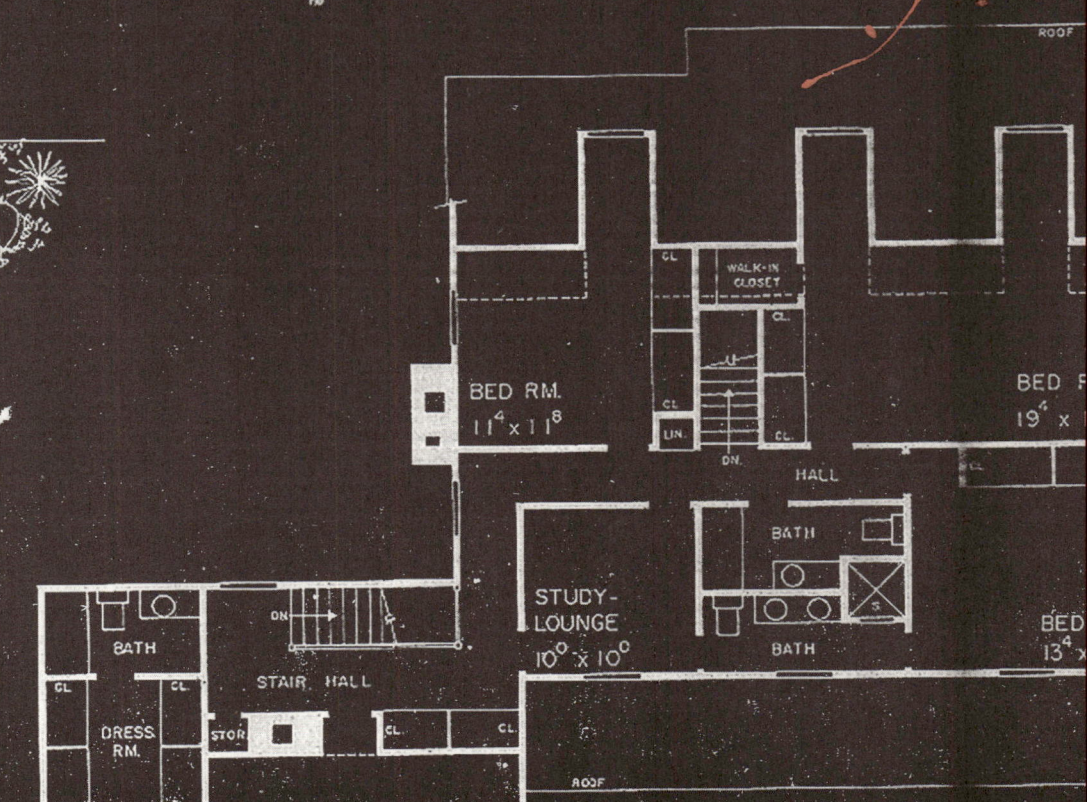

DADOS INTERNACIONAIS DE
CATALOGAÇÃO NA PUBLICAÇÃO (CIP)
Angélica Ilacqua CRB-8/7057

A garota da casa ao lado / Jack Ketchum ; prefácio de
Stephen King ; tradução de Ana Death Duarte.
— Rio de Janeiro : DarkSide Books, 2020.
320 p.

ISBN 978-65-5598-014-1
Título original: The Girl Next Door

1. Ficção norte-americana 2. Terror - Ficção I. Título
II. Duarte, Ana Death III. King, Stephen

20-2886   CDD 813.06

Índices para catálogo sistemático:
1. Ficção norte-americana

A GAROTA DA CASA AO LADO
THE GIRL NEXT DOOR © 1989 by Dallas Mayr
"DO YOU LOVE YOUR WIFE?" © 2005 by Dallas Mayr
"RETURNS" © 2002 by Dallas Mayr
Tradução para língua portuguesa
© Ana Death Duarte, 2020

Cada palavra carrega em si o poder de transformação. Esta safra reconhece a existência do belo e do feio, do sagrado e do obsceno, e principalmente da liberdade da literatura. Muitas mentes se permitiram enveredar pelas nuances macabras da vida para tornar essa obra possível. Celebremos, pois, a força sobrenatural que acompanha a nossa existência.

Fazenda Macabra
Reverendo Menezes
Pastora Moritz
Coveiro Assis
Caseiro Moraes

Leitura Sagrada
Clarissa Rachid
Jéssica Reinaldo
Luciana Sanches
Tinhoso & Ventura

Direção de Arte
Macabra

Impressão
Braspor

Ilustrações
Georges Seurat©

A toda Família DarkSide

MACABRA™ DARKSIDE

Todos os direitos desta edição reservados à
DarkSide® Entretenimento Ltda. • darksidebooks.com
Macabra® Filmes Ltda. • macabra.tv

© 2020, 2025 MACABRA/ DARKSIDE

INTRODUÇÃO
STEPHEN KING

JACK KETCHUM

a garota da casa ao lado

Tradução_ANA DEATH DUARTE

MACABRA
DARKSIDE

a garota da casa ao lado

- 13 **INTRODUÇÃO STEPHEN KING**
- 23 **PARTE 1**
- 69 **PARTE 2**
- 105 **PARTE 3**
- 143 **PARTE 4**
- 201 **PARTE 5**
- 275 **EPÍLOGO**
- 283 **NOTA DO AUTOR**
- 291 **CONTOS INÉDITOS**

INTRODUÇÃO

introduçã˜oo

UM PESADELO IMPOSSÍVEL DE ESQUECER

Já escrevi um pouco sobre Ketchum antes, dizendo que ele se tornou uma figura cult entre os leitores de gênero e um tipo de herói para aqueles de nós que escrevem histórias de terror e suspense. Isso é tão verdadeiro agora como era quando eu escrevi. Ele é, em um sentido real, a coisa mais próxima que temos de um Clive Barker norte-americano... embora isso seja mais uma questão de sensibilidade do que de história, pois Ketchum raramente, se é que alguma vez, lida com o sobrenatural. Isso dificilmente importa, no entanto. O que acontece é que nenhum escritor que o leu pode deixar de ser influenciado por ele, e nenhum leitor que percorre seu trabalho o esquece. Ele se tornou um arquétipo. Isso é uma verdade desde seu primeiro romance, *Off Season* (uma espécie de *A Noite dos Mortos-Vivos* mais literária), verdade esta que se sustenta em *A Garota da Casa ao Lado*, a obra definitiva de Ketchum.

O escritor com quem ele mais se assemelha, é Jim Thompson, o romancista mítico e impetuoso do final dos anos 1940 e 1950. Como Thompson, toda a obra de Ketchum foi publicada em brochura (pelo menos em seu país natal; ele foi publicado em capa dura uma ou duas vezes na Inglaterra), nunca esteve perto da lista de mais vendidos, dificilmente era resenhado fora de publicações de gênero como as revistas *Cemetery Dance* e *Fangoria* (onde, ainda assim, é raramente compreendido) — ele é quase desconhecido do público em geral. No entanto, como Thompson, ele é um escritor extremamente interessante, feroz e às vezes brilhante, com grande talento e uma visão sombria e desesperadora. Sua obra habita um universo que a maioria de seus colegas literários mais conhecidos não consegue nem abordar — falo de romancistas díspares como William Kennedy, E.L. Doctorow e Norman Mailer.

Dos romancistas norte-americanos em atividade, o único que tenho certeza absoluta que tem escrito histórias melhores e mais importantes do que Jack Ketchum é Cormac McCarthy. Este é um grande elogio a um obscuro escritor. Muitos que vão ler o romance a seguir não vão conseguir digeri-lo, mas é a verdade. Jack Ketchum é real. E, você deve se lembrar, o próprio Cormac McCarthy era um escritor obscuro e com problemas crônicos até publicar *Todos os Belos Cavalos*, um romance de caubói não muito parecido com seus livros anteriores. Ao contrário de McCarthy, Ketchum tem pouco interesse em linguagem densa e lírica. Ele escreve uma linha reta, como Jim Thompson, com um humor meio histérico irregular para alegrá-lo — penso em Eddie, o garoto louco de *A Garota da Casa ao Lado*, andando pela rua "sem camisa e com uma cobra preta viva presa entre os dentes". No entanto, o que realmente marca o trabalho de Ketchum não é o humor, mas o horror no estilo de Jim Thompson (leia *The Grifters* ou *O Assassino em Mim*, por exemplo, dois livros que Jack Ketchum quase poderia ter escrito). Ele é fascinado pelo horror existencial da vida — por um mundo onde uma garota pode ser implacavelmente torturada, não por uma mulher psicótica, mas por um bairro inteiro; um mundo em que até o herói chega tarde demais, é fraco demais e inseguro demais para fazer muita diferença.

A Garota da Casa ao Lado tem aí suas 300 páginas, mas ainda assim é um trabalho de considerável alcance e ambição. De certa forma, isso não me surpreende; além da poesia, o romance de suspense tem sido a forma mais proveitosa de expressão artística nos anos pós-Vietnã nos Estados Unidos (eles não foram anos bons para nós, artisticamente falando; na maior parte dos casos, os baby boomers se deram tão mal com a nossa arte quanto nós com nossas vidas políticas e sexuais). É sempre mais fácil fazer arte quando menos pessoas estão assistindo de forma crítica, e esse tem sido o caso do romance de suspense norte-americano desde *McTeague,* de Frank Norris, outra obra que Jack Ketchum poderia ter escrito (embora a versão de Ketchum provavelmente teria deixado de fora muito da conversa cansativa e seria bem mais curto... em torno de duzentas e poucas páginas, digamos).

A Garota da Casa ao Lado (a própria expressão evoca imagens de um romance idiota, mas de boa índole, com uma garota que caminha no crepúsculo e dança no ginásio da escola) começa como uma espécie de arquétipo dos anos 1950. É narrado por um garoto, como essas histórias quase sempre são (pense em *O Apanhador no Campo de Centeio, A Separate Peace*, meu próprio conto "O Corpo"), e abre (depois de um capítulo que é, na verdade, um prólogo) de uma maneira maravilhosa à la *Huckleberry Finn*: um garoto descalço com bochechas bronzeadas está esparramado sobre uma pedra no rio curtindo a luz do sol em pleno verão, pegando lagostins em uma lata. Aqui ele é acompanhado por Meg, uma garota bonita, com rabo de cavalo, 14 anos e, é claro, nova na cidade. Ela e sua irmã mais nova, Susan, ficam com Ruth, uma mãe solo que cria três filhos. Um desses garotos é o melhor amigo do jovem David (é claro), e o grupo passa as noites em frente à TV na sala de Ruth Chandler, assistindo a seriados como *Papai Sabe Tudo* e westerns como *Cheyenne*. Ketchum evoca os anos 1950 — a música, a insularidade da vida suburbana, os medos simbolizados pelo abrigo antiaéreo no porão de Chandler — com economia e precisão. Então ele agarra esse pedaço espetacularmente estúpido de mitologia nunca vista pela bainha e a vira do avesso com uma facilidade de tirar o fôlego. Para começar, o papai *certamente* não sabe tudo da família do jovem David; esse pai é um namorador compulsivo, cujo casamento está por um fio. David também sabe disso. "Meu pai tinha muitas oportunidades para ter casos extraconjugais, e ele as aproveitava", diz ele. "Ele se encontrava com elas tarde e se encontrava com elas cedo." É um fino chicote de ironia, mas com estilhaços de vidro na ponta — você sente de imediato, mas só depois percebe que dói.

Meg e Susan apareceram na casa de Chandler como resultado de um acidente de carro (alguém deveria estudar um dia sobre o sempre presente acidente de carro e seu impacto na literatura norte-americana). A princípio, parece que elas se dão muito bem com os meninos de Ruth — Au-au, Donny, Willie Jr. — e com a própria Ruth, o tipo de mulher descontraída que dá muitas risadas, fuma muito e não se incomoda de oferecer aos meninos uma cerveja fora da geladeira, se eles não contarem nada para os pais. Ketchum oferece diálogos maravilhosos e Ruth tem uma ótima voz, com arestas perfeitas e que soa apenas um pouco áspera em nossos ouvidos. "Aprendam uma lição, meninos", diz ela em um momento. "Tudo que vocês têm que fazer a qualquer momento é serem legais com uma mulher, e ela fará muitas coisas boas por vocês. Agora, Davy foi legal com Meg e ganhou uma pintura. [...] Garotas são bem fáceis. Este é o problema delas. Prometa a elas alguma coisa e, na metade das vezes, você pode conseguir o que quiser." O ambiente de cura perfeito e a figura de autoridade adulta perfeita para duas garotas traumatizadas, pode-se pensar, exceto que é com Jack Ketchum que estamos lidando aqui, e Ketchum não joga dessa maneira.

Nunca o fez, provavelmente nunca o fará. Ruth, apesar de toda a sua alegria cínica de garçonete amorosa e com boas intenções, está perdendo o controle da sanidade, mergulhando em um inferno de violência e paranoia. Ela é uma vilã hedionda, mas estranhamente prosaica, uma escolha perfeita para os anos Eisenhower. Nunca nos dizem o que há de errado com ela; não é por acaso que a frase mágica comum a Ruth e às crianças que passam algum tempo na casa dela é: *Não espalhe*. Essa frase poderia ser um resumo dos anos 1950, e neste romance todos levam isso a sério até que seja tarde demais para evitar as consequências.

No final, Ketchum está menos interessado em Ruth do que nas crianças — não apenas os Chandler e David, mas todos os outros que entram e saem do porão enquanto Meg é assassinada lentamente. É com Eddie que Ketchum se preocupa, e Denise, Tony, Kenny e Glen, e toda a turma dos anos 1950, os garotos com a testa suando e machucando os joelhos ao jogar beisebol. Alguns, como David, fazem pouco mais do que assistir. Outros acabam participando, até o ponto em que colaboram para escrever as palavras "Eu fodo. Me fode." em Meg com agulhas quentes. Eles pensam a respeito, assistem a TV, bebem Coca-Cola e comem sanduíches de manteiga de amendoim... e ninguém espalha. Ninguém interrompe a loucura que acontece no porão. É um cenário de pesadelo, em que *Dias Felizes*, *Laranja Mecânica* e *Os Muitos Amores de Dobie Gillis* encontram *O Colecionador*. Isso funciona não por conta do cenário suburbano perfeito de Ketchum, mas porque somos forçados a acreditar, contra a nossa vontade, que com a combinação certa de crianças alienadas e o adulto certo supervisionando o horror — e, acima de tudo, com a atmosfera certa da mente —, isso seria possível. Afinal, foi a época em que uma mulher chamada Kitty Genovese foi esfaqueada até a morte por quatro horas em um beco de Nova York. Ela gritou repetidamente por ajuda e muitas pessoas que viram o que estava acontecendo não fizeram nada para impedir. Ninguém sequer chamou a polícia. Não mencionaram nada. David, o narrador, é o personagem essencialmente decente do romance e, como tal, provavelmente está certo em se culpar pela conclusão no porão de Ruth Chandler; a decência é uma responsabilidade e também um estado de ser, e como o único humano presente que entende que o que está acontecendo é mau, ele é mais culpado do que as crianças moralmente vagas que queimam, cortam e abusam sexualmente da garota da casa ao lado. David não "participa" de nada disso, mas também não conta a seus pais o que está acontecendo na casa dos Chandler nem a denuncia à polícia. Parte dele até *quer fazer parte* disso. Sentimos uma espécie de satisfação quando Davy finalmente entra em cena, mas também o odiamos por não fazer isso antes.

    Se tudo o que sentíamos por esse narrador desonesto fosse ódio, *A Garota da Casa ao Lado* cairia da corda bamba moral em que anda, como fez *Psicopata Americano*, de Brett Easton Ellis. Mas David é talvez o personagem mais verdadeiro de Ketchum, a quilômetros dos pornócitos de Ellis, e sua complexidade dá a este livro uma ressonância que nem sempre está presente em seus romances anteriores. Sentimos pena dele, entendemos sua relutância inicial em dar atenção a Ruth

Chandler, que trata crianças como seres humanos, em vez de incômodos que sempre surgem, e também entendemos sua incapacidade letal de entender a realidade do que acontece.

"E então, às vezes, era mais como naquele tipo de filmes que vieram mais tarde, na década de 1960", diz David. "A sensação predominante que se tinha era a de habitar algumas fascinantes e hipnóticas densidades de obscura ilusão, de camadas e mais camadas de significados, que no fim indicavam uma total ausência de sentido, em que os atores com rostos inexpressivos se moviam de forma passiva por paisagens de pesadelos surreais, desprovidas de emoções, à deriva." Para mim, o brilhantismo de *A Garota da Casa ao Lado* decorre do fato de que, no final, eu aceitei David como legítimo, porém parte da minha visão de mundo, tão válida — e, de certa forma, indesejável — como Lou Ford, o xerife psicótico que ri, bate e mata ao longo das páginas de *O Assassino em Mim*, de Jim Thompson. Claro, David é muito mais decente que Lou Ford. É isso que o torna tão horrível.

Jack Ketchum é um romancista brilhante e visceral cuja percepção sombria da natureza humana talvez se aproxime apenas da de Frank Norris e Malcolm Lowry. Ele tem sido apresentado a seus leitores como o criador de suspenses que prendem a nossa atenção (em uma das versões de capas do livro, uma líder de torcida esquelética aparecia em destaque, uma imagem que não faz o menor sentido; o livro se parece com um dos romances góticos de V.C. Andrews ou um livro adolescente no estilo "acampamento aterrorizante" de R.L. Stine). Ketchum é puro suspense e seu ritmo nos prende totalmente ao livro, mas a apresentação de algumas edições o deturpam tão completamente quanto a dos romances de Jim Thompson também fizeram. *A Garota da Casa ao Lado* é um livro vivo como nenhum romance de V.C. Andrews jamais foi, de uma maneira que a maioria das obras de ficção popular nunca atingiu; Ketchum não apenas sugere terror, ele realmente o entrega. E, sem dúvida alguma, você não consegue parar de virar as páginas. Mas estas são páginas que você temerá virar. As ambições temáticas de Ketchum são serenas, mas amplas; no entanto, elas não interferem na tarefa principal do romancista, que é seduzir toda a atenção do leitor por meios justos ou sujos. A maior parte do trabalho de Ketchum é suja... mas, cara, sempre funciona.

A Garota da Casa ao Lado está muito longe da obra besta e sentimental de Waller, *Valsa Lenta em Cedar Bend*, ou das travessuras heroicas e inofensivas de *O Homem que Fazia Chover*, de Grisham, e pode ser por isso que Ketchum não é conhecido pelas pessoas que limitam suas leituras aos best-sellers do *New York Times*. No entanto, me parece que seríamos mais pobres em nossa experiência literária sem ele. Ketchum é um verdadeiro iconoclasta, um escritor realmente bom, um dos poucos fora do Círculo Escolhido que realmente importa. A obra de Jim Thompson permaneceu constantemente impressa e constantemente lida muito tempo depois que as obras de muitos do Círculo Escolhido saíram do mercado e do coração dos leitores. O mesmo certamente acontecerá com Jack Ketchum... exceto que eu gostaria que isso acontecesse antes que o meu amigo morresse, como foi o caso de Thompson.

Stephen King

Bangor, Maine
24 de junho de 1995

Este prefácio foi escrito por Stephen King bem antes da morte de Jack Ketchum, em janeiro de 2018, e ajudou a profetizar o lugar merecido entre os grande nomes do horror moderno. A força e a visceralidade das palavras de Ketchum ainda vivem e expurgam nossa alma. **[Nota da Fazenda Macabra]**

"Você tem que me dizer, bravo capitão /
Por que são tão fortes os iníquos? /
Como é que os anjos conseguem dormir /
Quando o diabo deixa a luz da varanda acesa?"
— "Mr. Siegal", Tom Waits —

"Eu nunca quero ouvir os gritos das adolescentes /
Nos sonhos de outras pessoas."
— "International Jet Set", The Specials —

"A alma, sob o fardo do pecado, não consegue voar."
— O Unicórnio, Iris Murdoch —

CAPÍTULO UM

Você acha que entende de dor?

Fale com a minha segunda esposa. Ela entende de dor. Ou acha que sim.

Ela diz que, uma vez, quando estava com seus 19 ou 20 anos, ficou no meio de uma briga de gatos, seu próprio gato e o de um vizinho, e um deles subiu nela como se fosse uma árvore, abriu talhos em suas coxas, seios e barriga, que podem ser vistos até hoje; aquilo a deixou assustada a ponto de cair sobre a centenária cristaleira da mãe, quebrando o melhor prato de cerâmica para tortas e retalhando uns quinze centímetros da pele das costelas enquanto o gato descia por ela novamente, todo cheio de dentes, garras e uma fúria salivante. Trinta e seis pontos foi quanto eu acho que ela disse que encarou. E uma febre que durou dias.

Minha segunda esposa diz que isso é dor.

Aquela mulher... ela não sabe de merda nenhuma.

Evelyn, minha primeira esposa, talvez tenha chegado mais perto.

Há uma imagem que a assombra.

Ela está de carro em uma autoestrada escorregadia por causa da chuva em uma manhã quente de verão, em um Volvo alugado, com o namorado ao lado, dirigindo devagar e com cuidado, porque sabe o quão traiçoeira pode ser uma chuva recente em ruas quentes, quando um Volkswagen a ultrapassa e perde o controle à frente. O para-choque traseiro do outro carro, com a placa "Viva Livre ou Morra", desliza para trás e beija a grade frontal do carro dela. Quase com gentileza. A chuva dá conta do resto. O Volvo vacila, gira, desliza por sobre um aterro e, de repente, ela e o namorado estão tombando pelo espaço; eles não têm peso e estão girando. O lado de cima está para baixo e depois para cima, e então para baixo novamente. Em algum momento, o volante quebra o ombro dela. O espelho retrovisor fratura seu pulso.

Em seguida, eles param de girar e ela fixa os olhos no acelerador acima de sua cabeça. Procura pelo namorado, mas ele não está mais lá: desapareceu, como em um passe de mágica. Ela encontra a porta do lado do motorista e a abre. Rasteja para fora, na grama molhada, levanta-se e espia em meio à chuva. E eis a imagem que a assombra: um homem que mais parece um saco de sangue, esfolado e jazido em frente ao carro, com borrifos vermelhos espalhados nos vidros.

Esse saco de sangue é o namorado dela.

E é por isso que *ela* chega mais perto de entender a dor. Mesmo que bloqueie o que sabe, mesmo que consiga dormir à noite.

Ela sabe que a dor não é apenas uma questão de machucar, de ter o próprio corpo atemorizado e reclamando de alguma invasão da carne.

A dor pode operar de fora para dentro.

Quero dizer que, às vezes, o que se vê é dor. Dor, em sua forma mais cruel, em sua forma mais pura. Sem remédios nem sono, nem mesmo choque ou coma para amenizar a dor para você.

Você vê a dor e a absorve. E então você é a dor.

Você é hospedeiro de um longo verme branco que corrói e devora, que cresce, enchendo seus intestinos, até que, por fim, você tosse em uma manhã e a coisa pálida que vem deslizando de sua boca surge como se fosse uma segunda língua.

Não, minhas esposas não têm conhecimento disso. Não exatamente. Embora Evelyn tenha chegado perto.

Mas eu tenho.

Para que essa conversa funcione, você vai ter que acreditar em mim em relação a isso.

Eu tenho esse conhecimento há um bom tempo.

Eu tento me lembrar de que todos nós éramos crianças quando essas coisas aconteceram, apenas crianças; mal tínhamos deixado de usar nossos gorros de pele de guaxinim estilo escoteiro — caramba! —, não totalmente crescidos ainda. É difícil acreditar que o que eu sou hoje é o que eu era naquela época, mas oculto e disfarçado agora. Crianças ganham segundas chances. Eu gosto de pensar que estou usando a minha.

Embora, depois de dois divórcios, dos ruins, o verme ainda esteja apto a corroer um pouco.

Ainda assim, eu gosto de me lembrar de que eram os anos 1950, um período de estranhas repressões, segredos, histeria. Penso em Joe McCarthy, embora eu mal me lembre de ter pensado nele naquela época, exceto quando me perguntava o que fazia o meu pai vir voando para casa do trabalho todos os dias para assistir às audiências da comissão na TV. Penso na Guerra Fria. Penso em exercícios de treinamento para casos de ataques aéreos no porão da escola e em filmes que vimos de testes atômicos: manequins de lojas de departamentos sendo implodidos, voando por salas de estar improvisadas, desintegrando-se, queimando. Penso em exemplares das revistas *Playboy* e *Man's Action* escondidos em papel de cera na beira do riacho, tão mofadas pelo tempo que a gente odiaria colocar as mãos nelas. Penso em Elvis sendo denunciado pelo reverendo Deitz na Igreja Luterana da Graça quando eu tinha 10 anos, e nos tumultos do rock n' roll nos shows de Alan Freed no Paramount.

Eu digo a mim mesmo que alguma coisa esquisita estava acontecendo, alguma grande coisa norte-americana parecia estar em ebulição, prestes a explodir. Isso acontecia em todo lugar, não apenas na casa de Ruth.

E, às vezes, isso torna mais fácil.

Aquilo que fizemos.

Tenho 41 anos agora. Nascido em 1946, exatos dezessete meses depois de lançarmos a bomba sobre Hiroshima.

Matisse tinha acabado de fazer 80 anos.

Eu ganho 150 mil por ano, trabalhando no pregão em Wall Street. Dois casamentos, sem filhos. Uma casa em Rye e um apartamento da empresa na cidade. Eu ando em limusines para ir à maior parte dos lugares, mas em Rye dirijo uma Mercedes azul.

Pode ser que eu esteja prestes a me casar novamente. A mulher que eu amo não sabe do que estou escrevendo aqui — nem minhas outras esposas tinham conhecimento de nada disso — e eu realmente não sei se algum dia pretendo contar a ela. Por que eu deveria fazer uma coisa dessas? Sou bem-sucedido, calmo, generoso, um amante diligente e atencioso.

E nada na minha vida esteve certo desde o verão de 1958, quando Ruth, Donny, Willie e o restante de todos nós conhecemos Meg Loughlin e a irmã, Susan.

CAPÍTULO DOIS

Eu estava sozinho perto do riacho, deitado de bruços em cima da Grande Pedra, com uma lata na mão, recolhendo lagostins. Já tinha dois deles em uma lata maior ao meu lado. Dos pequenos. Eu estava procurando pela mãe deles.

O riacho corria rápido ao meu lado. Eu podia sentir o borrifo nos meus pés descalços, suspensos perto da água. A água estava fria, e o sol, cálido.

Ouvi um som nos arbustos e olhei para cima. A garota mais bonita que eu já tinha visto na minha vida estava sorrindo para mim na margem do riacho.

Ela tinha pernas longas e bronzeadas, longos cabelos vermelhos presos em um rabo de cavalo e vestia shorts e uma blusa de uma cor bem clarinha, aberta no pescoço. Eu tinha 12 anos e meio. A garota era mais velha.

Eu me lembro de sorrir para ela em resposta, embora eu raramente fosse agradável com estranhos.

"Lagostins", falei. Joguei fora uma lata de água.

"É mesmo?"

Respondi que sim com um movimento de cabeça.

"Dos grandes?"

"Não esses daqui, mas dá para encontrar maiores."

"Posso vê-los?"

Ela desceu em um pulo da margem do riacho sem se agachar, exatamente como um menino faria, apenas colocando a mão esquerda no chão e saltando sobre a queda de quase um metro até a primeira pedra na linha que dava, em zigue-zague, no outro lado da água. Ela analisou o caminho um instante e então o cruzou até a Grande Pedra. Fiquei impressionado. Ela não hesitou nem um pouco, e seu equilíbrio era perfeito. Abri espaço para ela. De repente, havia esse cheiro limpo e agradável sentado próximo a mim.

Os olhos dela eram verdes. Ela olhou ao redor.

Para todos nós, naquela época, a Grande Pedra era algo especial. Ela ficava assentada no meio da parte mais profunda do riacho, com a água correndo límpida e rápida no entorno. Havia lugar para quatro crianças sentadas ou seis em pé. A Pedra tinha sido um navio pirata, o *Nautilus* de Nemo e uma canoa para Lenni Lennape, entre outras coisas. Hoje a água tinha pouco mais de um metro de profundidade.

Ela parecia feliz em estar ali, nem um pouco assustada.

"Nós a chamamos de Grande Pedra", falei. "Costumávamos chamá-la assim, quero dizer. Quando éramos crianças."

"Gostei", disse ela. "Posso ver os lagostins? Meu nome é Meg."

"Meu nome é David. Claro que pode."

Ela espiou dentro da lata. O tempo passou e não falamos nada. Meg ficou analisando eles um tempinho. Então se endireitou novamente.

"Legal."

"Eu só os pego e fico olhando para eles um pouco, depois os solto."

"Eles mordem?"

"Os grandes, sim. Mas não machucam a gente. E os pequenos só tentam correr, nada de mais."

"Eles parecem lagostas."

"Você nunca tinha visto um lagostim antes?"

"Não acho que existam lagostins em Nova York." Ela riu. Eu não me importei com isso. "Mas nós temos lagostas. Lagostas, *sim*, podem machucar a gente."

"Dá pra gente ficar com uma lagosta? Quero dizer, não dá pra ter uma lagosta como um bichinho de estimação ou algo assim, certo?"

Ela riu de novo.

"Não. A gente come as lagostas."

"Também não dá pra gente ficar com um lagostim. Eles morrem. Talvez um ou dois dias, no máximo. Mas ouvi dizer que as pessoas comem lagostins também."

"É mesmo?"

"É. Algumas pessoas comem, sim. Na Louisiana, na Flórida ou em algum outro lugar."

Nós olhamos para dentro da lata.

"Eu não sei", disse ela, sorrindo. "Não há muito o que comer aí dentro."

"Vamos pegar alguns dos grandes."

Nos deitamos em cima da Pedra, lado a lado. Peguei a lata e deslizei meus braços para dentro do riacho. O truque consistia em virar as pedras, uma de cada vez, devagar, de modo a não enturvar a água, e então estar com a lata preparada para o que quer que fosse coletado debaixo dela. A água era tão profunda que eu estava com as mangas da minha camiseta enroladas por completo até os ombros. Eu estava ciente do quão longos e magricelos os meus braços deveriam parecer para ela. Pelo menos era assim que eu os via.

Eu me sentia muito estranho ao lado dela. Desconfortável, porém empolgado. Ela era diferente das outras garotas que eu conhecia, da Denise ou da Cheryl, que moravam na minha quadra, ou até mesmo das garotas na escola. Antes de mais nada, ela era, talvez, cem vezes mais bonita do que elas. Na minha opinião, ela era mais bonita do que Natalie Wood. Provavelmente, ela também era mais inteligente do que as garotas que eu conhecia, mais sofisticada. Afinal de contas, ela morou na cidade de Nova York e tinha comido lagostas. E ela se movia exatamente como um menino. Meg tinha um corpo forte e havia uma graça tranquila nela.

Tudo isso me deixava nervoso, e eu perdi o primeiro dos lagostins. Não um dos grandões, mas maior do que os que nós tínhamos. Ele se moveu rapidamente para trás e foi para debaixo da Pedra.

Ela me perguntou se podia tentar pegar um. Eu lhe entreguei a lata.

"Nova York, hein?"

"É."

Ela enrolou as mangas de sua blusa para cima e mergulhou os braços na água. E foi então que notei a cicatriz.

"Caramba. O que é isso?"

A cicatriz começava na parte de dentro de seu ombro esquerdo e seguia até o pulso, como se fosse uma longa e contorcida minhoca cor-de-rosa. Ela viu para onde eu estava olhando.

"Acidente", disse ela. "Nós estávamos em um carro." Então ela voltou a olhar para dentro da água, onde dava para ver seu reflexo brilhando.

"Caramba."

Mas então ela não pareceu querer conversar muito depois disso.

"Você tem mais alguma cicatriz como essa?"

Eu não sei por que cicatrizes são sempre tão fascinantes para meninos, mas são fascinantes, esse é um fato da vida, e eu simplesmente não conseguia evitar. E não conseguia ficar de boca fechada ainda. Mesmo que eu soubesse que ela queria que eu me calasse, mesmo que nós tivéssemos acabado de nos conhecer. Fiquei observando enquanto ela revirava uma pedra. Não havia nada debaixo dela. Mas ela fez isso do jeito certo: não turvou a água.

Ela era incrível.

Meg deu de ombros. "Algumas. Essa é a pior."

"Posso vê-las?"

"Não. Acho que não pode, não."

Ela deu uma risada e olhou para mim de certo jeito, e entendi a mensagem. Então fiquei de boca fechada por um tempinho.

Ela virou outra pedra. Nada.

"Imagino que tenha sido ruim, não? O acidente?"

Ela não me respondeu, e eu não a culpei por isso. Eu sabia o quão inconveniente e idiota a pergunta era, o quão insensível, no instante em que a fiz.

Fiquei ruborizado e feliz por ela não estar olhando para mim.

Então ela pegou um lagostim.

A pedra deslizou e o lagostim veio para trás, direto para dentro da lata, e tudo o que ela teve que fazer foi trazê-lo para cima.

Meg despejou um pouco da água fora e inclinou a lata em direção à luz do sol. Dava para ver aquela bela cor dourada que os lagostins têm. A cauda dele estava para cima, as tenazes estavam se mexendo e ele estava andando e espreitando no fundo da lata, procurando por alguém com quem lutar.

"Você o pegou!"

"De primeira!"

"Que ótimo! E ele é incrível!"

"Vamos colocá-lo junto com os outros."

Ela despejou a água para fora da lata lentamente, de modo a não perturbar o lagostim e para não o perder, exatamente do jeito como deveria ser feito, embora ninguém tivesse dito isso a ela, e então, quando só havia mais ou menos uns dois centímetros e meio de água na lata, ela o deixou cair na lata maior. Os dois lagostins que já estavam lá deram ao novo bastante espaço, o que era bom, porque, às vezes, lagostins podem matar uns aos outros, eles matam os de sua própria espécie, e esses dois outros eram pequeninos.

Dentro de pouco tempo, o recém-chegado lagostim se acalmou, e nós ficamos lá sentados, observando-os. Ele parecia primitivo, eficiente, mortal, bonito. Tinha uma cor linda e um padrão muito elegante.

Enfiei o dedo na lata para mexer nele novamente.

"Não faça isso."

Ela estava com a mão no meu braço. Era fria e macia.

Tirei o dedo de dentro da lata de novo.

Ofereci a ela um chiclete e peguei um para mim também. Então, tudo que dava para ouvir por um tempo era o vento soprando, com potência, em meio ao alto e fino gramado na margem do riacho, fazendo os arbustos farfalharem, o som do próprio riacho correndo veloz por causa da chuva da noite passada e nós dois mascando nossos chicletes.

"Você vai colocá-los de volta na água, certo? Promete?"

"Claro. Eu sempre faço isso."

"Que bom."

Ela soltou um suspiro e depois se levantou. "Eu tenho que voltar, eu acho. Temos que fazer compras. Mas primeiro eu queria dar uma olhada aqui nos arredores. Nunca estivemos em um bosque antes. Obrigada, David. Foi divertido."

Ela estava na metade do caminho pelas pedras no momento em que pensei em perguntar a ela...

"Ei! Voltar para onde? Aonde você está indo?"

Ela sorriu. "Nós estamos na casa dos Chandler. Susan e eu. Susan é minha irmã."

Então, eu também me levantei, como se alguém tivesse me puxado para cima, rápida e subitamente, com cordas invisíveis.

"Os Chandler? *Ruth*? A mãe do Donny e do Willie?"

Ela terminou de cruzar as pedras, virou-se e ficou me encarando. E alguma coisa no rosto dela, de repente, estava diferente. Cautela.

Isso me fez parar.

"Isso mesmo. Nós somos primos. Primos de segundo grau. Sou sobrinha da Ruth." A voz dela tinha ficado estranha para mim também. Soava monótona, como se houvesse alguma coisa que eu não deveria saber. Como se ela estivesse me contando e escondendo alguma coisa ao mesmo tempo.

Isso me deixou confuso por um instante. Eu tive a sensação de que, talvez, isso a tivesse confundido também.

Foi a primeira vez em que a vi ficar ruborizada. Até mesmo incluindo o lance da cicatriz dela.

Mas eu não deixei que isso me chateasse.

Porque a casa dos Chandler ficava bem ao lado da minha.

E Ruth era... bem, Ruth era o máximo. Mesmo que os filhos dela fossem uns imbecis, às vezes, Ruth era o máximo.

"Ei!", falei. "Nós somos vizinhos! A minha casa é aquela marrom ao lado da casa dos Chandler!"

Fiquei olhando enquanto ela subia pela margem do riacho. Quando chegou ao topo, ela se virou e o sorriso dela estava lá de volta, o límpido olhar aberto que Meg tinha no rosto quando se sentou ao meu lado na Pedra pela primeira vez.

Ela acenou. "Até logo, David."

"Até logo, Meg."

Legal!, pensei. Incrível. Verei a Meg o tempo todo.

Este foi o primeiro pensamento do tipo que tive na minha vida.

Eu me dou conta disso agora.

Naquele dia, naquela Pedra, estive cara a cara com a minha adolescência personificada em Megan Loughlin, uma estranha dois anos mais velha do que eu que tinha uma irmã, um segredo e longos cabelos vermelhos. Eu acho que revelava muito sobre minhas possibilidades futuras e, é claro, sobre as possibilidades dela, que isso tenha soado tão natural para mim, que eu tivesse saído inabalado disso e até mesmo feliz em relação à experiência.

Quando penso nisso, eu odeio Ruth Chandler.

Ruth, você era bela na época.

Tenho pensado muito em você... não, eu pesquisei sobre você, fui longe assim, escavei seu passado, estacionei do outro lado da rua, em frente àquele prédio de escritórios na Howard Avenue de que você sempre estava nos falando, onde você comandava todo aquele bendito show, enquanto os Meninos estavam fora, lutando A Grande Guerra, A Guerra Para Pôr um Fim a Todas as Guerras Parte Dois... Aquele lugar em que você era suprema e totalmente indispensável até que os "benditos pracinhas voltaram, andando pomposos e com orgulho, para casa novamente", como você dizia, e, de repente, você estava desempregada. Estacionei lá e o lugar parecia ordinário, Ruth. Parecia esquálido, triste e entediante.

Fui de carro, dirigindo até Morristown, onde você nasceu, e não havia nada lá também. É claro que eu não sabia onde sua casa devia ficar, mas certamente não conseguia ver seus grandes sonhos que foram desapontados nascendo lá também, naquela cidade. Eu não conseguia ver as riquezas que seus pais supostamente lançaram para cima de você, com as quais eles a banharam, eu não conseguia ver a sua frustração selvagem.

Fiquei sentado no bar de seu marido, Willie Sr.... Sim!... Eu o encontrei, Ruth! Em Fort Myers, na Flórida, onde ele está desde que a deixou com seus três pivetes barulhentos e uma hipoteca, durante todos esses trinta anos que se passaram, eu o encontrei bancando o barman para os cidadãos mais velhos, um homem agradável, amigável, cuja flor da juventude já murchou faz tempo... Fiquei lá sentado e olhei no rosto dele, nós conversamos, e eu não consegui ver o homem que você sempre disse que ele era, o garanhão, o "adorável canalha irlandês", ou o "fio d'uma égua". Para mim, ele parecia um homem que ficara mole e velho. Um nariz de beberrão, uma barriga de beberrão, uma bunda caída e gorda em uma calça larga. E parecia que ele nunca fora durão, Ruth. Nunca. Essa foi a surpresa.

Como se a dureza estivesse em outro lugar.

Então, o que aconteceu, Ruth? Era tudo mentira? Tudo não passava de suas próprias invenções?

Eu não ficaria surpreso com isso.

Ou, talvez fosse o caso de que, para você, canalizado por você, mentiras e verdades fossem a mesma coisa.

Eu vou tentar mudar isso agora, se puder. Vou contar nossa historiazinha. O mais direto e reto quanto me for possível deste ponto em diante, sem interrupções.

E eu estou escrevendo isso para você, Ruth. Porque eu nunca lhe dei o troco, não mesmo.

Então, eis o meu cheque. Há *muito* atrasado e sem fundos.

Desconte-o no inferno.

CAPÍTULO TRÊS

Cedo na manhã seguinte, eu fui andando até a casa ao lado da minha.

Eu me lembro de me sentir tímido em relação a isso, um pouco sem graça, e isso não era bem costumeiro, porque nada poderia ter sido mais natural do que ir ver o que estava acontecendo lá.

Era de manhã. Era verão. E era isso o que a gente fazia. A gente se levantava, tomava o café da manhã e depois saía e dava uma olhada em volta para ver quem estava onde.

A casa dos Chandler costumava ser o lugar por onde a gente começava.

Naquela época, a avenida Laurel era uma rua sem saída, não é mais agora, um único e raso corte no semicírculo de mata que fazia fronteira com o lado sul de West Maple e se estendia por talvez um quilômetro e meio atrás dela. Quando a estrada foi primeiramente cortada no início dos anos 1800, a mata era muito densa e alta pelo seu primeiro crescimento, e eles a chamavam de Pista Escura. Agora, toda aquela madeira nova se foi, mas ainda é uma rua silenciosa e bonita. Com árvores frondosas por toda a parte, cada casa era diferente da casa ao lado e não tão próxima das outras como se costuma ver por aí.

Ainda havia treze casas na quadra. A da Ruth, a nossa, cinco outras subindo a colina no nosso lado da rua e seis do lado oposto.

Todas as famílias, com exceção dos Zorn, tinham filhos. E todas as crianças conheciam todas as outras crianças como conheciam seus próprios irmãos. Então, se a gente queria companhia, sempre podia encontrar alguém lá perto do riacho ou do bosque de maçã silvestre ou no quintal da casa de alguém, quem quer que tivesse a maior piscina de plástico naquele ano ou o alvo para brincar de arco e flecha.

Se a gente queria dar um perdido, isso também era fácil. O bosque era profundo.

Nós nos autodenominávamos Os Meninos do Beco Sem Saída.

Nosso grupo sempre tinha sido um círculo fechado.

Tínhamos nosso próprio conjunto de regras, nossos próprios mistérios, nossos próprios segredos. Tínhamos uma hierarquia e a aplicávamos plenamente. Éramos acostumados com as coisas desse jeito.

Mas agora havia alguém novo no pedaço. Alguém novo na casa da Ruth.

Parecia divertido.

Especialmente por quem era *este* alguém.

Especialmente porque era *aquela* casa.

Parecia divertido pra caramba mesmo.

Ralphie estava agachado perto do jardim das pedras. Devia ser por volta de oito horas da manhã, e ele já estava sujo. Havia faixas de suor e terra por todo o rosto dele, pelos braços e pelas pernas, como se ele tivesse corrido a manhã inteira caindo *com tudo* no chão, em profundas nuvens de poeira. Tropeçando frequentemente. O que provavelmente tinha acontecido, conhecendo o Ralphie. Ele tinha 10 anos, e eu acho que nunca o vira limpo por mais de quinze minutos na minha vida. Os shorts e a camiseta dele estavam com crostas pesadas também.

"Ei, Au-au."

Com exceção da Ruth, ninguém o chamava de Ralphie; era sempre Au-au. Quando queria, ele conseguia soar como a Mitsy, basset hound dos Robertson, mais do que a própria Mitsy, por isso o apelido.

"Ei-ei, Dave."

Ele estava revirando pedras, observando enquanto insetos de batata e centopeias fugiam para longe da luz. Mas eu podia ver que ele não estava interessado neles. Ele continuava movendo uma pedra depois da outra. Revirando-as, deixando-as cair novamente. Ele estava com uma lata de feijão-manteiga a seu lado e ficava mexendo nela também, mantendo-a por perto, ao lado dos joelhos cobertos de cicatrizes, enquanto passava de uma pedra à outra.

"O que é que você tem aí dentro dessa lata?"

"Minhocas", disse ele.

Ele ainda não tinha olhado para mim. Estava se concentrando, franzindo o cenho, movendo-se com aquela energia nervosa e irregular que era marca registrada do Au-au. Como se ele fosse um cientista prestes a chegar a uma incrível e fantástica descoberta e desejasse que a gente simplesmente o deixasse em paz e sozinho, droga, para que ele continuasse seu trabalho.

Ele virou mais uma pedra.

"O Donny está por aqui?"

"Sim", ele assentiu.

O que queria dizer que o Donny estava lá dentro. E, como eu meio que estava me sentindo nervoso em relação a entrar, fiquei com ele por um tempinho. Ele colocou uma das pedras grandes em pé. E, ao que parecia, encontrou aquilo que estava procurando.

Formigas-lava-pés. Havia um enxame delas ali debaixo da pedra: centenas, milhares de formigas-lava-pés. Todas ficando loucas com a repentina luz.

Eu nunca gostei de formigas. Nós costumávamos colocar bules de água para ferver e depois despejávamos essa água nelas sempre que decidiam que seria legal subir pelos degraus da varanda da frente da nossa casa, o que, por algum motivo, elas faziam uma vez a cada verão. Era ideia do meu pai, mas eu a aprovava por completo. Achava que água fervente era exatamente o que as formigas mereciam.

Eu podia sentir o cheiro de iodo delas com o cheiro de terra úmida e grama molhada.

Au-au empurrou a pedra para longe e então enfiou a mão na lata de feijões. Ele tirou dali uma minhoca e depois pegou uma segunda minhoca e as deixou cair em cima das formigas.

Ele fez isso de uma distância de mais ou menos um metro. Como se estivesse bombardeando as formigas com carne de minhoca.

As formigas responderam a isso. As minhocas começaram a rolar e a se contorcer quando as formigas descobriram sua carne cor-de-rosa e macia.

"Irado, Au-au", falei. "Isso é mesmo irado."

"Eu encontrei algumas formigas das pretas por ali", disse ele, apontando para uma pedra no lado oposto da varanda. "Sabe, das grandes. Vou pegá-las e colocá-las com essas daqui. Começar uma guerra de formigas. Quer apostar em quem vai ganhar?"

"As formigas-lava-pés vão ganhar", falei. "As formigas-lava-pés sempre ganham."

Isso era verdade. As formigas-lava-pés eram ferozes. E esse jogo não era novidade para mim.

"Eu tenho outra ideia", falei. "Por que você não enfia sua mão aí dentro? Finge que é o filho do King Kong ou algo do gênero."

Ele olhou para mim. Eu podia ver que ele estava considerando a possibilidade. Então, ele abriu um sorriso.

"Nem", disse ele. "Isso é coisa de retardado."

Eu me levantei. As minhocas ainda estavam se contorcendo.

"Até mais, Au", falei.

Subi as escadas até a varanda. Bati na porta telada e entrei na casa.

Donny estava estirado no sofá, vestindo apenas a cueca samba-canção branca e amarrotada com a qual havia dormido. Ele era apenas três meses mais velho do que eu, mas era muito maior no peito e nos ombros, e agora, recentemente, estava desenvolvendo uma bela de uma barriga, seguindo o exemplo do irmão, Willie Jr. Não era uma coisa bonita de se ver, e eu me perguntava onde estaria Meg agora.

Ele tirou os olhos de um exemplar do gibi *Plastic Man* e olhou para mim. Eu meio que largara os quadrinhos desde que o Código dos Quadrinhos surgira, em 1954, e a gente não tinha mais como conseguir a *Web of Mystery*.

"Como vai, Dave?"

Ruth estivera passando roupa. A tábua de passar estava apoiada em um canto e dava para sentir aquele cheiro forte, penetrante e almiscarado de tecido limpo superaquecido.

Olhei ao redor.

"Muito bem", respondi. "Onde está todo mundo?"

Ele deu de ombros. "Foram fazer compras."

"*Willie* foi fazer compras? Você está de brincadeira!"

Ele fechou o gibi e se levantou, sorrindo, coçando a axila. "Willie tinha dentista às nove horas. Willie está com *cáries*. Não é o máximo?"

Donny e Willie Jr. tinham nascido com uma hora e meia de diferença um do outro, mas, por algum motivo, Willie Jr. tinha dentes muito moles, e Donny, não. Ele sempre estava indo ao dentista. Nós demos risada.

"Ouvi dizer que você a conheceu."

"Quem?"

Donny olhou para mim. Acho que eu não enganava ninguém.

"Ah, a sua prima. É. Ontem, lá embaixo, perto da Pedra. Ela pegou um lagostim de primeira."

Donny assentiu. "Ela é boa nas coisas", disse ele.

Não era um elogio exatamente entusiasmado, mas, para Donny, e especialmente no caso de Donny falando de uma *garota*, era bastante respeitoso.

"Vamos lá", disse ele. "Espere aqui enquanto eu me visto e nós vamos ver o que o Eddie está fazendo."

Soltei um grunhido.

De todas as crianças na Laurel Avenue, Eddie era de quem eu tentava ficar longe. Eddie era doido.

Eu me lembro de Eddie descendo a rua uma vez, no meio de um jogo de beisebol de rua que nós estávamos jogando, sem camisa e com uma cobra preta viva presa entre os dentes. Menino da Natureza. Ele jogou a cobra para cima do Au-au, que soltou um grito, e então para cima de Billy Borkman. Para falar a verdade, ele ficou pegando a cobra, jogando-a para cima de todas as criancinhas e indo atrás delas, acenando com a cobra até que a concussão de bater na rua tantas vezes acabou machucando a cobra e aquilo não era mais divertido.

Eddie metia a gente em encrenca.

A ideia que Eddie tinha de uma grande diversão era fazer algo perigoso ou ilegal — de preferência, ambos: andar nas vigas mestras de uma casa em construção ou jogar maçãs silvestres em carros da ponte do riacho Canoe... e talvez escapar impune disso. Se a gente fosse pego ou se machucasse, tudo bem, era divertido. Se *ele* fosse pego ou se machucasse, ainda assim era divertido.

Linda e Betty Martin juravam que uma vez viram Eddie arrancando a cabeça de uma rã com uma mordida. Ninguém duvidava disso.

A casa dele ficava lá em cima na rua, do lado oposto à nossa, e Tony e Lou Morino, que moravam na casa ao lado da dele, disseram que ouviam o pai batendo nele o tempo todo. Praticamente todas as noites. A mãe e a irmã dele também apanhavam. Eu me lembro da mãe dele, uma mulher gentil e grande, com mãos ásperas e grossas de camponesa, chorando enquanto tomava café na cozinha com a minha mãe, o olho direito roxo e bem inchado.

Meu pai dizia que o sr. Crocker era bem agradável sóbrio, mas um bêbado desprezível. Eu não sabia disso, mas Eddie tinha herdado o temperamento do pai, e nunca se sabia quando ele surtaria para cima da gente. Quando isso acontecia, ele provavelmente pegaria um graveto, uma pedra ou usaria as próprias mãos. Todos nós tínhamos as cicatrizes em algum lugar. Mais de uma vez eu tinha sido vítima desses surtos dele. Agora eu tentava ficar longe.

Mas Donny e Willie gostavam dele. A vida com Eddie era empolgante, esse crédito tinha que ser dado a ele. Embora até mesmo eles soubessem que Eddie era doido.

Quando estavam perto de Eddie, eles endoideciam também.

"Vamos fazer assim", falei. "Vou andando com você até lá em cima, mas não vou demorar muito ali."

"Ah, qual é, vamos lá."

"Tenho umas coisas pra fazer."

"Que coisas?"

"Umas coisas."

"O que é que você vai fazer? Ir para casa ouvir os discos de Perry Como da sua mãe?"

Olhei feio para ele. Ele sabia que estava passando dos limites.

Todos nós éramos fãs de Elvis.

Ele deu risada.

"Como preferir, bom menino. Espera só um minuto que eu já volto."

Ele desceu o corredor até seu quarto e fiquei pensando em como eles organizaram as coisas agora que Meg e Susan estavam ali, em quem estava dormindo onde. Fui andando até o sofá e peguei o exemplar dele de *Plastic Man*. Virei as páginas e o coloquei no lugar de novo. Então, andei da sala de estar até a área de jantar, onde a roupa limpa de Ruth estava dobrada em cima da mesa, e por fim entrei na cozinha. Abri a geladeira. Como de costume, havia comida para sessenta pessoas ali.

Perguntei para o Donny: "Tudo bem se eu tomar uma Coca-Cola?".

"Claro. E abre uma para mim também, por favor?"

Tirei duas Coca-Cola da geladeira, abri a gaveta direita e peguei dali o abridor de garrafas. Dentro da gaveta, os talheres estavam todos empilhados, arrumados. Eu sempre achava estranho como a Ruth tinha toda essa comida o tempo todo e, ainda assim, tinha talheres apenas para cinco pessoas: cinco colheres, cinco garfos, cinco facas, cinco facas de cortar carne e nenhuma colher de sopa que fosse. Tirando nós, Ruth nunca teve nenhuma companhia, não que eu soubesse. Mas agora havia *seis* pessoas morando ali. Eu me perguntava se ela finalmente teria que ceder e comprar mais alguns talheres.

Eu abri as garrafas. Donny apareceu, e lhe entreguei uma delas. Ele estava com uma calça jeans, tênis Keds e camiseta. A camiseta estava apertada em cima da barriga. Dei um tapinha de leve na pança dele.

"É melhor você cuidar dessa barriga, Donald", falei.

"É melhor você se cuidar, bicha."

"Ah, certo. Eu sou bicha, é?"

"Você é retardado, isso sim."

"Eu sou retardado? Você é uma piranha."

"Piranha? *Garotas* são piranhas. Garotas e bichas são piranhas. Você é a piranha. Eu sou o Duque de Earl." Ele pontuou essa fala com um soco no meu braço, que eu retribuí, e nós nos acotovelamos um pouco.

Eu e Donny éramos tão próximos de melhores amigos quanto meninos chegavam a sê-lo naquela época.

Nós saímos pela porta dos fundos até o quintal, então demos a volta na entrada de carros até a frente da casa e seguimos até a casa do Eddie. Era uma questão de honra ignorar a calçada. Nós andávamos no meio da rua. Bebíamos goles de nossos refrigerantes. Nunca havia trânsito, de qualquer forma. "Seu irmão está mutilando minhocas no jardim das pedras", eu disse a ele, que olhou de relance para trás, por cima do ombro.

"Camaradinha fofo ele, não?"

"Então, como é a sensação?", perguntei a ele.

"Como é a sensação de quê?"

"De ter a Meg e a irmã dela por aqui?"

Ele deu de ombros. "Não sei. Elas acabaram de chegar." Ele tomou um gole de Coca-Cola, arrotou e sorriu. "Mas aquela Meg é bem bonita, não é? Caramba! Minha prima!"

Eu não queria fazer um comentário, embora concordasse com ele.

"Mas é prima de *segundo grau*, sabe? Faz diferença isso. Sangue ou algo do gênero. Eu não sei. Nunca tinha visto elas antes."

"Nunca?"

"Minha mãe disse que as vimos uma vez, mas eu era novo demais para me lembrar."

"Como é a irmã dela?"

"Susan? Tipo, nada. É só uma criancinha. Quantos anos ela tem, 11 ou algo assim?"

"O Au-au só tem 10 anos."

"É, certo. E o que o Au-au é?"
Não dava para discutir em relação a isso.
"Mas ela ficou bem zoada naquele acidente."
"A Susan?"
Ele assentiu e apontou para a minha cintura. "É. Quebrou tudo daí para baixo, foi o que a minha mãe disse. Todos os ossos que a gente tem. Dos quadris, das pernas, tudo."
"Caramba!"
"Ela ainda não anda muito bem. Está toda engessada. Ela está com aqueles... Como é o nome daquilo? Aquelas coisas de metal, bengalas que se prende nos braços e se segura nelas, e se arrasta com elas. Crianças com paralisia infantil usam esse negócio. Esqueci o nome. Como se fossem muletas."
"Caramba. Ela vai voltar a andar?"
"Ela anda."
"Quero dizer, normalmente."
"Não sei."
Terminamos de beber nossas Cocas. Estávamos quase no topo da colina, quase na hora de eu o deixar ali. Era isso ou sofrer nas mãos do Eddie.
"Os dois morreram, sabe?", disse ele.
Simples assim.
Eu sabia de quem ele estava falando, é claro, mas, por um instante, simplesmente não conseguia entender. Não de imediato. Era um conceito estranho demais.
Pais simplesmente não *morriam*. Não na minha rua. E, certamente, não em acidentes de carro. Esse tipo de coisa acontecia em outra parte, em lugares mais perigosos do que a Laurel Avenue. Essas coisas aconteciam em filmes ou livros. A gente ouvia a respeito disso nos programas de TV. A Laurel Avenue era uma rua sem saída. A gente andava no meio dela.
No entanto, eu sabia que ele não estava mentindo. Eu me lembrei de que Meg não queria falar sobre o acidente nem sobre as cicatrizes e fiquei forçando o assunto. Eu sabia que ele não estava mentindo, mas era difícil demais lidar com isso.

Simplesmente continuamos a andar juntos, e eu não dizia nada, só ficava olhando para ele, mas também não o estava vendo de verdade.

Estava vendo Meg.

Foi um momento muito especial.

Eu sei que Meg tinha alcançado certo glamour para mim naquela época. De repente, não era só o fato de que ela era bonita, inteligente ou capaz de cruzar o riacho sozinha: ela era quase irreal. Como ninguém que eu já tinha conhecido na minha vida nem provavelmente encontraria fora de livros ou das matinês do cinema. Como se ela fosse ficção, alguma espécie de heroína.

Eu a visualizei de novo lá na Grande Pedra e agora eu via essa pessoa que era realmente valente deitada próximo a mim. Eu vi o horror. Sofrimento, sobrevivência, desastre.

Tragédia.

Tudo isso em um instante.

Eu provavelmente estava de boca aberta. Creio que Donny achou que eu não sabia do que ele estava falando.

"Os *pais* da Meg, inútil. Pai e mãe. Minha mãe disse que eles devem ter morrido na hora. Que eles não souberam o que os atingiu." Ele soltou uma bufada. "O fato é que o que os atingiu foi um Chrysler."

E pode ter sido o rico mau gosto dele que me trouxe com tudo de volta ao normal.

"Eu vi a cicatriz no braço dela", eu disse a ele.

"É, eu vi também. Delicada, não? Mas você tinha que ver as da Susan. Cicatrizes por *toda* parte. É nojento. Minha mãe diz que ela tem sorte de estar viva."

"Provavelmente, sim."

"De qualquer forma, foi assim que elas vieram ficar conosco. Não há mais ninguém. Somos nós ou algum orfanato em algum lugar." Ele sorriu. "Sortudas elas, hein?"

E então ele disse uma coisa que me voltou à mente mais tarde. Na época, eu achava que era verdade, mas, por algum motivo, eu me lembrei disso. Eu me lembrei bem disso.

Ele disse isso assim que chegamos à casa do Eddie.

Eu me vejo parado no meio da rua, prestes a virar e voltar a descer a colina de novo, sair vagando, sozinho, para algum lugar, não querendo ter nada com o Eddie... pelo menos, não naquele dia.

Vejo Donny se virando para jogar as palavras por cima do ombro enquanto cruzava o gramado até o pórtico. Casualmente, mas com um jeito estranho de sinceridade, como se isso fosse o evangelho supremo.

"Minha mãe disse que Meg é a sortuda", disse ele. *"Minha mãe disse que ela se safou fácil."*

CAPÍTULO QUATRO

Passou-se uma semana e meia antes que eu a visse novamente, aqui e ali, levando o lixo para fora uma vez e arrancando ervas daninhas do jardim. Agora que eu conhecia a história inteira, ficava ainda mais difícil me aproximar dela. Eu nunca tinha lamentado por nada. Eu ensaiava o que poderia lhe dizer, mas nada soava certo. O que se diz para alguém que acabou de perder metade da família? Era como se o fato estivesse ali, de pé, como uma pedra que eu não conseguia escalar. Então eu a evitava.

Foi então que eu e a minha família fizemos a nossa viagem anual obrigatória até o Condado de Sussex para visitar a irmã do meu pai; sendo assim, durante quatro dias inteiros eu não tive que pensar nisso. Foi quase um alívio. Eu digo quase porque os meus pais acabariam se separando menos de dois anos depois disso, e a viagem foi horrível: três dias tensos de silêncio no carro na ida e na volta, cheios de uma alegria falsa, que supostamente beneficiariam minha tia e meu tio, mas nem isso aconteceu. Dava para ver minha tia e meu tio olhando um para o outro de vez em quando como se dissessem: "Meu Deus, tirem essas pessoas daqui".

Eles sabiam. Todo mundo sabia. Meus pais não teriam conseguido esconder moedinhas de um cego naquela época.

Porém, assim que estávamos em casa, voltei a pensar em Meg outra vez. Não sei por que nunca me passou pela cabeça simplesmente esquecer isso, que ela poderia não querer ser lembrada da morte dos pais mais do que eu queria falar sobre o assunto. No entanto, isso nunca passou pela minha cabeça. Eu imaginei que a gente tinha que falar *alguma coisa*, e eu não conseguia pensar direito no quê. Era importante para mim que eu não agisse como um completo imbecil em relação a isso. Era importante para mim não parecer um completo imbecil aos olhos de Meg, ponto final.

Eu pensava em Susan também. Em quase duas semanas, eu nunca a tinha visto. Isso contrariava tudo que eu sabia. Como se pode morar do lado da casa de alguém e nunca ver a pessoa? Eu pensava nas pernas dela e em Donny dizendo que era muito ruim olhar para suas cicatrizes feias. Talvez ela sentisse medo de sair. Disso eu entendia. Eu mesmo, nesses dias, vinha passando muito tempo dentro de casa, evitando a irmã dela.

Mas isso não podia continuar assim. Era a primeira semana de junho, começo do verão, portanto, época do Parque de Diversões dos Kiwanis.

Perder o Parque de Diversões era como perder o verão.

Diretamente do outro lado da nossa casa, nem mesmo a meia quadra de distância, havia uma velha escola de seis salas chamada Central School, onde costumávamos estudar quando éramos pequenos, da primeira à quinta série. Todo ano, eles montavam o Parque de Diversões lá no playground. Desde que tínhamos idade suficiente para conseguir permissão de atravessar a rua, nós íamos até lá e ficávamos olhando enquanto eles montavam tudo.

Durante aquela uma semana, estando perto assim do lugar, nós éramos as crianças mais sortudas da cidade.

Somente as vendas eram controladas pelos Kiwanis: os quiosques de comida, as cabines de jogos, as rodas da fortuna. Os brinquedos ficavam todos sob o controle de uma empresa turística profissional, e os funcionários do parque de diversões os colocavam em operação. Para nós, esses funcionários eram extremamente exóticos. Homens e mulheres de aparência bruta que trabalhavam com cigarros Camel presos entre os dentes, apertando os olhos para enxergar em meio à fumaça que espiralava e entrava nos olhos deles, desfilando tatuagens, calos e cicatrizes e cheirando a graxa e suor acumulado. Eles falavam palavrão e bebiam cervejas Schlitz enquanto trabalhavam. Como nós, eles não se opunham a cuspir os pulmões na terra.

Nós adorávamos o Parque de Diversões e adorávamos os funcionários de lá. A gente *tinha* que amar tudo aquilo. Em uma única tarde de verão, eles pegavam o nosso playground e o transformavam um campo de beisebol, uma área asfaltada e um campo de futebol, em uma cidade novinha em folha de lona e aço rodopiante. Eles faziam isso com tanta rapidez que a gente mal conseguia acreditar no que estava vendo. Era mágico, e todos os mágicos tinham sorrisos com dentes de ouro e tatuagens em que se lia "Eu amo a Velma" cravadas nos bíceps. Irresistível.

Ainda era muito cedo e, quando fui andando até lá, eles ainda estavam retirando os pacotes dos caminhões.

Era nesse momento que a gente não podia falar com eles. Eles estavam ocupados demais. Mais tarde, enquanto estivessem montando as coisas ou testando o maquinário, a gente podia entregar ferramentas a eles, talvez até mesmo conseguir um gole de cerveja. Afinal de contas, as crianças locais eram sua fonte de renda. Eles queriam que a gente voltasse naquela noite com amigos e a família, e geralmente eram amigáveis. Mas agora a gente tinha só que ficar olhando e não se meter no caminho deles.

Cheryl e Denise já estavam lá, apoiadas na cerca da barreira atrás da base do batedor e fitando em meio aos elos.

Fiquei lá, em pé, junto delas.

As coisas pareciam tensas para mim. Dava para ver o porquê. Era apenas de manhã, mas o céu parecia escuro e ameaçador. Uma vez, há uns poucos anos, tinha chovido em todas as noites de operação do Parque de Diversões, menos na quinta-feira. Todo mundo perdeu dinheiro quando isso aconteceu. Os apoios e os funcionários do parque trabalhavam com ares austeros agora, em silêncio.

Cheryl e Denise moravam lá em cima na rua, uma em frente à outra. Elas eram amigas, mas eu acho que isso era só por causa do que Zelda Gilroy, no programa *The Dobie Gillis Show*, costumava chamar de proximidade. Elas não tinham muita coisa em comum. Cheryl era uma morena alta e magricela que provavelmente seria muito bonita dentro de alguns anos, mas que agora era toda braços e pernas, mais alta do que eu e dois anos mais nova. Cheryl tinha dois irmãos: Kenny e Malcolm. Malcolm era apenas uma criancinha que às vezes brincava com Au-au. Kenny tinha quase a minha idade, mas estava um ano atrás de mim na escola.

Todas as três crianças eram muito quietas e bem-comportadas. Os pais deles, os Robertson, não levavam desaforo para casa, mas eu duvido que, por natureza, estivessem dispostos a se importar com o que alguém pensasse ou dissesse.

Denise era irmã do Eddie. Um tipo totalmente diferente.

Denise era irritável, nervosa, quase tão impulsiva quanto o irmão, com uma propensão acentuada para a zombaria. Como se todo o mundo fosse uma piada ruim e ela fosse a única nos arredores que sabia da parte engraçada da piada.

"É o *David*", disse ela. E ali estava a zombaria, só na forma como pronunciara meu nome. Não gostei disso, mas ignorei. Era assim que se lidava com Denise. Se ela não provocasse alguma reação, não teria recompensa, e isso fazia com que ela ficasse mais normal em algum momento.

"Oi, Cheryl. Denise. Como eles estão se saindo?"

Denise disse: "Eu acho que aquele é o Gira-Gira Maluco. No ano passado, foi onde eles colocaram o Polvo".

"Ainda pode ser o Polvo", disse Cheryl.

"Uh-hum. Está vendo aquelas plataformas?" Ela apontou para as largas placas de metal. "O Gira-Gira Maluco tem plataformas. Espere só até eles colocarem os carros para fora. Você vai ver."

Ela estava certa. Quando apareceram os carros, dava para ver que era o Gira-Gira Maluco. Como o pai e o irmão, Eddie, Denise era boa com coisas mecânicas, boa com ferramentas.

"Eles estão preocupados com a chuva", disse ela.

"*Eles* estão preocupados", disse Cheryl. "*Eu estou preocupada!*" Ela soltou um suspiro, exasperada. Foi muito exagerado. Eu sorri. Sempre havia alguma coisa docemente séria em relação a Cheryl. A gente só sabia que o livro predileto dela era *Alice no País das Maravilhas*. A verdade era que eu gostava dela.

"Não vai chover", disse Denise.

"Como é que você sabe que não vai chover?"

"Só não vai chover." Como se ela não fosse permitir que isso acontecesse.

"Está vendo aquilo ali?" Ela apontou para um caminhão imenso, cinza e branco, que estava indo para o centro do campo de futebol. "Aposto que é a Roda-Gigante. Foi lá que eles a colocaram no ano passado e no ano retrasado. Querem ir ver?"

"Claro", falei.

Nós demos a volta no Gira-Gira Maluco e em alguns barquinhos para criancinhas que eles estavam descarregando no macadame, andamos ao longo da cerca de malha de arame que separava o playground do riacho, cortamos caminho por uma fileira de tendas que estavam sendo erguidas para o jogo de lançar anéis e garrafas e outros do gênero e saímos no campo. Os suportes tinham acabado de abrir as portas para o caminhão. A cabeça de palhaço sorridente pintada nas portas estava aberta ao meio. Eles começaram a puxar para fora as vigas mestras.

Parecia mesmo a Roda-Gigante.

Denise falou: "Meu pai disse que alguém caiu da Roda-Gigante no ano passado em Atlantic City. A pessoa se levantou. Você alguma vez se levantou na Roda-Gigante?".

Cheryl franziu a testa. "É claro que não."

Denise se voltou para mim. "Eu aposto que você nunca fez isso, fez?"

Ignorei o tom dela. Denise se esforçava para ser uma tremenda de uma fedelha irritante o tempo todo.

"Não", falei. "Por que eu faria uma coisa dessas?"

"Porque é *divertido*!"

Ela estava com um grande sorriso no rosto e deveria ficar muito bonita quando sorria. Denise tinha bons dentes brancos e uma boca adorável e delicada. Mas sempre acontecia alguma coisa de errado com o sorriso dela. Sempre havia algo de maníaco, como se ela não estivesse realmente se divertindo tanto, apesar de querer que a gente pensasse que sim.

O sorriso dela também desaparecia rápido demais. Era irritante.

Foi o que aconteceu agora, e ela disse, de modo que somente eu conseguisse ouvir: "Eu estava pensando n'O Jogo antes".

Ela olhou bem para mim, com os olhos muito arregalados e séria, como se houvesse mais alguma coisa por vir, alguma coisa importante. Fiquei esperando. Achei que talvez ela esperasse que eu respondesse. Não respondi. Em vez disso, desviei o olhar na direção do caminhão.

O Jogo, pensei. Que ótimo.

Eu não gostava de pensar n'O Jogo. No entanto, enquanto Denise e alguns dos outros estivessem por perto, eu provavelmente teria que pensar nisso.

Isso tinha começado no início do último verão. Um bando de nós — eu, Donny, Willie, Au-au, Eddie, Tony e Lou Morino e, por fim, mais tarde, Denise — costumava se encontrar perto do pomar para brincar do que chamávamos de Comando. Nós brincávamos disso com tanta frequência que logo era apenas "O Jogo".

Eu não faço a mínima ideia de quem teve a ideia da brincadeira. Talvez tivesse sido o Eddie ou os Morino. Só pareceu acontecer conosco um dia e, daquele momento em diante, simplesmente estava lá.

N'O Jogo, um cara era "o cara". Ele era o Comandante. Seu território "seguro" era o pomar. O restante de nós era um pelotão de soldados acampados poucos metros acima em uma colina perto do riacho onde, quando éramos pequenos, brincávamos de Rei da Montanha.

Nós éramos um estranho bando de soldados, considerando que não tínhamos nenhuma arma. Eu acho que nós as havíamos perdido durante alguma batalha. Em vez disso, era o Comandante quem tinha as armas: maçãs do pomar, tantas quantas conseguisse carregar.

Em teoria, ele também tinha a vantagem da surpresa. Uma vez que estivesse preparado, ele saía de fininho do pomar, em meio aos arbustos, e atacava nosso acampamento. Com sorte, acertaria pelo menos um de nós com uma maçã antes de ser visto. As maçãs eram bombas. Se alguém fosse atingido por uma maçã, esse alguém estaria morto, estaria fora do jogo. Então, o objetivo era atingir tantas pessoas quanto você conseguisse antes de ser pego.

O Comandante sempre era pego.

Era esse o objetivo.

O Comandante nunca ganhava.

Ele era pego, porque, em primeiro lugar, todo o resto do pessoal estava sentado em uma colina de tamanho relativamente bom, observando e esperando pelo Comandante, e, a menos que a grama fosse muito alta e ele tivesse muita sorte, o Comandante tinha que ser visto. Lá se ia o elemento surpresa. Em segundo lugar, eram sete contra um, e o Comandante tinha apenas a base lá no pomar como único lugar "seguro", a poucos metros de distância. Então, ali estava você atirando as maçãs selvagemente por cima do ombro, correndo feito louco de volta para sua base, com um bando de crianças parecendo um bando de cachorros nos calcanhares, e talvez você conseguisse atingir um ou dois deles, mas, em algum momento, eles acabavam pegando *você*.

E, como eu digo, era esse o objetivo.

Porque o Comandante capturado era amarrado a uma árvore no bosque, com os braços presos atrás das costas, as pernas atadas, juntas.

Ele era amordaçado. Ele era vendado.

E os sobreviventes poderiam fazer qualquer coisa que quisessem com ele, enquanto os "mortos" ficavam olhando.

Às vezes, todos nós pegávamos leve, e, às vezes, não.

O assalto levava mais ou menos meia hora.

A captura poderia levar o dia todo.

No mínimo, era assustador.

É claro que Eddie saía impune sempre. Na metade do tempo, a gente ficava com medo de capturá-lo. Ele podia se voltar contra a gente, quebrar as regras, e O Jogo acabaria se transformando em um sangrento e violento vale-tudo. Ou, se a gente realmente o pegasse, havia sempre o problema de como soltá-lo. Se a gente tivesse feito alguma coisa a ele de que ele não gostasse, era como libertar um enxame.

Ainda assim, foi o Eddie quem nos apresentou a irmã.

E, uma vez que Denise fazia parte d'O Jogo, a natureza da brincadeira mudou por completo.

Não logo de cara. A princípio, era a mesma coisa de sempre. Todo mundo tinha turnos e você tinha o seu, e eu o meu, exceto que havia essa *garota* lá.

Mas, depois, nós começamos a fingir que tínhamos que ser legais com ela. Em vez de fazer turnos, nós a deixávamos ser o que quisesse. Parte das tropas ou Comandante. Porque ela era nova n'O Jogo, porque ela era uma garota.

E ela começou a fingir que tinha essa obsessão de pegar todos nós antes que nós a pegássemos. Como se fosse um desafio para ela. Todo dia seria *finalmente* o dia em que ela venceria no Comando.

Nós sabíamos que isso era impossível. Ela era uma péssima jogadora, para começo de conversa.

Denise nunca vencia no Comando.

Denise tinha 12 anos. Tinha cabelos cacheados de um castanho avermelhado, e sua pele era levemente coberta de sardas por toda a parte.

Denise tinha pequenos indícios de seios e claros, espessos e proeminentes mamilos.

Eu pensava em tudo isso agora e estava com os olhos fixos no caminhão, nos trabalhadores e nas vigas de aço.

Mas Denise não deixava o assunto de lado.

"É verão", disse ela. "Então, como é que nós não vamos brincar?"

Ela sabia malditamente bem por que nós não brincávamos, mas ela também tinha razão de certa forma: o que havia feito com que O Jogo parasse de ser jogado não passava do fato de que havia ficado frio demais. Isso e a culpa, é claro.

"Nós estamos um pouco velhos para isso agora", menti.

Ela deu de ombros. "Uh-huh. Talvez. Ou talvez vocês, meninos, sejam uns maricas."

"Pode ser. Mas eu tenho uma ideia. Por que você não pergunta ao seu irmão se ele é um maricas?"

Ela deu risada. "É. Claro. Certo."

O céu estava ficando mais escuro.

"Vai chover", disse Cheryl.

Os homens certamente achavam que ia chover. Com as vigas de aço, eles estavam puxando para fora os encerados de lona, espalhando-os sobre a grama, só por precaução. Eles estavam trabalhando rápido, tentando montar a Roda-Gigante antes de cair o aguaceiro. Eu reconheci um deles do último verão, um sulista magro, porém musculoso, chamado Billy Bob ou Jimmy Bob alguma coisa, que tinha dado a Eddie um cigarro que ele pedira. Só isso o tornara memorável. Agora ele estava martelando pedaços da Roda-Gigante e os juntando com um grande martelo, rindo de alguma coisa que o homem gordo dissera ao lado dele. A risada era alta e pungente, quase feminina.

Dava para ouvir o barulho do martelo e das engrenagens dos caminhões gemendo atrás de nós, dava para ouvir os geradores em funcionamento e os maquinários rangendo, e, então, um repentino estalido estacado, a chuva caindo forte na terra seca e compacta do campo. "Aí vem a chuva!"

Puxei minha camisa para fora da calça jeans e a botei em cima da minha cabeça. Cheryl e Denise já estavam correndo em direção às árvores.

Minha casa ficava mais perto dali do que a casa delas. Eu realmente não me importava com a chuva. Mas era uma boa desculpa para sair dali por um tempinho. Para longe de Denise.

Eu não conseguia acreditar que ela quisesse falar sobre O Jogo.

Dava para ver que a chuva não ia durar muito tempo. Estava caindo rápido demais, pesada demais. Talvez na hora em que a chuva tivesse acabado, algumas das outras crianças estariam andando por ali. Eu poderia dar um perdido nela.

Passei correndo por elas, que estavam juntas embaixo das árvores.

"Estou indo para casa!", falei. Os cabelos de Denise estavam grudados nas bochechas e na testa dela. Ela estava sorrindo de novo. A camisa dela estava ensopada e transparente.

Eu vi Cheryl esticando a mão na minha direção. Aquele longo braço ossudo pendendo.

"Nós podemos ir com você?", ela gritou.

Eu fingi que não ouvi. A chuva estava bem alta lá nas folhas. Imaginei que Cheryl não daria bola para isso. Continuei correndo.

Denise e Eddie, eu pensei. Rapaz! Que dupla!

Se alguém for me meter em encrenca qualquer dia, serão esses dois. Um ou outro ou os dois. Tem que ser.

Ruth estava no patamar pegando a correspondência da caixa de correios quando eu passei correndo pela casa dela. Ela se virou na entrada, sorriu e acenou para mim, enquanto a água descia em cascata pelas calhas.

CAPÍTULO CINCO

Eu nunca fiquei sabendo o que havia acontecido entre a minha mãe e Ruth, mas alguma coisa ruim ocorrera quando eu tinha 8 ou 9 anos.

Antes disso, muito antes da chegada de Meg e Susan, eu costumava passar noites dormindo com Donny, Willie e Au-au na dupla de camas de beliche que eles tinham no quarto. Willie costumava pular na cama à noite, então ele havia destruído alguns beliches com o passar dos anos. Willie estava sempre se atirando para cima de alguma coisa. Quando ele tinha uns 2 ou 3 anos, Ruth disse que ele havia destruído por completo o berço. As cadeiras da cozinha estavam todas sem dobradiças porque ele se estirava nelas. Mas as camas que tinham no quarto agora eram robustas. Elas haviam sobrevivido.

Desde o que quer que tenha acontecido entre minha mãe e Ruth, eu tinha permissão de ficar lá apenas bem de vez em quando.

Mas eu me lembro das noites daquela época, de quando éramos crianças. Ficávamos dando risada no escuro durante uma ou duas horas, sussurrando, cuspindo da parte de cima do beliche, e então Ruth entrava e gritava conosco, e íamos dormir.

As noites de que eu mais gostava eram aquelas em que o Parque de Diversões estava montado. Das janelas abertas do quarto que dava para o playground, podíamos ouvir música de Calíope, os gritos, o zunido e o ranger dos maquinários.

O céu ficava laranja-avermelhado, como se um incêndio estivesse ardendo em uma floresta, pontuado por vermelhos e azuis mais intensos, enquanto o Polvo rodopiava bem longe de nossa vista, atrás das árvores.

Sabíamos que o Polvo estava lá, afinal de contas, nós tínhamos acabado de sair dele, com as mãos ainda grudentas por causa do algodão-doce. No entanto, de alguma forma, era curioso ficarmos deitados, muito tempo depois de passada a hora em que deveríamos dormir, em silêncio, uma vez na vida, ouvindo e invejando adultos e adolescentes, imaginando os terrores e as emoções dos grandes brinquedos nos quais éramos novos demais para entrar e que eram a origem de todos aqueles gritos. Até que os sons e as luzes lentamente se esvaneciam, substituídos pela risada de estranhos enquanto eles voltavam para seus carros por toda nossa quadra, acima e abaixo.

Eu jurava que, quando fosse velho o bastante, seria o último a sair de lá.

E agora eu estava parado, sozinho na cabine de lanches, comendo meu terceiro cachorro-quente da noite e me perguntando que diabos eu ia fazer comigo mesmo.

Eu tinha andado em todos os brinquedos em que queria ir, tinha perdido dinheiro em todos os jogos e rodas da fortuna que o lugar oferecia, e tudo o que me restara era um minúsculo poodle de cerâmica para minha mãe enfiado dentro do meu bolso.

Eu tinha comido minha maçã do amor, minha raspadinha e minha fatia de pizza.

Dei uma volta com Kenny e Malcolm até que Malcolm ficou enjoado no Bombardeiro de Mergulho e, então, com Tony e Lou Morino, e com Linda e Betty Martin, até que eles foram para casa. Foi divertido, mas agora só restava eu. Eram dez horas.

E eu tinha ainda mais duas horas pela frente.

Eu tinha visto Au-au mais cedo. Porém, Donny e Willie Jr. não tinham dado as caras, nem Ruth, Meg ou Susan. Isso era estranho, porque Ruth geralmente gostava muito do Parque de Diversões. Pensei em ir até o outro lado da rua para ver o que estava acontecendo, mas isso significaria admitir que estava entediado, e eu não estava pronto para fazer isso ainda.

Decidi esperar um pouco.

Dez minutos depois, Meg chegou.

Eu estava tentando a minha sorte no número sete vermelho e considerando a possibilidade de comer uma segunda maçã do amor quando a vi andando devagar em meio à multidão, sozinha, trajando calça jeans e uma blusa de um verde bem vivo e, de repente, eu não me sentia mais tão tímido. Fiquei maravilhado com o fato de que não me sentia tímido. Talvez naquela época eu estivesse preparado para qualquer coisa. Fiquei esperando até que perdi no vermelho de novo e fui até ela.

E então era como se eu estivesse interrompendo alguma coisa.

Ela estava com o olhar fixo lá em cima na Roda-Gigante, fascinada, jogando um cacho de longos cabelos vermelhos para trás do ombro. Eu vi alguma coisa brilhar na mão dela enquanto pendia para o lado.

A Roda-Gigante era bem rápida. Lá em cima, as garotas estavam soltando gritos estridentes.

"Oi, Meg", falei.

Ela olhou para mim, sorriu e disse: "Oi, David". Então ela voltou a olhar para a Roda-Gigante.

Dava para notar que ela nunca havia andado em uma Roda-Gigante antes, só pelo jeito como olhava o brinquedo. Que tipo de vida era aquela, eu me perguntei.

"Legal, não é? Essa Roda-Gigante é mais rápida do que a maioria."

Ela olhou para mim de novo, toda animada. "É?"

"É. De qualquer forma, é mais rápida do que aquela da Playland. Mais rápida do que a do parque de Bertram Island."

"É bonita."

No meu íntimo, eu concordava com ela. Havia um deslizar suave e tranquilo de que eu sempre gostara, uma simplicidade de propósito de design que os brinquedos assustadores não tinham. Eu não sabia disso na época, com tanta precisão, mas sempre achei que a Roda-Gigante era graciosa, romântica.

"Quer andar nela?"

Ouvi o entusiasmo na minha voz e quis morrer. O que é que eu estava fazendo? A garota era *mais velha* do que eu. Talvez uns três *anos* mais velha do que eu. Eu estava louco.

Tentei voltar atrás.

Talvez eu fosse confundi-la.

"Quero dizer... eu iria com você nela, se você quisesse. Se estiver com medo, não me importo."

Ela deu risada. Eu senti a ponta da faca ser erguida da minha garganta.

"Venha", disse ela.

Ela pegou a minha mão e me conduziu até lá.

De alguma forma, eu comprei nossos bilhetes para o brinquedo, e nós entramos em um dos carrinhos da Roda-Gigante e nos sentamos. Tudo de que eu me lembro é da sensação da mão dela, cálida e seca no ar fresco da noite, os dedos esguios e fortes. Disso e das minhas bochechas que estavam de um vermelho intenso, lembrando-me de que eu tinha 12 anos e estava na Roda-Gigante com alguém muito próximo de uma mulher adulta.

E então o velho problema do que dizer veio à tona, enquanto eles carregavam o restante dos carros e nós subíamos até o topo. Resolvi o problema não dizendo nada. Ela parecia estar bem com isso. Ela não parecia nem um pouco desconfortável. Apenas relaxada e contente de estar aqui em cima olhando para baixo, para as pessoas e para todo o Parque de Diversões espalhado em volta dela, cheio de fios de luzes subindo pelas árvores até nossa casa, embalando gentilmente o carrinho para a frente e para trás, sorrindo, cantarolando uma melodia que eu desconhecia.

Então a Roda-Gigante começou a girar, ela deu risada, e eu pensei que este era o som mais feliz e mais legal que eu já tinha ouvido na minha vida e senti orgulho de mim mesmo por chamá-la para vir à Roda-Gigante, por fazê-la feliz e por fazê-la rir do jeito como riu.

A Roda-Gigante era rápida, e lá no topo reinava um silêncio quase completo. Todo o barulho do Parque de Diversões ficava lá embaixo, como se estivesse contido atrás de uma porta. E, com a roda, a gente mergulhava nele e então saía de novo, o barulho se perdendo ao longe rapidamente. No topo, na brisa fria, era como se não pesássemos nada, e fôssemos sair voando caso não nos apoiássemos na barra transversal.

Olhei para baixo, para as mãos dela na barra, e foi então que vi o anel, que parecia fino e pálido sob o luar. Cintilava.

Eu agi como se estivesse curtindo a vista, mas, na maior parte, era o sorriso dela e a animação em seus olhos que eu estava curtindo, a forma como o vento fazia pressão e fazia farfalhar a blusa sobre os seios dela.

Então nosso passeio tinha atingido o pico, e a roda girava com mais rapidez, o deslizar arrebatador em seu ponto mais gracioso, elegante e emocionante enquanto eu olhava para ela, cuja adorável face receptiva passava rápido em meio a uma moldura de estrelas e depois sobre a escola escura, e então pelas tendas de um marrom-claro dos Kiwanis, com seus cabelos sendo soprados para trás e depois para a frente, sobre suas bochechas. De repente, senti como se eu e aqueles dois ou três anos que ela havia vivido não passassem de uma pesada e terrível ironia, senti como se fossem uma maldição, e pensei, por um instante: isso não é justo. Eu posso dar isso a ela, mas isso é tudo, e simplesmente não é justo.

O sentimento passou. Quando o nosso tempo no brinquedo terminou, e esperávamos perto do topo, tudo o que restava era o prazer com o quão feliz ela parecia. E com o quão viva.

Agora eu conseguia falar.

"Você gostou?"

"Meu Deus, *amei*! Você vive me proporcionando bons momentos, David."

"Eu não consigo acreditar que você nunca tinha andado em uma Roda-Gigante antes."

"Meus pais... Eu sei que eles sempre pretendiam nos levar a algum lugar. No Parque Palisades ou algum outro. Mas acabou que nunca fomos."

"Eu fiquei sabendo de... tudo. Eu sinto muito."

Pronto. Eu tinha falado.

Ela assentiu. "O pior é a falta que eu sinto deles, sabe? E saber que eles não vão voltar mais. Só saber disso... Às vezes, a gente esquece e é como se eles estivessem de férias ou algo do gênero, e a gente pensa: droga, eu gostaria que eles ligassem. A gente sente falta deles. Esquece que eles se foram. Esquece que os últimos seis meses até mesmo aconteceram. Isso não é esquisito? Não é uma loucura? Então a gente se toca... que é real de novo. Eu sonho muito com eles. E eles estão sempre vivos nos meus sonhos. Nós estamos felizes."

Eu podia ver as lágrimas se acumulando em seus olhos. Ela sorriu e balançou a cabeça.

"Não me faça cair no choro", disse ela.

Estávamos no lado da descida agora, movendo-nos, com apenas cinco ou seis carros à nossa frente. Eu vi o próximo grupo esperando para entrar. Olhei para baixo, por cima do bar e notei o anel de Meg mais uma vez. Ela me viu olhando para ele.

"É a aliança de casamento da minha mãe", disse ela. "Ruth não gosta que eu a use muito, mas minha mãe teria gostado que eu a usasse. Eu não vou perdê-la. Eu nunca a perderia."

"É muito bonita."

Ela sorriu. "Melhor do que as minhas cicatrizes?"

Fiquei ruborizado, mas estava tudo bem, ela só estava brincando comigo. "Muito melhor."

A Roda-Gigante se deslocou para baixo de novo. Apenas mais dois vagões. O tempo se movia como em um sonho para mim, mas, mesmo assim, movia-se rápido demais. Eu odiava ver que estava acabando.

"Como é lá?", perguntei. "Na casa dos Chandler?"

Ela deu de ombros. "É ok, eu acho. Não é como nosso lar. Não do jeito como era. Ruth é meio... estranha, às vezes. Mas acho que ela tem boas intenções." Ela fez uma pausa. "Au-au é um pouco esquisito."

"É, pode-se dizer que sim."

Nós rimos. Embora o comentário sobre Ruth tivesse me deixado confuso. Eu me lembrei da reserva na voz dela, da frieza daquele primeiro dia lá perto do riacho.

"Vamos ver", disse ela. "Eu imagino que leve um tempinho para a gente se acostumar com as coisas, não?"

Nós tínhamos chegado embaixo agora. Um dos funcionários do parque de diversões ergueu a barra transversal e segurou o vagão, mantendo-o firme com o pé. Eu mal o notei. Nós saímos do brinquedo.

"Eu vou lhe dizer uma coisa de que eu *não* gosto", disse ela.

Ela falou isso quase em um sussurro, como se talvez esperasse que alguém fosse ouvir e depois contar a outra pessoa — e como se fôssemos confidentes, iguais, e estivéssemos conspirando juntos.

Eu gostei muito disso. Eu me inclinei, aproximando-me dela.

"O quê?"

"Aquele porão. Eu não gosto nem um pouco dele. Daquele abrigo."

CAPÍTULO SEIS

Eu sabia do que ela estava falando.

Em seu tempo, Willie Chandler Sr. tinha sido bem habilidoso.

Habilidoso e um pouco paranoico.

Então eu acho que, quando Khrushchev disse nas Nações Unidas: "Nós vamos enterrar vocês", Willie Sr. deve ter dito alguma coisa como: "Nem ferrando que você vai fazer isso", e ele mesmo construiu um abrigo antibombas no porão.

Tratava-se de uma sala dentro de uma sala, com quase dois metros e meio de largura e dois de altura, modelada estritamente de acordo com especificações do governo. A gente descia pelas escadas da cozinha, passava pelas latas de tinta empilhadas debaixo da escada, pela pia e então pela lavadora e secadora, virava em um canto e cruzava uma pesada porta de metal com ferrolhos — originalmente, a porta que dava para um refrigerador de carne — e estava dentro de um compartimento de concreto pelo menos dez graus mais frio do que o restante do lugar, escuro e com cheiro de bolor.

Não havia nenhuma tomada elétrica nem instalação de luz ali.

Willie havia pregado vigas mestras de aço às vigas do chão da cozinha e feito apoio para elas com espessos postes de madeira. Ele havia fortificado com sacos de juta cheios de areia a única janela do lado de fora da casa e coberto a parte interna com um telado pesado de pouco mais de um centímetro de malha metálica. Providenciara o exigido extintor de incêndio, um rádio que funcionava com pilhas, um machado, um pé-de-cabra, uma lanterna a bateria, um kit de primeiros socorros e garrafas de água. Havia pilhas de comida enlatada em uma pequena mesa de madeira feita à mão, um fogão embutido, um despertador e uma bomba de ar para encher os colchões que ficavam enrolados no canto.

Tudo isso construído e comprado com o salário de um leiteiro.

Ele tinha até mesmo uma picareta e uma pá ali, para fazer escavações para fora depois da rajada.

A única coisa que Willie omitira e que o governo recomendava era um banheiro químico.

Esses banheiros eram caros. E ele se foi antes de dar um jeito nisso.

Agora o lugar estava meio que caindo aos pedaços: Ruth tinha usado os suprimentos de comida para cozinhar, o extintor de incêndio estava caído do suporte na parede, as pilhas no rádio e na lanterna estavam descarregadas e os itens em si estavam imundos de três anos inteiros de terrível negligência. O abrigo fazia com que Ruth se lembrasse de Willie. Ela não ia limpá-lo.

Nós brincávamos lá algumas vezes, mas não com frequência.

O lugar era assustador.

Era como se ele tivesse construído uma cela lá; não um abrigo para manter alguma coisa do lado de fora, e sim um buraco escuro para manter alguma coisa ali *dentro*.

E, de certa forma, sua localização central preenchia todo o porão. A gente estava lá embaixo bebendo uma Coca-Cola, conversando com Ruth enquanto ela lavava a roupa, olhava por cima do ombro e via essa coisa que parecia um *bunker* com ares sinistros, a parede de concreto atarracado, constantemente suando, com água escorrendo, rachada em alguns lugares. Como se a parede em si estivesse velha, doente e morrendo.

Nós entrávamos ali ocasionalmente e assustávamos uns aos outros.

Era para isso que o lugar era bom. Para assustar uns aos outros. E não muito mais do que isso.

Nós o usávamos com moderação.

CAPÍTULO SETE

"Eu vou lhe dizer uma coisa, o que está faltando nesse bendito Parque de Diversões é uma boa e velha *hootchie-koo*!"

Era uma noite de terça-feira, a segunda noite do Parque de Diversões montado, e Ruth estava vendo Cheyenne Bodie ser nomeado representante pela enésima vez, e o merdinha do prefeito da cidade prendendo o distintivo de representante em sua camisa de couro com franjas. Cheyenne parecia orgulhoso e determinado.

Ruth segurava uma cerveja em uma das mãos e um cigarro na outra e estava afundada, sentada na grande cadeira exageradamente estofada, perto da lareira, com ares de cansaço, com as longas pernas estiradas na almofada aos pés da cadeira, descalça.

Au-au ergueu o olhar para ela do chão.

"O que é *hootchie-koo*?"

"*Hootchie-koo. Hootchie-kootchie*. Garotas dançando, Ralphie. Sinto falta disso e do circo de horrores. Quando eu tinha a sua idade, nós tínhamos os dois. Eu vi um homem com três braços uma vez."

Willie Jr. olhou para ela. "Duvido", disse ele.

Mas dava para ver que ela o havia deixado animado.

"Não contradiga sua mãe. Eu vi, sim. Eu vi um homem com três braços, um dos quais era só uma coisinha de nada saindo daqui." Ela ergueu o braço e apontou para a axila bem raspada e macia dentro do vestido. "Os outros dois braços eram normais, como os seus. Eu vi uma vaca com duas cabeças também, no mesmo espetáculo. É claro que ela estava morta."

Estávamos sentados em volta da TV em um círculo irregular, com Au-au no tapete ao lado de Ruth, eu, Willie e Donny no sofá e Eddie agachado diretamente na frente da televisão, de modo que Au-au tinha que se mexer para ver em volta dele.

Em momentos como este, a gente não tinha que se preocupar com o Eddie. Na casa dele não tinha televisão. Ele ficava grudado nela. E se havia alguém que pudesse controlá-lo, esse alguém era Ruth.

"O que mais?", perguntou Willie Jr. "Que outras coisas você viu?"

Ele passou as mãos pelo topete loiro. Ele sempre fazia isso. Eu acho que ele gostava da sensação de passar a mão no topete, embora eu não conseguisse ver como haveria de gostar da parte da frente de seus cabelos ensebados e levantados com cera.

"A maioria das coisas que vi ficavam em frascos. Bebês mortos. Sabe, nascidos mortos? Em formaldeído. Pequenas coisas encolhidas: cabras, gatos. Todo tipo de coisa. Isso foi há *muito* tempo. Eu não lembro. Do que eu realmente me lembro é de um homem que devia pesar entre duzentos e trezentos quilos. Foram necessários três outros camaradas para erguê-lo. Foi a coisa mais malditamente gorda que eu já vi ou *quero* algum dia ver na minha vida."

Nós rimos, visualizando os três caras tendo que ajudar o homem a se levantar.

Todos nós sabíamos que Ruth era cuidadosa com seu peso.

"Vou lhe dizer, os parques de diversões eram uma coisa e tanto quando eu era menina."

Ela soltou um suspiro.

Dava para ver o rosto dela ficar calmo e adquirir um aspecto sonhador, da forma como acontecia às vezes quando ela estava relembrando coisas do passado, de um passado bem distante. Não da época de Willie, e sim de lá atrás, da infância. Eu sempre gostava de observá-la nesses momentos. Acho que todos nós gostávamos. As linhas e os ângulos dela pareciam ficar suavizados e, para a mãe de alguém, ela era quase bonita.

"Pronto, já?", quis saber Au-au.

Essa noite era um acontecimento para ele, poder sair para o parque de diversões, assim, tão tarde. Ele estava ansioso para se pôr a caminho.

"Ainda não. Terminem de beber seus refrigerantes. Deixem-me terminar de beber a minha cerveja."

Ela deu uma longa tragada no cigarro, prendendo a fumaça e a soltando toda de uma vez. A única outra pessoa que eu conhecia que fumava um cigarro tão intensamente quanto Ruth era o pai de Eddie. Ela inclinou a lata de cerveja e a bebeu.

"Eu quero saber desse tal de *hootchie-koo* aí", disse Willie. Ele se inclinou para a frente no sofá, ao meu lado, com os ombros voltados para dentro, equilibrados. Conforme Willie ia ficando mais velho e mais alto, sua postura relaxada se pronunciava ainda mais. Ruth disse que, se ele continuasse crescendo e ficando com a postura desengonçada desse jeito, iria se transformar em um corcunda. De 1,80 m.

"É", disse Au-au. "O que seria isso? Não entendo."

Ruth deu risada. "São garotas dançando, eu falei para você. Você não sabe de nada? Seminuas também, algumas delas."

Ela puxou o vestido estampado e desbotado para cima, bem no meio das coxas, e o segurou ali por um instante. "Saias até aqui", disse ela, agitando-o para nós e então o puxou para baixo novamente. "E sutiãs minúsculos. E só. Com um rubi no umbigo ou algo do gênero. Com pequenos círculos vermelhos pintados aqui e aqui." Ela indicou os mamilos, traçando ali lentos círculos com os dedos. Então ela olhou para nós. "O que vocês acham *disso*?"

Senti meu rosto ruborizar.

Au-au deu risada.

Willie e Donny estavam olhando para ela, concentrados.

Eddie continuava com o olhar fixo em Cheyenne Bodie.

Ela deu uma risada. "Bem, mas eu acho que nada disso vai ser patrocinado pelos bons e velhos Kiwanis, não é? Não *aqueles* rapazes. Que diabos, eles iam gostar de uma coisa dessas. Eles adorariam fazer isso! Mas todos eles têm *esposas*. Malditos hipócritas."

Ruth estava sempre falando sobre os Kiwanis, o Rotary ou algo assim. Ela não era uma pessoa com tendência a se juntar a clubes ou associações.

Estávamos acostumados a isso.

Ela terminou a cerveja e apagou o cigarro.

Levantou-se.

"Terminem suas bebidas, meninos", disse. "Vamos. Vamos sair daqui. Meg? Meg Loughlin!"

Ela entrou na cozinha e deixou cair a lata vazia de cerveja dentro do cesto de lixo.

Lá embaixo no corredor, a porta de seu quarto se abriu, e Meg saiu de lá, parecendo um pouco cautelosa a princípio, e eu achava que era por causa dos gritos de Ruth. Ela pousou os olhos em mim e abriu um sorriso.

Então era assim que eles estavam se arranjando, pensei. Meg e Susan estavam no velho quarto da Ruth. Era lógico, porque aquele era o menor dos dois quartos. Mas isso também queria dizer que Ruth estava dormindo no sofá-cama, ou com Donny, Au-Au e Willie Jr. Eu me perguntava o que os meus pais diriam em relação a *isso*.

"Estou levando estes meninos para tomar sorvetes lá na feira, Meggie. Você, cuide da sua irmã e se mantenha longe da geladeira. Não quero que você fique gorda por nossa causa."

"Sim, senhora."

Ruth se virou para mim.

"David", disse ela. "Sabe o que você deveria fazer? Você deveria ir dizer oi para a Susan. Você nunca se encontrou com ela e isso não é educado."

"Claro. Ok."

Meg seguiu na frente, descendo o corredor comigo atrás dela.

A porta do quarto delas ficava em frente ao banheiro, e o quarto dos meninos era um pouco mais à frente. Eu podia ouvir uma música baixinha no rádio, vindo de trás da porta. Tommy Edwards cantando "It's All In The Game". Meg abriu a porta e entramos no quarto.

Quando se tem 12 anos, criancinhas são criancinhas, e é basicamente isso. Na verdade, nem mesmo se espera que a gente as note. Criancinhas são como insetos, pássaros, esquilos ou o gato de alguém que fica vagando por aí: parte do cenário, mas, e daí? A menos que, é claro, trate-se de alguém como o Au-au, que a gente *não tem como* não notar.

No entanto, eu teria notado Susan.

Eu sabia que a garota que estava na cama, olhando para mim por cima de seu exemplar da revista *Screen Stories*, tinha 9 anos, pois Meg havia me dito isso, mas ela parecia ser bem mais nova. Eu fiquei feliz porque ela estava com as cobertas até bem em cima, de modo que eu não conseguia ver os gessos em seus quadris e em suas pernas. Ela já parecia bastante frágil, sem eu ter que pensar em todos aqueles ossos quebrados. No entanto, eu estava ciente dos pulsos dela e dos longos e finos dedos que seguravam a revista.

É isso que um acidente faz com uma pessoa?, eu me perguntei.

Exceto pelos brilhantes olhos verdes, era quase como conhecer o oposto de Meg. Onde Meg era toda cheia de saúde e força e vitalidade, esta garota era uma sombra. A pele dela era tão pálida sob a lâmpada de leitura que parecia translúcida.

Donny havia me dito que ela ainda tomava remédios todos os dias para febre, antibióticos, e que ela não estava se curando direito, que caminhar ainda era muito doloroso.

Eu pensei na história de Hans Christian Andersen sobre a pequena sereia cujas pernas a faziam sentir dor também. No livro que eu tinha, até a ilustração se parecia com Susan. Os mesmos longos cabelos sedosos, loiros e suaves, com feições delicadas, o mesmo olhar de uma triste vulnerabilidade de longa data. Como se ela fosse uma náufraga.

"Você é o David", disse ela.

Assenti e disse oi.

Os olhos verdes de Susan me analisavam. Os olhos eram inteligentes. Cálidos também. E agora ela parecia ter, ao mesmo tempo, menos e mais do que os seus 9 anos.

"A Meg me disse que você é legal", disse ela.

Eu sorri.

Susan me olhou por mais um instante, sorriu em resposta e depois voltou a sua revista. No rádio, Alan Freed tocava "Little Star", dos Elegants.

Meg estava em pé, observando a cena da entrada do quarto. Eu não sabia o que dizer.

Voltei descendo pelo corredor. Os outros estavam esperando.

Eu podia sentir os olhos de Ruth em mim. Baixei o olhar para o tapete.

"Pronto", disse ela. "Agora vocês dois se conhecem."

2

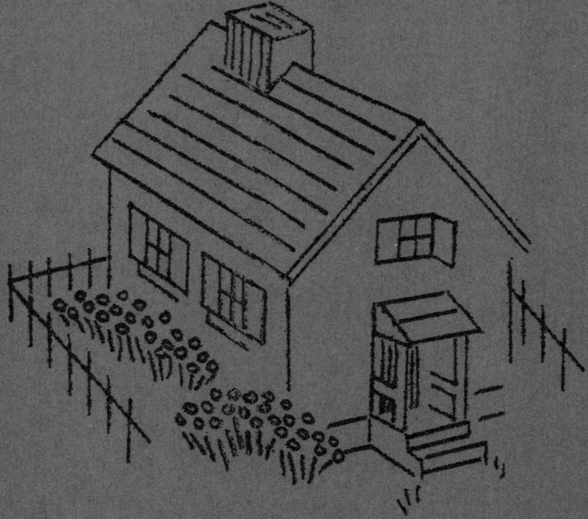

JACK KETCHUM

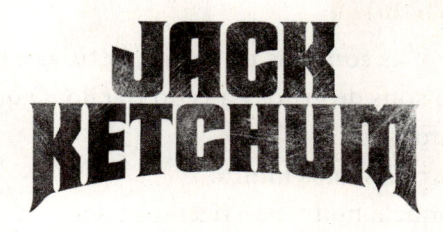

CAPÍTULO OITO

Duas noites depois do parque, alguns de nós dormimos fora, juntos.

Os caras mais velhos na quadra, Lou Morino, Glen Knott e Harry Gray, tinham o hábito há anos de acampar fora em noites quentes de verão, na velha torre de água no bosque atrás da quadra da Liga Infantil de Beisebol, com algumas caixas de meia dúzia de cervejas entre eles e cigarros roubados da loja do Murphy.

Nós todos ainda éramos muito novos para fazer isso, com a torre de água lá longe, bem do outro lado da cidade. Mas isso não tinha impedido que exprimíssemos nossa inveja deles em voz alta e com frequência, até que por fim nossos pais disseram que estava tudo bem se fôssemos acampar fora também, contanto que sob supervisão, querendo dizer que deveríamos fazer isso no quintal da casa de alguém. Então foi o que fizemos.

Eu tinha uma barraca e Tony Morino tinha a barraca do irmão dele, Lou, quando ele não a estava usando, então, era sempre no quintal da minha casa ou na dele.

Pessoalmente, eu preferia o meu próprio quintal. Não havia nada de errado com o quintal da casa do Tony, mas o que a gente realmente queria era ficar bem longe da casa, o máximo possível, para ter a ilusão de realmente estar lá fora, sozinho, e o quintal da casa do Tony não era realmente adequado para isso. O quintal da casa dele ia se afunilando por cima de uma colina com alguns arbustos e um campo atrás, ambos bem entediantes. E a gente ficava descansando lá a noite toda em uma inclinação. Já o meu quintal dava direto nos fundos para um bosque denso e profundo, assustador e escuro à noite, com as sombras de olmos, bétulas e bordos, além de ser selvagem, com sons de grilos e rãs do riacho. O quintal era plano e muito mais confortável.

Não que nós dormíssemos muito.

Pelo menos, naquela noite, não fizemos isso.

Desde o crepúsculo, tínhamos ficado lá, deitados, contando piadas doentias e brincadeiras malcriadas ("Mamãe, mamãe! O Billie acabou de vomitar em uma panela no fogão!"; "Cala a boca e come seu cozido."), com seis de nós dando risada, esmagados em uma barraca que era feita para quatro pessoas: eu, Donny, Willie, Tony Morino, Kenny Robertson e Eddie.

Au-au estava sendo punido por ficar brincando com os soldados de plástico no incinerador no quintal novamente, caso contrário ele poderia ter choramingado por tempo suficiente e alto o bastante para que o levássemos também. Mas o Au-au tinha esse hábito. Ele costumava pendurar seus cavaleiros e soldados na malha metálica do incinerador e ficar olhando seus braços e pernas queimando devagar com o lixo, imaginando sabe-se lá Deus o quê, o plástico pegando fogo e escorrendo, os soldados se torcendo e a fumaça preta subindo.

Ruth odiava quando ele fazia isso. Os brinquedos eram caros e faziam uma bagunça por todo o incinerador.

Não tínhamos nenhuma cerveja, mas tínhamos cantis e garrafas térmicas cheias de Ki-Suco, então estava tudo bem. Eddie tinha meio maço de cigarros sem filtro do pai. Fechávamos as abas da barraca e passávamos um desses cigarros entre nós de vez em quando. Afastávamos a fumaça com as mãos, então abríamos as abas novamente, só para o caso de a minha mãe vir ver como estávamos, embora ela nunca fizesse isso.

Donny rolou ao meu lado, e dava para ouvir o som de uma embalagem de bolinho sendo esmagada debaixo do peso do corpo dele.

Naquela noite, quando o caminhão passou por ali, todos nós tínhamos saído até a rua para encher nosso estoque.

Agora, não importava quem se mexesse, alguma coisa estalava.

Donny tinha uma piada. "Então, esse menino está na escola, certo? Ele é só uma criancinha, e está sentado na dele. E essa boa e velha dama, a professora, olha para ele e nota que ele parece muito triste, então pergunta: 'Qual é o problema?', e ele diz: 'Ahhh! Eu não tomei café da manhã!'. 'Pobrezinho de você', diz a professora, 'mas não se preocupe, isso não é nada demais, está quase na hora do almoço. Você vai comer alguma coisa então, certo? Agora vamos voltar a nossa aula de geografia. Sobre fronteiras. Onde está a italiana?'. A criancinha então responde: 'Na cama, trepando com o meu pai. Foi por isso que não tomei a porra do meu café da manhã!'."

Nós rimos.

"Eu ouvi essa", disse Eddie. "Ou talvez tenha lido isso na *Playboy*."

"Claro", disse Willie. Ele estava do meu outro lado, encostado na barraca. Dava para eu sentir o cheiro da cera nos cabelos dele e, de vez em quando, o que era desagradável, o cheiro de seus dentes podres. "Claro", disse ele, "que você leu isso na *Playboy*. Assim como eu trepei com a Debra Paget. Óbvio."

Eddie deu de ombros. Era perigoso contradizê-lo, mas Donny estava deitado entre eles, e era quase sete quilos mais pesado do que ele.

"Meu velho compra a *Playboy*", disse Eddie. "Ele compra a revista todo mês. Então eu pego a revista da gaveta dele, leio as piadas, dou uma olhada nas mulheres e coloco a revista de volta no lugar. Ele nunca nem fica sabendo que eu peguei a revista. Fácil, fácil."

"É melhor torcer para que ele nunca fique sabendo disso", disse Tony.

Eddie olhou para ele. Tony morava do outro lado da rua, em frente à casa dele, e todos nós sabíamos que o Tony sabia que o pai do Eddie batia nele.

"Não me diga", disse Eddie. Havia um tom de aviso na voz dele.

Dava quase para sentir Tony recuando. Ele era apenas um carinha italiano magricela, mas tinha certo status entre nós porque já tinha os penugentos princípios de um bigode.

"Você consegue ver *todas* as revistas?", quis saber Kenny Robertson. "Caramba, eu ouvi dizer que havia uma com a Jayne Mansfield."

"Não todas elas", disse Eddie.

Ele acendeu um cigarro, então eu fechei as abas novamente.

"Mas eu vi essa daí", disse ele.

"*Sério?*"

"Com certeza que sim."

Ele deu uma tragada no cigarro, bancando totalmente o Cara Descolado ao fazer isso. Willie se sentou ao meu lado, e eu podia sentir a grande barriga flácida dele fazendo uma leve pressão nas minhas costas. Ele queria o cigarro, mas Eddie ainda não ia passá-lo para ele.

"Os maiores peitos que eu já vi na minha vida", disse ele.

"Maiores do que os da Julie London? Maiores do que os da June Wilkinson?"

"Cacete! Maiores do que os do *Willie*", disse ele. Então, ele, Donny e Tony racharam o bico, embora, na verdade, isso não deveria ter sido tão divertido assim para Donny, porque Donny também estava ficando com peitos. Pequenas bolsas de gordura onde deveria haver músculos. Eu acho que Kenny Robertson estava com medo demais para rir. E Willie estava bem ali ao meu lado, então eu não estava falando nada.

"Ha-ha-ha-ha", disse Willie. "Engraçado pra cacete, até esqueci de rir."

"Oh, que legal", disse Eddie. "Qual é a sua, você está na terceira série?"

"Chupa meu pau", disse Willie.

"Eu teria que empurrar sua mãe para longe para fazer isso, seu doido."

"Ei", disse Kenny. "Conte a nós sobre Jayne Mansfield. Você viu os mamilos dela?"

"Claro que sim. Ela tem esse corpo incrível e pequenos e suculentos mamilos pontudos e uns peitos grandes incríveis e uma bunda incrível. Mas as pernas dela são fininhas."

"Fodam-se as pernas dela!", disse Donny.

"Você que foda as pernas dela", disse Eddie. "Eu vou foder com o restante do corpo dela."

"Você viu mesmo!", disse Kenny. "Meu Deus. Mamilos e *tudo*! Que incrível."

Eddie passou o cigarro para ele, que deu uma tragada rápida e então o passou para Donny.

"O lance é o seguinte", disse Kenny, "ela é uma estrela de cinema. A gente tem que se perguntar por que é que ela faria esse tipo de coisa."

"Que tipo de coisa?", perguntou Donny.

"Mostrar os peitos daquele jeito em uma revista."

Nós pensamos a respeito disso.

"Bem, ela não é realmente uma estrela de cinema", disse Donny. "Quero dizer, Natalie Wood é uma estrela de cinema. Jayne Mansfield só fez alguns filmes."

"Uma atriz iniciante", disse Kenny.

"Nem", disse Donny. "Ela é velha demais para isso, cara. Dolores Hart é uma atriz iniciante. Vocês já assistiram *Loving You*? Eu adoro aquela cena no cemitério."

"Eu também."

"Aquela cena é com Lizabeth Scott", disse Willie.

"E daí?"

"Eu gosto da cena na loja de refrigerantes", disse Kenny. "Em que ele canta e espanca o cara."

"Ótima cena", disse Eddie.

"Ótima mesmo", disse Willie.

"É verdade."

"De qualquer forma, vocês têm que entender que a *Playboy* também não é só uma revista", disse Donny. "Sabe, é a *Playboy*. Quero dizer, Marilyn Monroe apareceu na *Playboy*. É a melhor revista do mundo."

"Você acha isso? Melhor do que a *Mad*?" Kenny soava cético.

"Cacete, sim. Quero dizer, a *Mad* é casual. Mas é só para crianças, sabe?"

"E quanto a *Famous Monsters*?", perguntou Tony.

Essa era difícil. *Famous Monsters* tinha acabado de surgir e todos nós éramos doidos por ela.

"Claro", disse Donny. Ele deu uma tragada no cigarro e abriu um sorriso. Sorriso de quem sabia das coisas. "A *Famous Monsters of Filmland* mostra peitos?", disse ele.

Todos nós rimos. A lógica era irrefutável.

Ele passou o cigarro para Eddie, que deu uma tragada final, apagou a ponta na grama e depois a jogou no bosque.

Seguiu-se um daqueles silêncios em que ninguém tinha nada a dizer, todos nós estávamos distantes, sozinhos em algum lugar. Então Kenny olhou para Donny. "Você alguma vez na vida realmente os viu?", disse ele.

"Vi o quê?"
"Peitos."
"Peitos de verdade?"
"É."
Donny riu. "Os da irmã do Eddie."
Isso atraiu mais uma risada, porque todos tinham visto os peitos dela.
"Digo, em uma mulher."
"Não."
"Ninguém?"
Ele olhou ao redor.
"Da minha mãe", disse Tony. Dava para ver que ele estava tímido em relação a isso. "Eu entrei uma vez no banheiro dela, e ela estava lá colocando o sutiã. Por um minuto, eu vi."
"Um *minuto*?" Kenny realmente estava vidrado nesse assunto.
"Não. Um segundo."
"Cacete. Como eram?"
"O que você quer dizer com 'como eram?'. É a minha mãe, pelo amor de Deus! Minha Nossa Senhora! Seu pervertidozinho."
"Ei, não se ofenda, cara."
"Tá. Ok. Não me ofendi."
Porém, todos nós estávamos pensando na sra. Morino agora. Ela era uma mulher siciliana de cintura larga, pernas curtas, com muito mais bigode do que Tony, mas seus seios eram bem grandes. Era, ao mesmo tempo, difícil, interessante e levemente repulsivo tentar visualizá-la daquele jeito.
"Aposto que os peitos da Meg são bonitos", disse Willie.
O comentário só ficou pairando no ar por um instante. Mas eu duvido que algum de nós ainda estivesse pensando na sra. Morino. Donny olhou para o irmão.
"Os peitos da Meg?"
"É."
Dava para ver as engrenagens girando, mas Willie agiu como se Donny não tivesse entendido. Tentando ganhar pontos em cima dele. "Nossa prima, seu besta. A *Meg*."

Donny apenas olhou para ele. Então ele disse: "Ei, que horas são?".
Kenny tinha um relógio de pulso. "Quinze para as onze."
"Que ótimo!"
E, de repente, ele estava se arrastando para fora da barraca, e então ele estava lá, em pé. Espiando para dentro, com um largo sorriso no rosto.
"Venham! Eu tive uma ideia!"
Da minha casa até a dele, tudo que a gente tinha que fazer era cruzar o quintal, passar por uma fileira de cercas vivas, e estaríamos logo atrás da garagem deles.
A luz estava acesa na janela do banheiro dos Chandler, uma na cozinha e uma no quarto de Meg e Susan. A essa altura, sabíamos o que ele tinha em mente. Eu não sabia ao certo se gostava disso, mas também não tinha certeza de que não gostava.
Obviamente, era excitante. Nós não deveríamos sair da barraca. Se fôssemos pegos, isso seria o fim de dormir fora e de muitas outras coisas também.
Por outro lado, se não fôssemos pegos, era melhor do que acampar na torre de água. Era melhor do que cerveja.
Uma vez que se entrasse no clima da coisa, para falar a verdade, era meio que difícil se conter e não dar risadinhas.
"Nada de escada", sussurrou Eddie. "Como nós vamos fazer isso?"
Donny olhou ao redor. "A bétula", disse ele.
Ele estava certo. À esquerda no quintal, a cerca de uns quatro ou cinco metros da casa, havia uma bétula alta e branca bem curvada por causa das tempestades invernais. Ela ficava curvada bem para baixo na grama malcuidada, lá no que era quase o meio do gramado.
"Não podemos *todos* nós subir nela ao mesmo tempo", disse Tony. "A árvore vai quebrar."
"Então vamos nos alternar. Dois de cada vez. Dez minutos cada um, e que vença o melhor."
"Ok. Quem é o primeiro?"
"Que diabos, é nossa árvore." Donny abriu um largo sorriso. "Eu e o Willie seremos os primeiros."

Eu me senti um pouco enfurecido com ele por causa disso. Nós deveríamos ser melhores amigos. Mas então eu pensei, bem, Willie era o irmão dele.

Ele saiu correndo pelo gramado, e Willie o acompanhou.

A árvore se bifurcava em dois fortes galhos. Eles podiam ficar ali deitados, lado a lado. Tinham uma vista boa e direta para dentro do quarto e uma vista razoável para o banheiro.

No entanto, Willie ficava trocando de posição, tentando ficar confortável. Era fácil ver o quão fora de forma ele estava. Ele era desajeitado só de lidar com o próprio peso. Ao passo que, apesar de todo o seu tamanho, Donny parecia ter nascido em árvores.

Ficamos observando enquanto eles olhavam para lá. Olhávamos para a casa, para a janela da cozinha, procurando por Ruth, na esperança de não a ver.

"Eu e o Tony somos os próximos", disse Eddie. "Que horas são?"

Kenny apertou os olhos para olhar para o relógio. "Mais cinco minutos."

"Merda", disse Eddie.

Ele sacou o maço de cigarros sem filtro e acendeu um deles.

"Ei!", sussurrou Kenny. "Alguém pode acabar vendo!"

"Alguém pode acabar vendo que você é um idiota", zombou Eddie. "Você segura o cigarro assim, olha, com a mão em concha, debaixo da mão. Ninguém vai ver."

Eu estava tentando decifrar as expressões nos rostos de Donny e Willie, me perguntando se estaria acontecendo alguma coisa lá dentro. Era difícil ver, mas eu não achava que estivesse acontecendo algo. Eles só estavam lá deitados como uma dupla de grandes e escuros tumores crescidos.

Eu me perguntava se a árvore algum dia haveria de se recuperar disso.

Eu não tinha notado nem as rãs nem os grilos, mas agora eu os notava, com um som monótono e percussivo no silêncio. Tudo que dava para ouvir eram as rãs, os grilos e Eddie tragando com força o cigarro e soltando a fumaça, e o ocasional ranger da bétula. Havia vaga-lumes no quintal, acendendo e apagando suas luzes, à deriva.

"*Está na hora*", sussurrou Kenny.

Eddie deixou cair o cigarro, esmagou-o com o pé e, então, correu com Tony até a árvore. Um instante depois, eles estavam em cima dela, e Willie e Donny estavam no chão, de volta conosco.

A árvore estava mais alta agora.

"Viram alguma coisa?", eu quis saber.

"Nada", disse Willie.

Era surpreendente como ele soava enraivecido. Como se Meg fosse culpada por não aparecer. Como se ela o tivesse trapaceado. Mas, bem, Willie sempre foi um babaca. Olhei para Donny. A iluminação não estava boa lá atrás, mas parecia que ele tinha aquele mesmo olhar atento e não espontâneo de quando estava olhando para Ruth enquanto ela falava das dançarinas e do que vestiam ou não vestiam. Era como se ele estivesse tentando discernir alguma coisa e ficasse um pouco deprimido por não conseguir.

Nós ficamos lá em pé, juntos e em silêncio. Então, não demorou muito, Kenny me deu um tapinha de leve no ombro.

"Está na hora", disse ele.

Nós fomos correndo até a árvore e eu dei um tapa no tornozelo do Tony. Ele deslizou para baixo da árvore.

Ficamos lá, esperando por Eddie. Olhei para Tony. Ele deu de ombros e balançou a cabeça, fitando o chão. Nada. Poucos minutos depois, Eddie também desistiu e deslizou para baixo da árvore, ao meu lado.

"Isso é uma bobagem", disse ele. "Que se dane isso. Que se dane ela."

E eles se afastaram.

Eu não entendia. Eddie também estava enfurecido agora.

Eu não deixei que isso me preocupasse.

Nós subimos na árvore. Escalar pelo tronco foi fácil.

No topo, eu senti essa grande onda de excitação. Eu queria rir alto, pois me sentia muito bem. Alguma coisa ia acontecer: eu sabia disso. Que pena para Eddie, Donny e Willie: seríamos nós. Ela apareceria na janela a qualquer momento agora, e nós a veríamos.

Não me incomodava nem um pouco o fato de que, provavelmente, eu estava traindo Meg ao espioná-la. Eu mal pensava nela como sendo a Meg. Era como se não fosse realmente ela que estivéssemos procurando.

Era alguma coisa mais abstrata do que isso. Uma garota de verdade, ao vivo, e não alguma foto em preto e branco em uma revista. O corpo de uma mulher.

Eu finalmente ia aprender algo.

O que a gente tinha era um caso de maior prioridade.

Nos ajeitamos na árvore.

Olhei de relance para Kenny, que estava com um grande sorriso no rosto.

Passou pela minha cabeça pensar em por que os outros caras tinham ficado tão enfurecidos.

Isso era divertido! Até mesmo o fato de estar assustado era divertido. Com medo de que Ruth fosse aparecer de repente na varanda, mandando que nós tirássemos nossos traseiros dali. Com medo de que Meg fosse olhar para fora da janela do banheiro, direto em nossos olhos.

Fiquei esperando, confiante.

A luz do banheiro foi apagada, mas isso não vinha ao caso. Era no quarto que eu estava focado. Era lá que eu iria vê-la.

Direto. Nua. Em carne e osso, e alguém que eu, na verdade, conhecia um pouco.

Eu me recusava até mesmo a piscar.

Eu podia sentir um formigamento lá embaixo, onde eu pressionava contra a árvore.

Uma melodia ficava passando repetidamente pela minha cabeça: "Vá para aquela cozinha e faça barulho com aqueles bules e com aquelas panelas... Eu creio, pela minha alma, que você seja o diabo com uma meia-calça de náilon...". E assim por diante.

Louco, eu sei. Estou aqui, deitado nesta árvore. Ela está lá dentro.

Esperei.

A luz do quarto foi apagada.

De repente, a casa estava escura.

Eu poderia ter quebrado alguma coisa.

Eu poderia ter feito aquela casa em pedacinhos.

E agora eu sabia exatamente como os outros tinham se sentido e sabia exatamente por que eles pareciam ter ficado tão enfurecidos com ela, enfurecidos com Meg, porque a sensação era de que a culpa *era* dela, como se ela tivesse feito a gente subir ali, para começo de conversa, e prometido tanto sem ter mostrado nada. E, embora eu soubesse que isso era irracional e imbecil da minha parte, era exatamente como eu me sentia.

Vadia, eu pensei na hora.

E então eu realmente senti culpa. Porque isso era pessoal.

Isso *tinha a ver* com Meg.

Eu me senti deprimido.

Era como se uma parte minha *soubesse*, como se não quisesse acreditar nisso, nem mesmo pensar nisso, mas eu sabia o tempo todo.

Eu nunca teria tamanha sorte. Tinha sido uma bobagem desde o começo.

Exatamente como Eddie dissera.

E, de alguma forma, o motivo para isso estava totalmente envolvido com Meg, com as garotas e com as mulheres, de modo geral, até mesmo com a Ruth e com a minha mãe, de algum modo.

Era algo grande demais para que eu entendesse por completo, então imagino que a minha mente simplesmente deixara que isso escapasse.

O que restava era a depressão e uma dor incômoda.

"Vamos lá", eu disse a Kenny. Ele estava com o olhar fixo na casa, ainda sem acreditar naquilo, como se estivesse esperando que as luzes fossem se acender novamente. Mas ele também sabia. Ele olhou para mim, e eu pude ver que ele sabia.

Todos nós sabíamos.

Voltamos marchando em silêncio, como uma tropa, até a barraca. Lá dentro foi Willie Jr., por fim, que colocou o cantil no chão e se pronunciou.

Ele disse: "Talvez pudéssemos fazer com que ela entrasse n'O Jogo".

Pensamos sobre isso.

E a intensidade da noite foi diminuindo a partir de então.

CAPÍTULO NOVE

Eu estava no meu quintal, tentando fazer com que o grande cortador vermelho e elétrico de grama funcionasse e já suando em minha camiseta, porque a porcaria era pior do que um barco a motor para pegar no tranco, quando ouvi Ruth gritando em um tipo de tom de voz que nunca a ouvi usando antes: realmente furiosa.

"*Meu Deus!*"

Soltei o fio do cortador de grama e olhei para cima.

Era o tipo de voz que se sabia que minha mãe usava quando ficava loucona, o que não acontecida com frequência, apesar da guerra aberta travada com meu pai. Significava que a gente tinha que sair correndo em busca de abrigo. Porém, quando Ruth ficava com raiva, geralmente era com o Au-au, e tudo o que ela teria que fazer então era olhar para ele, com os lábios bem pressionados um ao outro, os olhos estreitados até que parecessem pequenas pedras reluzentes, para que ele calasse a boca ou parasse de fazer o que quer que estivesse fazendo. O olhar era totalmente intimidante. Nós costumávamos imitar esse olhar dela e dar risada, eu, Donny e Willie, mas quando Ruth estava dando essa olhada, não havia mais motivo para rir.

Eu fiquei feliz por ter uma desculpa para cessar a luta com o cortador de grama, então dei a volta na lateral de nossa garagem, de onde dava para ver lá dentro do quintal dos fundos da casa deles.

As roupas lavadas de Ruth estavam sendo sopradas pelo vento no varal. Ela estava parada, em pé na varanda, com as mãos nos quadris, e, até mesmo se a gente não tivesse ouvido a voz dela nem o que havia dito, dava para ver que ela estava realmente enfurecida.

"Sua merdinha idiota!", foi o que ela disse.

E eu posso lhe dizer que isso me deixou chocado.

Claro, Ruth falava palavrão como um marinheiro. Esse era um dos motivos pelos quais gostávamos dela. O marido dela, Willie Sr., "aquele adorável canalha irlandês" ou "aquele idiota filho da puta", e

John Lentz, o prefeito da cidade — e que suspeitávamos que tivesse sido pretendente de Ruth no passado — eram xingados regularmente.

Todo mundo era vítima dos xingamentos e arroubos dela de vez em quando.

Mas o lance é que eram sempre uns xingamentos casuais, muito desprovidos de raiva de verdade. Tinham o propósito de causar risadas à custa de um pobre cara, e era o que geralmente acontecia.

Esse era simplesmente o jeito que Ruth tinha de descrever as pessoas.

Era muito similar ao nosso próprio jeito de fazer isso. Nossos amigos eram todos retardados, asquerosos, cuzões ou tinham merda no lugar do cérebro. A mãe de todos eles comia moscas de camelos mortos.

Isso era totalmente diferente. Merdinha era o que ela havia dito, e merdinha era o que ela queria dizer.

Eu me perguntava o que será que Meg tinha feito.

Olhei para cima para a minha própria varanda, onde a porta de tela dos fundos estava aberta, na esperança de que a minha mãe não estivesse na cozinha, de que ela não tivesse ouvido o que Ruth havia dito. Minha mãe não gostava da Ruth, e eu já tinha pesar o suficiente por passar tanto tempo lá na casa dela como eu passava.

Eu tive sorte. Minha mãe não estava por perto.

Olhei para Ruth, que não tinha dito mais nada, e nem precisava. A expressão dela dizia tudo.

Eu me senti meio que engraçado, como se estivesse espionando de novo, duas vezes em dois dias. Mas é claro que isso era exatamente o que eu *tinha* que fazer. Eu não ia deixar que ela visse que eu a estava observando, que havia exposto como ela era. Isso seria embaraçoso demais. Eu me pressionei para cima, perto da garagem, e espiei em volta dela, na esperança de que ela não fosse olhar na minha direção por qualquer motivo que fosse. E ela não olhou para onde eu estava.

Mas a própria garagem deles bloqueava a minha visão, então eu não conseguia entender qual era o problema. Eu continuava esperando que Meg aparecesse, para ver por que ela estava aceitando ser chamada de merdinha idiota.

E então eu tive outra surpresa.

Porque não era a Meg.

Era Susan.

Eu achei que ela havia tentado ajudar com a lavagem das roupas, mas tinha chovido na noite passada, e parecia que ela havia deixado cair algumas das roupas brancas da Ruth naquela coisa lamacenta e descuidada que eles tinham e que se passava por gramado, porque dava para ver as manchas de terra no que ela carregava, um lençol, ou talvez algumas fronhas.

Ela estava chorando, ela estava realmente chorando intensamente, de modo que todo o corpo dela estava tremendo enquanto ela caminhava de volta em direção a onde Ruth estava parada, em pé e rígida, no patamar.

Era patético: essa garota minúscula se movendo lentamente, com ganchos nas pernas e nos braços, tentando lidar com essa pequena pilha de roupas brancas enfiadas debaixo do braço, o que ela provavelmente nem deveria estar fazendo, para começo de conversa. Eu me sentia mal por ela.

E, por fim, acho que Ruth também se sentiu mal por ela.

Porque ela desceu do patamar e pegou as coisas da garota e ficou hesitante, observando por um momento enquanto ela chorava e soluçava e tremia, e ficava com o olhar fixo na terra. E então, devagar, dava para ver a tensão saindo dela, enquanto ela erguia a mão e a colocava, de leve, hesitante a princípio, no ombro de Susan. Então ela se virou e voltou andando até a casa.

E, no último instante, exatamente quando elas chegavam ao topo das escadas, Ruth olhou na minha direção, de modo que eu tive que me jogar rapidamente para trás e com tudo junto à garagem.

Porém, ao mesmo tempo, eu juraria ter visto algo antes daquilo.

Para falar a verdade, algo que se tornou um pouco importante para mim, pensando em retrospecto. Eu tento entender o motivo.

O rosto de Ruth parecia muito cansado. Como se o arroubo de fúria tivesse sido tão forte a ponto de drená-la. Ou talvez o que eu estivesse vendo fosse apenas um pequeno pedaço de alguma coisa, de algo maior, alguma coisa que vinha acontecendo sem ser notada por mim já fazia um tempinho, e isso era exatamente como um tipo de *crescendo* em um disco.

No entanto, a outra coisa que eu vi foi o que me deixou abalado até hoje, o que me deixou confuso.

Até mesmo naquela época, isso me levou a pensar.

Logo antes de me jogar para trás, quando Ruth se virou, parecendo magricela e cansada, com a mão no ombro de Susan. Apenas naquele instante, enquanto ela se virava.

Eu poderia jurar que ela estava chorando também.

E minha pergunta é: por quem?

CAPÍTULO DEZ

O lance que se seguiu foi o dos vermes da barraca.

Parecia que aquilo tinha praticamente acontecido da noite para o dia. Num dia as árvores estavam limpas e normais e, no dia seguinte, elas estavam cheias desses sacos brancos e pesados de teias. Nas partes debaixo dos sacos dava para ver alguma coisa vagamente escura e com uma aparência não saudável e, se a gente olhasse com atenção suficiente, dava para ver que eles estavam se mexendo.

"Vamos atear fogo neles", disse Ruth.

Estávamos parados no quintal da casa dela, perto da bétula, eu, Au-au, Donny, Willie, Meg e Ruth, que estava com seu velho vestido azul, que ela usava para ficar em casa, o vestido que tinha bolsos fundos. Eram dez horas da manhã e Meg tinha acabado de terminar seus deveres. Havia uma pequena mancha de terra debaixo do olho esquerdo dela.

"Meninos, peguem alguns gravetos", disse Ruth. "Gravetos longos e grossos. E se certifiquem de cortá-los verdes, para que não peguem fogo. Meg, pegue a estopa lá no porão."

Ela ficou lá em pé, parada, apertando os olhos sob a luz do sol da manhã, inspecionando os danos. Praticamente metade das árvores no quintal deles, incluindo a bétula, já estava cheia desses sacos pendurados, alguns apenas do tamanho de bolas de beisebol, mas outros tão largos e profundos quanto uma bolsa de compras. O bosque estava cheio deles.

"Pequenos malditos! Eles vão depenar essas árvores rapidinho."

Meg entrou na casa, e o restante de nós se dirigiu ao bosque para achar alguns gravetos. Donny tinha uma machadinha, então nós cortamos algumas árvores jovens e limpamos os gravetos, tirando as folhas, e os cortamos grosseiramente ao meio, o que não levou muito tempo.

Quando voltamos, Ruth e Meg estavam na garagem, ensopando as estopas com querosene. Nós as enrolamos nos gravetos, e Ruth as amarrou com fio de varal, e depois as ensopamos com querosene novamente.

Ela entregou um dos gravetos a cada um de nós.

"Eu vou mostrar a vocês como se faz isso", disse ela. "Então vocês podem fazer sozinhos. Só não coloquem a porra do bosque em chamas."

Parecia incrivelmente adulto.

Ruth confiando em nós com fogo, com tochas.

Minha mãe nunca teria feito uma coisa dessas.

Nós a acompanhamos até o quintal, parecendo, eu acho, um bando de camponeses se dirigindo atrás do monstro de Frankenstein, erguendo nossas tochas apagadas. Porém, nós não agíamos de forma tão adulta assim, agíamos como se estivéssemos indo a uma festa, com todos nós bobos e animados, com a exceção de Meg, que estava levando isso muito a sério. Willie prendeu Au-au em uma gravata e afundou os nós dos dedos nos cabelos bem curtos dele, um movimento de luta livre que aprendemos com o lutador de mais de 130 quilos, Haystacks Calhoun, famoso pelo golpe *Big Splash*.[1] Eu e Donny marchávamos lado a lado atrás deles, bombeando nossas tochas como se fôssemos uma dupla de chefes de banda com batutas na mão, dando risadinhas, como uns bobos. Ruth não parecia se importar com isso.

---

[1] Neste golpe, o lutador salta para a frente e contrai a barriga enquanto está no ar e em seguida cai com o corpo sobre o corpo do adversário, com a barriga de um batendo na do outro.

Quando chegamos perto da bétula, Ruth enfiou a mão no bolso e sacou dali um maço de fósforos de segurança. O ninho que havia na bétula era dos grandes.

"Eu vou lidar com esse daqui", disse Ruth. "Vocês fiquem observando."

Ela acendeu a tocha e a segurou por um instante até que o fogo estivesse ardendo e fosse seguro usar a tocha. Mas a chama ainda era das boas. "Tomem cuidado", disse ela. "Vocês não vão querer queimar a árvore."

Ela segurou a tocha uns dois centímetros mais ou menos abaixo do saco, que começou a derreter.

O saco não pegou fogo. Ele derreteu como isopor, esvaindo-se, encolhendo. O saco era espesso e tinha várias camadas, mas se foi rapidamente.

E, de súbito, todos aqueles corpos que se contorciam estavam saindo de lá aos tropeços, vermes gordos, pretos e peludos, soltando fumaça, crepitando.

Quase dava para ouvi-los gritar.

Devia haver centenas deles só naquele ninho. Uma camada do saco era queimada e expunha outra camada, e havia mais deles lá dentro. Eles continuavam saindo, caindo aos nossos pés como uma chuva negra.

Então Ruth acertou o filão principal.

Era como se um coágulo de alcatrão vivo do tamanho de uma bola de softbol espirrasse diretamente na tocha, partindo-se enquanto caía.

A tocha emitia faíscas, havia tantos deles, e quase parecia que a tocha ia se apagar por um instante. Então ela resplandeceu de novo, e aqueles que haviam se prendido nela pegaram fogo e caíram.

"Meu Deus, cacete!", disse Au-au.

Ruth olhou para ele.

"Desculpa", disse ele, mas seus olhos estavam arregalados.

A gente tinha que admitir que aquilo era incrível. Eu nunca tinha visto tamanho morticínio. As formigas na varanda não eram nada em comparação com aquilo. Formigas eram minúsculas, insignificantes. Quando se jogava água quente nelas, elas se enrolavam e morriam. Já alguns desses vermes tinham uns trinta centímetros de comprimento.

Eles se curvavam e se contorciam, eles pareciam querer viver. Eu olhei para o chão. Havia vermes por toda a parte. A maioria deles estava morta, mas muitos não estavam, e aqueles que não estavam mortos tentavam sair rastejando para longe.

"E quanto a esses carinhas?", perguntei a ela.

"Esqueça esses", disse ela. "Eles só vão morrer. Ou os pássaros vão comê-los." Ela riu. "Nós abrimos o forno antes de eles estarem prontos. Ainda não foram assados."

"Com certeza eles estão assados agora", disse Willie.

"Poderíamos pegar uma pedra", disse Au-au. "Esmagá-los!"

"Prestem atenção em mim quando eu falar. Esqueçam esses", disse Ruth. Ela enfiou a mão no bolso de novo. "Peguem isso daqui." Ela começou a entregar maços de fósforos a cada um de nós. "Lembrem-se de que eu quero que ainda exista um quintal quando vocês terminarem. E nada de ir para o bosque. O bosque pode se cuidar sozinho."

Nós pegamos os fósforos com ela. Todos nós, menos a Meg.

"Eu não quero", disse ela.

"O quê?" Ela estirou os fósforos.

"Eu... eu não os quero. Eu só vou terminar de lavar a roupa, ok? Isso é... meio..."

Ela olhou para o chão, para os vermes pretos enrolados ali e para os vivos que rastejavam. O rosto dela estava pálido.

"Meio o quê?", disse Ruth. "*Nojento*? Você está ofendida, docinho?"

"Não, eu só não quero..."

Ruth riu. "Estou ferrada. Vejam isso, meninos", disse. "Estou ferrada."

Ela estava sorrindo ainda, mas o rosto dela tinha assumido uma expressão muito dura repentinamente. Isso me deixou alarmado e me fez pensar no outro dia, com Susan. Era como se ela estivesse prestes a explodir com Meg a manhã inteira, e nós simplesmente não havíamos notado isso. Estávamos ocupados demais, animados demais.

"Escutem aqui", disse ela. "O que nós temos aqui é uma aula de feminilidade." Ela se aproximou mais de Meg. "Meg é *melindrosa*. Vocês entendem que garotas ficam melindrosas, não, meninos? *Damas* fazem isso. E a Meg aqui é uma dama. Com certeza ela é!"

Em seguida, ela deixou de lado o pesado sarcasmo, e dava para ver ali a fúria nua e crua.

"Então, o que, em nome de Deus, você acha que isso faz de mim, Meggy? Você acha que eu não sou uma dama? Você acha que damas não podem fazer o que precisa ser feito? Que não conseguem se livrar das malditas pragas em seu maldito jardim?"

Meg parecia confusa. A explosão de Ruth veio com tanta rapidez que não dava para culpar Meg por se sentir assim.

"Não, eu..."

"É melhor que você não diga não para mim, docinho! Porque eu não preciso desse tipo de insinuação de nenhuma criança vestindo uma camiseta e que não consegue nem mesmo deixar o próprio rosto limpo. Está entendendo?"

"Sim, senhora."

Ela recuou um passo.

E isso pareceu deixar Ruth um pouco mais calma. Ela inspirou.

"Ok", disse ela. "Você vai lá para baixo. Vá, volte a lavar sua roupa suja. E me chame quando acabar. Tenho outras tarefas para você."

"Sim, senhora."

Ela se virou, e Ruth sorriu.

"Meus meninos conseguem lidar com isso", disse ela. "Não conseguem?"

Assenti. Naquele instante, eu não conseguia falar. Ninguém se pronunciou. Ruth dispensou Meg com uma autoridade e um estranho senso de *justiça* tão plenos que eu fiquei realmente um pouco pasmo com ela.

Ela deu um tapinha de leve na cabeça de Au-au.

Olhei de relance para Meg. Vi que ela estava caminhando de volta em direção à casa, com a cabeça baixa, limpando o rosto, procurando pela mancha de terra que Ruth disse que estava lá.

Ruth envolveu meu ombro com o braço e se virou em direção aos olmos lá nos fundos. Inspirei o cheiro dela, de sabão e querosene, cigarros e cabelos limpos e frescos.

"Meus meninos conseguem lidar com isso", disse ela para mim, e sua voz soava gentil de novo.

CAPÍTULO ONZE

Por volta da uma hora da tarde, havíamos ateado fogo com nossas tochas em todos os ninhos no quintal dos Chandler, e Ruth estava certa: os pássaros estavam tendo um dia cheio agora.

Eu fedia a querosene.

Eu estava morrendo de fome e teria matado por uns poucos hambúrgueres naquele momento. Acabei decidindo que comeria um sanduíche de mortadela.

Fui para casa.

Eu me lavei na cozinha e preparei o sanduíche.

Dava para ouvir a minha mãe na sala de estar passando roupa, cantarolando com o elenco original do álbum de *The Music Man*, espetáculo a que ela e meu pai foram de ônibus para Nova York para assistir no ano passado, logo antes de o circo pegar fogo por conta do que eu só poderia presumir que fosse o mais recente dos casos extraconjugais do meu pai. Meu pai tinha muitas oportunidades para ter casos extraconjugais, e ele as aproveitava. Ele era um dos proprietários de um bar e restaurante chamado Eagle's Nest. Ele se encontrava com elas tarde e se encontrava com elas cedo.

Mas eu acho que a minha mãe tinha se esquecido disso tudo por um momento e agora estava se lembrando dos bons tempos com o Professor Harold Hill e companhia.

Eu odiava *The Music Man*.

Eu me tranquei no meu quarto por um tempinho e fiquei folheando meus exemplares cheios de orelhas de *Macabre* e *Stranger Than Science*, mas não havia nada ali que me interessasse, então decidi sair de novo.

Fui andando e saí pelos fundos, e Meg estava parada na varanda dos fundos da casa dos Chandler, sacudindo os tapetes da sala de estar. Ela me viu e fez um movimento para que eu me aproximasse dela.

Eu senti um instante de falta de jeito, de uma lealdade dividida.

Se Ruth estava de marcação com Meg, provavelmente haveria algum bom motivo para isso.

Por outro lado, eu ainda me lembrava daqueles momentos que passamos na Roda-Gigante e daquela manhã perto da Grande Pedra.

Ela pendurou cuidadosamente os tapetes no corrimão de ferro e veio descendo os degraus, cruzando a entrada de carros para se encontrar comigo. A mancha no rosto dela não estava mais lá, mas ela ainda estava vestindo a camiseta amarela suja e a velha bermuda de Donny, enrolada para cima. Havia pó em seus cabelos.

Ela me pegou pelo braço e me conduziu em silêncio até o lado de sua casa, fora das linhas de visão da janela da sala de jantar.

"Eu não entendo", disse ela.

Dava para ver que havia algo a perturbando, algo com que ela vinha lidando.

"Por que é que eles não gostam de mim, David?"

Isso não era o que eu esperava. "Quem, os Chandler?"

"Sim."

Ela só olhou para mim. Estava séria.

"Claro que gostam. Eles gostam de você."

"Não, eles não gostam de mim. Eu faço tudo que posso para que gostem de mim. Eu faço mais do que a minha parte das tarefas. Tento conversar com eles, conhecê-los, fazer com que me conheçam, mas eles simplesmente não parecem querer nada disso. É como se *quisessem* não gostar de mim. Como se fosse melhor assim."

Isso era embaraçoso. Era de amigos que ela estava falando aqui.

"Olha", falei. "A Ruth ficou furiosa com você. Eu não sei o motivo. Talvez ela esteja tendo um dia ruim. Mas ninguém mais ficou bravo com você. Willie, Au-au e Donny não ficaram bravos."

Ela balançou a cabeça. "Você não está entendendo. Willie, Au-au e Donny *nunca* ficam furiosos. Não é isso. Não com eles. É só que eles nunca parecem me *ver* aqui também. Como se eu não existisse. Como se eu não importasse. Eu converso com eles e eles grunhem e saem andando. Ou então, quando *realmente* me notam, há alguma coisa... que não está certa em relação a isso. O jeito como eles olham para mim. E a Ruth..." Agora Meg tinha começado a falar e não tinha como fazê-la parar. "A Ruth me *odeia*! Ela me odeia e odeia a Susan. Você não vê isso. Você acha que foi só uma coisa, só dessa vez, mas não é assim. É o tempo todo. Eu trabalho o dia todo para ela e simplesmente não consigo agradá-la, nada está certo, nada nunca é do jeito que ela faria. Eu sei que ela acha que eu sou idiota, preguiçosa, feia..."

"*Feia*?" Isso, pelo menos, era obviamente ridículo.

Ela assentiu. "Eu nunca achei que eu fosse feia antes, mas agora, nem sei mais. David, você conhece essas pessoas praticamente sua vida toda, certo?"

"Sim, isso mesmo."

"Então, *por quê*? O que foi que eu fiz? Eu vou para a cama à noite e isso é tudo em que eu consigo pensar. Nós duas éramos realmente felizes antes. Sabe, antes de vir para cá, eu costumava pintar. Nada demais, só uma aquarela de vez em quando. Eu não acho que eu algum dia tivesse sido incrível nisso, mas a minha mãe costumava gostar das minhas pinturas. E Susan também gostava delas, assim como meus professores. Eu ainda tenho as tintas e os pincéis, mas eu simplesmente não consigo começar mais nada. Sabe por quê? Porque eu sei o que a Ruth faria, eu sei o que ela pensaria. Eu sei o que ela iria dizer. Ela simplesmente iria olhar para mim e eu ia saber que estava sendo idiota e perdendo o meu tempo até mesmo em tentar."

Balancei a cabeça. Aquela não era a Ruth que eu conhecia. Dava para ver Willie, Au-au e Donny agindo estranho quando estavam perto de Meg, afinal de contas, ela era uma garota. Mas Ruth sempre tinha sido boa para nós. Ao contrário do restante das mães na quadra, ela sempre tinha muito tempo para nós. A porta dela estava sempre aberta. Ela nos dava garrafas de Coca-Cola, sanduíches, biscoitos, uma cerveja de vez em quando. Isso não fazia sentido, e eu disse isso a Meg.

"Ora, a Ruth não faria uma coisa dessas. Tente. Faça uma pintura para ela. Faça uma aquarela para ela. Aposto que ela iria amar. Talvez ela só não esteja acostumada a ter garotas por perto, sabe? Talvez seja só uma questão de tempo. Faça isso. Tente fazer uma pintura para ela."

Meg pensou um momento.

"Eu não conseguiria", concluiu. "Sério."

Por um instante, só ficamos ali parados. Ela estava tremendo. Eu sabia que seja lá o que fosse, ela não estava de brincadeira.

Eu tive uma ideia.

"E quanto a mim? Você poderia fazer uma pintura para mim."

Sem a ideia em mente, sem o plano, eu nunca teria tido coragem de pedir a ela. Mas isso era diferente.

Ela se iluminou um pouco.

"Você realmente gostaria que eu fizesse uma aquarela para você?"

"Claro que sim. Eu gostaria muito disso."

Ela me olhou tão firme que tive que desviar o olhar. Em seguida, ela sorriu. "Ok, farei isso, David."

Meg parecia quase ela mesma novamente. Meu Deus! Eu adorava quando ela sorria. Então eu ouvi a porta ser aberta de novo.

"*Meg?*"

Era Ruth.

"É melhor eu ir", disse ela.

Ela pegou a minha mão e deu um apertãozinho nela. Eu podia sentir as pedras na aliança de casamento da mãe dela.

"Vou fazer", disse ela, e saiu voando pelo canto.

CAPÍTULO DOZE

Ela deve ter começado a fazer a pintura de imediato também, porque, no dia seguinte, choveu o dia todo até de noite, e eu fiquei no meu quarto sentado, lendo *O Caso de Bridey Murphy* e ouvindo rádio, até achar que provavelmente mataria alguém se ouvisse aquela porra do Domenico Modugno cantar "Volare" mais uma vez. E então, depois do jantar, eu e a minha mãe estávamos sentados na sala vendo televisão quando Meg bateu na porta dos fundos.

Minha mãe se levantou. Eu a acompanhei e peguei uma Pepsi para mim na geladeira.

Meg estava sorrindo, trajando um casaco de chuva amarelo, com os cabelos molhados, pingando.

"Não posso entrar", disse ela.

"Bobagem", disse a minha mãe.

"Não posso mesmo", disse ela. "Eu só vim trazer isso para a senhora, vindo da sra. Chandler."

Ela entregou à minha mãe um saco pardo meio molhado com um recipiente de leite dentro. Minha mãe e Ruth não exatamente socializavam, mas elas ainda eram vizinhas, uma morando ao lado da casa da outra, e vizinhos emprestam coisas e pegam coisas emprestadas. Minha mãe aceitou o saco e assentiu.

"Agradeça a sra. Chandler por mim", disse ela.

Em seguida, Meg procurou debaixo da capa de chuva e olhou para mim, e agora ela realmente estava sorrindo.

"E isso é para você", disse ela.

E me entregou a minha pintura.

A pintura estava envolvida com folhas de um pesado e opaco papel de desenho, preso com fita em ambos os lados. Dava para ver algumas das linhas e cores através do papel, mas não a forma das coisas.

Antes que eu pudesse até mesmo agradecer ou dizer qualquer coisa que fosse, Meg disse tchau, acenou e recuou uns passos para fora, na chuva, e fechou a porta depois de sair.

"Bem", disse a minha mãe, e ela também estava sorrindo agora. "O que é que nós temos aqui?"

"Eu acho que é uma pintura", falei.

Fiquei lá em pé, com a Pepsi em uma das mãos e a pintura de Meg na outra. Eu sabia o que a minha mãe estava pensando.

O que a minha mãe estava pensando incluía a palavra "fofo".

"Você não vai abrir?"

"Sim, claro. Ok."

Coloquei a Pepsi de lado, virei-me de costas para ela e comecei a tirar a fita adesiva. Então eu ergui o papel de desenho.

Eu podia sentir a minha mãe olhando por cima do meu ombro, mas, de repente, eu não me importava com isso.

"Isso está muito *bom*", disse a minha mãe, surpresa. "Está muito bom mesmo. Ela é realmente talentosa, não é?"

E a pintura era boa. Eu não era nenhum crítico de arte, mas não era necessário ser um crítico de arte para ver isso. Meg tinha feito o desenho com nanquim, algumas das linhas eram amplas e fortes e outras eram bem delicadas. As cores eram claras, apagadas apenas, as sutis sugestões de cores, mas eram muito realistas e verdadeiras, com muito do papel aparecendo, então dava a impressão de que era um dia radiante e ensolarado.

Era uma pintura de um menino perto de um riacho que fluía, deitado de bruços em uma grande e plana pedra e olhando para baixo, para dentro d'água, com árvores e o céu todo em volta.

CAPÍTULO TREZE

Eu levei a pintura até The Dog House para mandar que a enquadrassem. The Dog House era uma pet shop que tinha sido ampliada em uma loja de atividades. Eles tinham filhotes de beagle na vitrine da frente, arcos e flechas, bambolês, kits de modelagem e uma loja de molduras nos fundos, com os peixes, as tartarugas, as cobras e os canários entre eles. O cara deu uma olhada na pintura e disse: "Nada mau".

"Posso pegar isso enquadrado amanhã?"

"Você está vendo a gente ocupado aqui?", disse ele. O lugar estava vazio. A segunda unidade da rede de lojas Guys From Harrison, na rota 10, estava aniquilando o trabalho deles. "Você pode vir pegar isso pronto ainda hoje. Volte lá pelas quatro e meia da tarde."

Eu estava lá às quatro e quinze, quinze minutos antes, mas o quadro estava pronto, em uma bela moldura de mogno manchado. Ele o embrulhou em papel pardo.

O quadro se encaixou perfeitamente em uma das duas cestas traseiras da minha bicicleta.

Quando cheguei em casa, estava quase na hora do jantar, então eu tive que esperar pela caçarola de carne assada, pelas ervilhas e pelo purê de batatas com molho de carne. Tive que levar o lixo para fora.

Depois eu fui até lá.

A televisão estava tocando no último volume a música tema de *Father Knows Best*, o programa de TV de que eu menos gostava, e, descendo as escadas pela bilionésima vez, vinham Kathy, Bud e Betty, radiantes. Eu podia sentir o cheiro das salsichas, das ervilhas e do chucrute. Ruth estava sentada com os pés na almofada em frente à cadeira. Donny e Willie estavam estirados, juntos, no sofá. Au-au estava deitado de bruços, tão perto da TV que isso levava a gente a se perguntar como estaria a audição dele. Susan estava sentada, assistindo à TV de uma cadeira com o espaldar reto na sala de jantar, e Meg estava lavando a louça.

Susan sorriu para mim. Donny só acenou e voltou a assistir à TV.

"Caramba", falei. "Ninguém se levanta, nem nada."

"O que é que você tem aí, meu bom menino?", disse Donny.

Ergui a pintura embrulhada em papel pardo.

"Aqueles discos do Mario Lanza que você queria."

Ele riu. "Sinistro."

E agora Ruth estava olhando para mim.

Decidi entrar imediatamente.

Ouvi a água ser fechada na cozinha. Eu me virei e Meg estava me observando, limpando as mãos em seu avental. Abri um sorriso para ela e meu palpite era de que ela soube de imediato o que eu estava fazendo.

"Ruth?"

"Sim? Ralphie, abaixa o volume da TV. Já chega. O que foi, Davy?"

Fui andando até ela. Olhei de relance por cima do ombro para Meg. Ela estava vindo na minha direção pela sala de jantar. Ela estava balançando a cabeça. Sua boca estava formando um "não" silencioso.

Estava tudo bem. Era só timidez. Ruth veria a pintura e Meg superaria a timidez.

"Ruth", falei. "Isso daqui é da Meg."

Estirei a pintura para ela.

Ela sorriu primeiro para mim, depois para Meg e pegou o quadro da minha mão. Au-au estava assistindo ao programa *Father Knows Best* em um volume baixo agora, então dava para ouvir o som do amassado do papel pardo, enquanto ela o desembrulhava. O papel caiu longe. Ela olhou para a pintura.

"Meg!", disse ela. "Onde foi que você arrumou dinheiro para comprar isso, hein?", perguntou.

Dava para ver que ela admirava a pintura. Dei risada.

"Custou apenas o dinheiro da moldura", falei. "Ela *pintou* o quadro para você."

"Ela fez isso? Meg fez isso?"

Assenti.

Tanto Donny como Au-au e Willie se reuniram em volta para ver a pintura. Susan deslizou para fora da cadeira. "Que bonito!", disse ela.

Olhei de relance mais uma vez para Meg, que ainda estava parada, em pé, ansiosa e com ares de esperança, olhando para dentro da sala de jantar.

Ruth ficou fitando a pintura. Parecia ter ficado com o olhar fixo na pintura por um tempão.

Então ela disse: "Não, ela não fez isso. Não para mim. Não brinque comigo. Ela pintou isso para *você*, Davy".

Ela sorriu. De alguma forma, o sorriso dela era esquisito. E, agora, eu estava ficando ansioso também.

"Veja aqui. Um menino em uma pedra. É claro que é para você."

Ela me entregou a pintura de volta.

"Eu não quero isso", disse ela. Eu me senti confuso. Nunca me passou pela cabeça que Ruth pudesse recusar a pintura. Por um instante, eu não sabia o que fazer. Fiquei ali parado, segurando o quadro, olhando para ele. Era uma bela pintura.

Eu tentei explicar.

"Mas a *intenção* era que realmente fosse para você, Ruth. Sério. Veja bem, nós conversamos sobre isso. E Meg queria fazer uma pintura para você, mas ela estava tão..."

"*David.*"

Era Meg, me interrompendo. E agora eu estava até mesmo ainda mais confuso, porque a voz dela soava austera e carregada de um tom de aviso.

Isso me deixou quase com raiva. Aqui estava eu, no meio dessa droga de situação, e Meg não ia permitir que eu saísse dessa sozinho.

Ruth apenas sorriu novamente. Então ela olhou para Willie, Au-au e Donny. "Aprendam uma lição, meninos. Lembrem-se disso. É importante. Tudo que vocês têm que fazer a qualquer momento é serem legais com uma mulher, e ela fará muitas coisas boas por vocês. Agora, Davy foi legal com Meg e ganhou uma pintura. Uma bela pintura. Isso foi tudo, não foi, Davy? Quero dizer, foi tudo que você conseguiu? Eu sei que você é um pouco novo, mas nunca se sabe."

Eu ri, ficando ruborizado. "Ora, Ruth."

"Bem, eu estou lhe dizendo que *realmente* nunca se sabe. Garotas são bem fáceis. Este é o problema delas. Prometa a elas alguma coisa e, na metade das vezes, você pode conseguir o que quiser. Eu sei o que eu estou dizendo. Olhe para o seu pai. Olhe para Willie Sr. Ele ia ser o dono da própria empresa quando nos casamos. Uma frota de caminhões de leite. Começando com um e trabalhando, até subir na vida. Eu ia ajudá-lo com a contabilidade, exatamente como eu fazia lá na Howard Avenue durante a guerra. Eu *administrava* aquela fábrica durante a guerra. Nós seríamos mais ricos do que os meus parentes eram quando eu era criança em Morristown, e isso quer dizer muito rico, devo lhe dizer. Mas sabe o que eu tenho? Nada. Nadinha, caramba. Só vocês três saindo de mim, um, dois, três, e aquele adorável canalha irlandês se foi, sabe Deus para onde. Então eu tenho três bocas famintas para alimentar, e agora eu tenho mais duas. Vou dizer uma coisa a vocês: garotas são umas tolas. Garotas são *fáceis*. Babacas que caem nessa que nem patinhas."

Ela foi andando, passando por mim em direção a Meg. Ela colocou o braço em volta dos ombros dela e então se virou para o restante de nós.

"Você pega essa pintura agora", disse ela. "Eu sei que você a fez para o David aqui, e não tente me contar nenhuma história diferente. Mas o que eu quero saber é o seguinte: o que você vai ganhar com isso? O que você acha que esse menino vai lhe dar? Ora, Davy é um bom menino. Melhor do que a maioria, eu diria. Definitivamente, melhor. Mas, querida, ele não vai lhe dar nada! Se você acha que ele vai lhe dar alguma coisa, você está bem enganada.

"Então, eu estou apenas dizendo que espero que essa pintura seja tudo que você tenha dado a ele, e é para o seu próprio bem que estou lhe dizendo isso. Porque você já entendeu o que os homens querem aqui e não é a porcaria do seu *trabalho artístico*."

Dava para ver o rosto de Meg começando a tremer, e eu sabia que ela estava tentando não chorar. No entanto, por mais inesperado que tudo isso fosse, eu estava tentando não rir. Donny também. A coisa toda era esquisita e talvez fosse em parte a tensão, mas o que Ruth tinha dito sobre a obra de arte era *engraçado*.

Ela apertou o braço em volta dos ombros de Meg.

"E se você *der* a eles aquilo que eles querem, então você não passa de uma vadia, docinho. Você sabe o que é uma vadia? Você sabe, Susan? É claro que não sabem. Vocês são novas demais. Bem, vadia é alguém que vive abrindo as pernas para um homem, é simples assim. Para que eles possam entrar nelas. Au-au, você pode parar com esse maldito sorriso enorme aí.

"Qualquer uma que for uma vadia merece apanhar. Qualquer um nesta cidade concordaria comigo. Então eu só estou avisando você, docinho, que qualquer atitude de vadia nesta casa vai querer dizer que sua bunda é grama e que a Ruth é o cortador."

Ela soltou Meg e entrou na cozinha. Ela abriu a porta da geladeira.

"Agora", disse ela. "Quem quer uma cerveja?"

Ela fez um gesto na direção da pintura.

"Isso daí tem umas cores meio mortas, de qualquer forma", disse ela, "vocês não acham?", e esticou a mão para pegar o *pack* com meia dúzia de cervejas.

CAPÍTULO CATORZE

Duas cervejas era tudo que bastava para mim naqueles dias, e eu fui para casa com preguiça e altinho, com a promessa costumeira de não dizer nem um pio para os meus pais, o que não era necessário. Eu preferiria ter cortado um dedo fora a fazer isso.

Assim que Ruth terminou seu sermão, o restante da noite não teve nenhuma ocorrência especial. Meg entrou no banheiro por um tempinho e, quando saiu de lá, era como se nada tivesse acontecido. Os olhos dela estavam secos. O rosto estava inexpressivo, não dava para interpretar essa falta de expressão dela. Nós ficamos vendo *Danny Thomas* e bebemos nossas cervejas e, então, em determinado momento durante um comercial, eu fiz planos de ir jogar boliche no domingo com Willie e Donny. Tentei olhar nos olhos de Meg, mas ela não olhava para mim. Quando acabaram as cervejas, eu fui para casa.

Pendurei a pintura ao lado do espelho no meu quarto.

No entanto, havia uma sensação de estranheza que não queria me deixar. Eu nunca tinha ouvido ninguém usar a palavra *vadia* antes, mas eu sabia o que aquilo queria dizer. Eu sabia desde que tinha pegado escondido o livro *Peyton Place* de minha mãe. Eu me perguntava se a irmã do Eddie, Denise, também era ainda jovem demais para ser qualificada como tal. Eu me lembrava dela nua, presa a uma árvore, com seus espessos, macios e tenros mamilos. Chorando, rindo, às vezes chorando e rindo ao mesmo tempo. Eu me lembrava das dobras de carne entre as pernas dela.

Pensei em Meg.

Eu me deitei na cama e pensei no quão fácil era machucar uma pessoa. Não tinha que ser físico. Tudo que se tinha a fazer era dar um bom e duro chute em algo com que ela se importasse.

Eu também poderia fazer isso, se quisesse.

As pessoas eram vulneráveis.

Eu pensei nos meus pais e no que eles estavam fazendo e em como eles continuavam atacando um ao outro. Com tanta regularidade agora que, estando no meio como estava, eu havia planejado não me importar com nenhum dos dois.

Na maior parte eram coisas pequenas, mas elas foram se somando.

Eu não conseguia dormir. Meus pais estavam no quarto ao lado, e meu pai estava roncando. Eu me levantei e entrei na cozinha para pegar uma Coca-Cola. Depois disso, entrei na sala de estar e me sentei no sofá. Não acendi as luzes.

Passava um tanto da meia-noite.

A noite estava quente. Não havia nenhuma brisa. Como de costume, meus pais tinham deixado as janelas abertas.

Através da tela, eu podia ver diretamente dentro da sala de estar da casa dos Chandler. As luzes ainda estavam ardendo. As janelas estavam abertas também, e eu ouvi vozes. Não consegui discernir muito do que estava sendo dito, mas eu sabia quem estava falando. Willie. Ruth. Depois, Meg. Depois, Donny. Até mesmo Au-au ainda estava acordado, dava para ouvir a voz alta e estridente dele, como a de uma garota rindo.

Os outros ainda estavam todos gritando em relação a alguma coisa.

"...para um *menino*!", eu ouvi Ruth dizer.

Então a voz dela foi sumindo de novo, em uma confusão misturada de sons e vozes, todo mundo junto.

Eu vi Meg ir para trás através da moldura formada pela janela da sala de estar. Ela estava apontando, berrando, o corpo inteiro rígido e tremendo de raiva.

"Você *não* vai fazer isso!", ouvi Meg dizer.

Então Ruth disse alguma coisa em voz baixa e fora do alcance da minha audição, mas o que ela disse saiu como um rosnado, dava para entender esse tanto, e dava para ver que Meg meio que desmoronava de repente, dava para vê-la se dobrando. E então ela estava chorando.

E a mão de alguém veio com tudo e deu um tapa nela.

O tapa foi tão forte que ela caiu para trás, para fora da moldura formada pela janela, e eu não podia mais vê-la.

Willie foi para a frente.

Ele começou a segui-la. Devagar.

Como se a estivesse perseguindo.

"Já chega!", ouvi Ruth falar. Querendo dizer, eu acho, que Willie deveria deixar Meg em paz.

Houve um momento em que eu acho que ninguém se mexeu.

Em seguida, os corpos iam e vinham por um tempinho, passando pela janela, todo mundo parecendo mal-humorado e com raiva, Willie, Au-au, Donny, Ruth e Meg pegando coisas do chão, colocando as cadeiras no lugar ou o que quer que fosse e se afastando lentamente. Eu não ouvi mais vozes, não ouvi mais conversa. A única que eu não vi foi Susan.

Fiquei sentado, observando.

As luzes foram apagadas. Dava para ver um fraco brilho nos quartos, e isso era tudo. Depois, até mesmo isso se foi, e a casa estava tão preta quanto a nossa.

CAPÍTULO QUINZE

Naquele sábado, no boliche, Kenny Robertson deixou de acertar seu sétimo pino por pouco na décima tentativa, terminando com um placar de 107. Kenny era magricela e tinha tendência de verter todo o peso do corpo na bola e jogá-la de um jeito selvagem. Ele voltou limpando a testa com o lenço da sorte do pai, que não tinha dado nenhuma sorte para ele naquele dia.

Ele se sentou entre mim e Willie, atrás do placar. Nós ficamos observando enquanto Donny se alinhava em seu lugar costumeiro, à esquerda da segunda fileira.

"Você pensou mais a respeito daquilo?", ele perguntou a Willie. "Sobre trazer Meg para O Jogo?"

Willie sorriu. Eu acho que ele estava se sentindo bem. Provavelmente ele ia passar dos 150 pontos, e isso não acontecia com muita frequência. Ele balançou a cabeça.

"Nós temos o nosso próprio Jogo agora", disse ele.

3

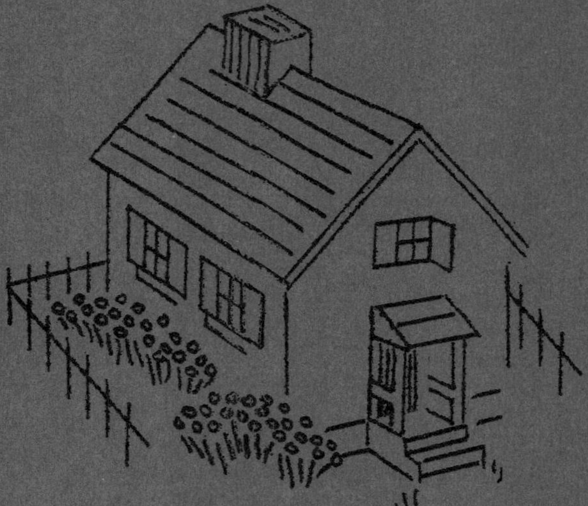

CAPÍTULO DEZESSEIS

Naquelas noites em que eu dormia na casa dos Chandler, assim que cansávamos de ficar de bobeira e Au-au ia dormir, costumávamos conversar.

Éramos mais eu e o Donny. Willie nunca tivera muito a dizer, e o que ele de fato dizia nunca era lá nada muito inteligente. No entanto, Donny era suficientemente brilhante e, como eu já disse, o mais próximo que eu tinha de um melhor amigo, então conversávamos sobre garotas, sobre a escola, sobre as crianças no programa musical *American Bandstand*, sobre os infinitos mistérios do sexo, sobre o que as músicas de rock que ouvíamos na rádio *realmente* queriam dizer, e assim por diante, sempre falando muito noite adentro.

Nós conversávamos sobre desejos, esperanças e, às vezes, até mesmo sobre pesadelos.

Era sempre o Donny quem dava início a essas conversas e sempre era eu quem as terminava. Em algum ponto muito além da exaustão, eu me inclinava por cima do meu beliche, no alto, e dizia alguma coisa do tipo "entende o que eu quero dizer?", e ele já estava adormecido, deixando-me sozinho à mercê dos meus pensamentos — desconfortáveis e não gastos —, às vezes até o amanhecer. Levei tempo para mergulhar profundamente no que quer que eu estivesse sentindo e, depois que o fiz, não consegui desistir do gostinho.

Eu ainda sou assim.

O diálogo é um monólogo agora. Eu não falo. Não importa quem esteja na cama comigo, eu nunca falo. Meus pensamentos deslizam e se perdem em pesadelos às vezes, mas eu não os divido com ninguém. Eu me tornei agora aquilo que tinha apenas começado a ser naquela época, completamente defensivo.

Isso teve início, eu acredito, com a minha mãe entrando no meu quarto quando eu tinha 7 anos. Eu estava dormindo. "Estou deixando o seu pai", disse ela, me acordando. "Mas eu não quero que você se preocupe. Vou levar você comigo. Nunca vou abandonar você. Jamais." E eu sei que, dos meus 7 aos 14 anos, fiquei esperando. Me preparei, *tornei-me* aquele eu que estava separado de cada um deles.

Foi assim, creio eu, que começou.

No entanto, entre os meus 7 e 13 anos, aconteceu de Ruth entrar na minha vida, e de Meg e Susan entrarem na minha vida. Se não fosse por elas, aquela conversa com a minha mãe poderia até mesmo ter sido boa para mim. Poderia ter me poupado do choque e da confusão quando o momento chegou. Porque crianças se recuperam rapidamente da tristeza ou do fracasso. Elas voltam rapidamente a ter confiança e partilhar coisas.

Eu não era capaz de fazer isso. E isso se deve ao que aconteceu depois, isso se deve ao que eu fiz e deixei de fazer.

Minha primeira esposa, Evelyn, me telefona às vezes, me acorda à noite.

"As crianças estão bem?", ela me pergunta. A voz dela soa aterrorizada.

Evelyn e eu não tivemos filhos.

Ela já entrou em instituições psiquiátricas inúmeras vezes, e saiu delas inúmeras vezes, sofrendo de ataques de depressão e ansiedade agudas, mas, ainda assim, essa fixação dela é sinistra.

Eu nunca contei a ela. Nada disso, nunca.

Então, como ela poderia saber?

Será que eu falo dormindo? Será que confessei algo a ela durante a noite? Ou será que ela simplesmente sente que há algo escondido em mim, sobre o único motivo verdadeiro pelo qual nunca tivemos filhos? Sobre o motivo pelo qual eu nunca permiti que tivéssemos filhos.

Os telefonemas dela são como pássaros noturnos voando e guinchando em volta da minha cabeça. Eu vivo esperando que eles voltem. Quando voltam, sou pego de surpresa.

É assustador.

As crianças estão bem?

Faz um bom tempo que aprendi a não deixá-la agitada. Sim, Evelyn, é o que eu digo a ela. Claro. As crianças estão bem. Volte a dormir agora, eu sempre digo.

Mas as crianças não estão bem.

Elas nunca ficarão bem.

CAPÍTULO DEZESSETE

Eu bati na porta telada dos fundos.

Ninguém atendeu.

Abri a porta e entrei.

Eu ouvi as risadas de imediato. Vinha de um dos quartos. A risada de Meg tinha um som meio agudo e guinchado, e a de Au-au era uma risadinha histérica. As risadas de Willie Jr. e de Donny eram mais baixas, soavam mais masculinas.

Eu não deveria estar ali, eu estava de castigo. Eu vinha trabalhando em um modelo de um avião B-52, um presente de Natal do meu pai, e não conseguia ajeitar as rodas dele. Eu tinha tentando acertá-las umas três ou quatro vezes, então o arrastei e chutei em pedaços contra a porta do meu quarto. Minha mãe entrou e fez uma tremenda de uma cena, e eu fiquei de castigo.

Minha mãe tinha saído agora para fazer compras. Pelo menos por um momento, eu estava livre.

Eu fui em direção aos quartos.

Eles estavam pressionando Meg contra a parede do quarto, em um canto, perto da janela.

Donny se virou.

"Ei, David! Ela *sente cócegas*! Meg sente cócegas!"

E então foi como se houvesse um sinal previamente combinado, porque todos eles foram para cima dela de uma vez, atacando as costelas enquanto ela se contorcia e tentava empurrá-los e afastá-los, e então ela se dobrou, baixando os cotovelos para cobrir as costelas, rindo, com o longo rabo de cavalo de cabelos vermelhos balançando.

"Pega ela!"

"Eu peguei!"

"*Pega* nela, Willie!"

Olhei adiante e vi que Susan estava sentada na cama, rindo também.

"Aaaaaiiii!"

Ouvi o som de um tapa. Ergui o olhar.

A mão de Meg estava cobrindo seus seios, e Au-au estava com a própria mão no rosto, onde a vermelhidão estava se espalhando e dava para ver que ele ia chorar. Willie e Donny se afastaram.

"Mas que diabo!"

Donny estava enfurecido. Uma coisa era ele dar cintadas em Au-au, mas ele não gostava que ninguém mais encostasse a mão nele.

"Sua vaca!", disse Willie.

Ele deu um golpe desajeitado com a mão aberta no topo da cabeça de Meg. Ela se moveu com facilidade para fora do alcance dele, que não tentou aquilo outra vez.

"Por que você fez isso?"

"Vocês viram o que ele fez!"

"Ele não fez nada."

"Ele me beliscou."

"E daí?"

Au-au estava chorando. "Eu vou contar!", disse, em um som de uivo.

"Vá em frente", disse Meg.

"Você não vai gostar se eu fizer isso", disse Au-au.

"Eu não me importo com o que você vai fazer. Eu não me importo com o que nenhum de vocês vai fazer." Ela empurrou Willie para o lado e andou entre eles, passando por mim. Desceu o corredor e entrou na sala de estar. Ouvi a porta da frente bater.

"Vaquinha", disse Willie. Ele se voltou para Susan. "Sua irmã é uma maldita de uma vaca."

Susan não disse nada. Porém, ele se moveu em direção a ela, e eu vi quando ela se encolheu.

"Você viu aquilo?", ele me perguntou.
"Eu não estava olhando."
Au-au estava choramingando. Havia muco de seu nariz escorrendo por todo o queixo.
"Ela me *bateu*!", ele berrou, e então passou por mim correndo.
"Vou contar para a minha mãe", disse Willie.
"É. Eu também", disse Donny. "Ela não pode sair ilesa dessa."
"Nós só estávamos brincando, caramba."
Donny assentiu. "Ela realmente bateu nele com tudo."
"Bem, Au-au tocou no peito dela."
"E daí? Foi sem querer."
"Dá pra ganhar um olho roxo fazendo isso."
"O dele vai ficar mesmo."
"Vaca."

Havia toda essa energia nervosa no quarto. Willie e Donny estavam andando de um lado para o outro, como touros contidos. Susan deslizou para fora da cama. Suas muletas emitiram um pungente ruído metálico.

"Aonde você está indo?", disse Donny.
"Eu quero ver a Meg", disse ela, baixinho.
"Dane-se a Meg. Você fica aqui. Você viu o que ela fez, não viu?"
Susan assentiu.
"Então. Você sabe que ela vai ficar de castigo, não sabe?"

Ele soava muito razoável, como um irmão mais velho explicando com muita paciência alguma coisa a uma irmã não tão brilhante. Ela assentiu mais uma vez.

"Então, você quer ficar do lado dela e ficar de castigo também? Quer que seus privilégios sejam tirados?"
"Não."
"Então você fica aqui, beleza?"
"Tudo bem."
"Bem aqui neste quarto."
"Tudo bem."
"Vamos encontrar nossa mãe", ele disse a Willie.

Eu os acompanhei para fora do quarto, passando pela sala de jantar e saindo pela porta dos fundos.

Ruth estava lá atrás, nos fundos da garagem, removendo ervas daninhas do canteiro de tomates. O vestido que ela estava usando era velho, desbotado e muito grande para ela, mas apertado na barriga. A gola canoa era bem ampla e aberta.

Ela nunca usava sutiã. Eu ficava em pé perto dela e podia ver seus seios quase até os mamilos. Eles eram pequenos e pálidos e tremiam enquanto ela trabalhava. Eu vivia desviando o olhar, com medo de que ela fosse notar o que eu estava fazendo, mas meus olhos eram como a agulha de uma bússola, e os seios dela eram o norte.

"Meg bateu no Au-au", disse Willie.

"Ela bateu nele, foi?" Ruth não parecia preocupada. Ela continuou a remover as ervas daninhas.

"Ela esbofeteou o Au-au", disse Donny.

"Por quê?"

"Nós só estávamos brincando."

"Todo mundo estava fazendo cócegas nela", disse Willie. "Então ela se afastou um pouco e acertou bem na cara dele. Assim, do nada."

Ela puxou um monte de ervas daninhas para fora da terra. Os seios dela tremeram. Os pelos neles estavam arrepiados. Eu estava fascinado. Ela olhou para mim e meus olhos se voltaram para os olhos dela bem a tempo.

"Você também, Davy?"

"Hein?"

"Você também estava fazendo cócegas na Meg?"

"Não. Eu tinha acabado de entrar."

Ela abriu um sorriso. "Eu não estou acusando você." Ruth ficou de joelhos e então se levantou e tirou as luvas de trabalho sujas.

"Onde é que ela está agora?"

"Não sei", disse Donny. "Ela saiu correndo do quarto."

"E Susan?"

"Ela está no quarto."

"Ela viu tudo isso?"

"Viu."

"Certo."

Ruth foi marchando e cruzou o gramado em direção à casa, e fomos atrás dela. Na varanda, ela limpou as mãos ossudas nos quadris. Puxou e tirou o lenço que prendia seus curtos cabelos castanhos e balançou os cabelos, agora soltos.

Eu imaginava que talvez ainda tivesse uns vinte minutos até a minha mãe voltar das compras, então entrei com eles novamente.

Nós a acompanhamos até dentro do quarto. Susan estava sentada na cama, onde nós a deixamos, olhando para uma revista, que estava aberta em uma foto de Liz e Eddie Fisher em uma página, em frente a Debbie Reynolds, na outra. Eddie e Liz pareciam felizes, sorridentes. Já a Debbie parecia amarga.

"Susan, onde está a Meg?"

"Eu não sei, senhora. Ela saiu."

Ruth se sentou ao lado dela, na cama. Ela deu um tapinha de leve na mão da garota. "Ora, me contaram que você viu o que aconteceu aqui. É verdade?"

"Sim, senhora. Au-au tocou na Meg e a Meg bateu nele."

"Tocou nela?"

Susan assentiu e colocou a mão sobre seu magro peito como se estivesse fazendo o juramento da bandeira. "Aqui", disse ela.

Ruth ficou encarando a garota por um instante.

Então ela disse: "E você tentou impedir...?".

"Impedir que Meg batesse nele, a senhora quer dizer?"

"Sim. Impedir Meg de bater em Ralphie."

Susan parecia estupefata. "Não tinha como eu fazer isso. Foi rápido demais, sra. Chandler. O Au-au tocou nela e a Meg já bateu nele logo."

"Você deveria ter tentado impedi-la, docinho." Ela deu um tapinha de leve na mão da garota de novo. "Meg é sua irmã."

"Sim, senhora."

"Se a gente bate na cara de alguém assim, isso pode causar muitos problemas. A pessoa pode errar e estourar o tímpano, furar um olho. Esse é um comportamento perigoso."

"Sim, sra. Chandler."

"Ruth. Eu já disse a você. É Ruth."

"Sim, Ruth."

"E você sabe o que significa ser conivente com alguém que faz esse tipo de coisa?"

Susan balançou a cabeça em negativa.

"Isso significa que você também é culpada, mesmo que talvez não tenha *feito* nada especificamente. Você é meio que uma camarada que está junto na viagem. Está me entendendo?"

"Eu não sei."

Ruth soltou um suspiro. "Deixe-me explicar para você. Você ama a sua irmã, certo?"

Susan assentiu.

"E *porque* você a ama, você perdoaria algo assim, como ela bater no Ralphie, não perdoaria?"

"Meg não queria machucar ele. Ela só ficou com muita raiva!"

"É claro que ficou. Então você a perdoaria, estou certa?"

"Uhum."

Ruth sorriu. "Bem, ora, veja, isso está totalmente *errado*, docinho! É exatamente isso que coloca você em uma situação de conivência com ela. O que ela fez não foi certo, é um comportamento ruim, e você a está perdoando porque a ama, e isso também não está certo. Você tem que parar com isso de sentir empatia, Suzie. Não importa que Meg seja sua irmã. O que é certo é certo. Você tem que se lembrar disso se quiser sobreviver. Agora você pode deslizar aqui pela lateral da cama, puxar seu vestido para cima e descer a calcinha."

Susan ficou encarando. De olhos arregalados, paralisada.

Ruth saiu da cama. Ela desafivelou o cinto.

"Vamos lá, docinho", disse ela. "Isso é para o seu próprio bem. Eu vou ensinar uma lição sobre conivência para você. Veja, Meg não está aqui para receber a parte dela do castigo. Então você terá que receber o castigo pelas duas. Sua parte é por não dizer 'Ei, pare com isso, Meg', sendo ela sua irmã ou não. O que é certo é certo. A parte dela é por fazer isso, para começo de conversa. Então você venha aqui, agora. Não me faça arrastar você."

Susan fixou o olhar em Ruth. Era como se ela *não conseguisse* se mexer.

"Certo, então", disse Ruth. "Desobediência é outra coisa."

Ela esticou a mão e, com firmeza — embora não com o que se pudesse chamar de violência —, pegou Susan pelo braço e a deslizou para fora da cama. Susan começou a chorar. As talas dos braços dela caíram ruidosamente. O mesmo aconteceu com as muletas. Ruth a virou de modo que ela ficasse com o rosto voltado para a cama e se inclinou por cima dela. Em seguida, ela puxou a parte de trás do vestido vermelho franjado dela para cima e a enfiou no cinto.

Willie soltou uma bufada, rindo.

Ruth lhe desferiu um olhar.

Ela puxou para baixo a pequena calcinha branca de algodão, por cima dos pinos e em volta dos tornozelos dela.

"Vamos dar cinco cintadas em você por conivência e dez por Meg. E mais cinco pela desobediência. Vinte."

Susan estava chorando agora. Eu podia ouvi-la chorando. Eu vi o fluxo das lágrimas escorrendo pela bochecha dela. Me senti envergonhado e comecei a me mover para trás pela entrada do quarto. Algum impulso de Donny me disse que talvez ele quisesse fazer o mesmo, no entanto, Ruth deve ter nos visto.

"Vocês fiquem onde estão, meninos. Meninas só choram. Não existe nada que vocês possam fazer em relação a isso. Mas isso é para o próprio bem dela, e vocês estarem aqui faz parte disso, e quero que vocês fiquem."

O cinto era de um tecido fino, não de couro. Então talvez não fosse doer tanto assim, pensei.

Ruth dobrou o tecido do cinto ao meio e o ergueu acima da cabeça. A peça desceu assoviando.

Pá!

Susan ficou ofegante e começou a chorar seriamente, muito alto.

O traseiro dela era tão pálido quanto os seios de Ruth, cobertos com uma fina camada de platina. E agora o traseiro dela também tremia. Eu podia ver uma mancha vermelha surgindo na parte esquerda da bunda, perto da covinha.

Olhei para Ruth enquanto ela erguia o cinto novamente. Os lábios dela estavam pressionados, bem firmes, juntos. Tirando isso, ela estava inexpressiva, concentrada. Ela desceu o cinto de novo, e Susan soltou um gemido que parecia um uivo.

Uma terceira vez, e então uma quarta, em uma sucessão rápida.
A bunda dela estava cheia de manchas vermelhas agora.
Uma quinta vez.
Ela parecia estar quase se engasgando em muco e lágrimas, a respiração dela vindo em sorvos.
Ruth estava girando o cinto no ar e ocupando mais espaço enquanto fazia isso. Nós tivemos que recuar.
Eu contei. Seis. Sete. Oito, nove, dez.
Susan estava contorcendo as pernas. Os nós dos dedos dela estavam brancos onde ela agarrava a roupa de cama.
Eu nunca tinha ouvido tanto choro.
Fuja, eu pensei. Meu Deus! Eu sairia correndo com certeza.
Porém, por outro lado, é claro que ela não tinha como sair correndo. Ela poderia muito bem ter sido acorrentada ali.
E isso me fez pensar n'O Jogo.
Aqui estava Ruth, eu pensei, executando O Jogo. Merda! E mesmo que eu me encolhesse a cada vez que o cinto vinha abaixo, eu simplesmente não conseguia me restabelecer. A ideia era incrível para mim. Uma adulta. *Uma adulta* executando O Jogo. Não era exatamente a mesma coisa, mas chegava bem perto.
E, de repente, eu tive a sensação de que isso não era mais tão proibido. A culpa pareceu perder a força. Mas a empolgação permanecia. Eu podia sentir as minhas unhas cavando fundo nas palmas das minhas mãos.
Continuei com a contagem. Onze. Doze. Treze.
Havia minúsculas gotas de suor sobre o lábio superior e na testa de Ruth. Os golpes dela eram mecânicos.
Catorze. Quinze.
O braço dela foi para cima. Debaixo do vestido sem cinto, sem forma, eu podia ver a barriga dela subindo e descendo com a respiração.
"Uau!" Au-au entrou de fininho no quarto, entre mim e Donny.
Dezesseis.
Ele estava com o olhar fixo no rosto contorcido e vermelho de Susan.
"Uau", disse ele novamente.

E eu soube que ele estava pensando o mesmo que eu, o que todos nós estávamos pensando.

Castigos eram feitos em privado. Na minha casa, pelo menos, era assim. Na casa de todo mundo, até onde eu sabia.

Isso não era castigo. Isso era O Jogo.

Dezessete. Dezoito.

Susan caiu no chão.

Ruth se curvou sobre ela.

Ela estava soluçando, o corpo frágil inteiro se contorcendo agora, a cabeça enterrada entre os braços, os joelhos puxados para cima e apertados junto ao peito, tanto quanto os gessos permitiam.

Ruth estava com a respiração pesada. Ela puxou a calcinha de Susan para cima. Ergueu a menina e a deslizou de volta para cima da cama, deitando-a de lado e alisando o vestido, descendo-o sobre as pernas dela.

"Tudo bem", ela disse suavemente. "É o suficiente. Descanse, agora. Você me deve duas cintadas."

E então todos nós ficamos ali parados por um instante, ouvindo os soluços abafados.

Eu ouvi um carro sendo estacionado na casa ao lado.

"Merda!", falei. "Minha mãe!"

Passei correndo pela sala de estar, saí pela porta na lateral da casa deles e espiei pelas cercas vivas. Minha mãe tinha estacionado o carro totalmente dentro da garagem. Ela estava com a traseira da van aberta, curvada sobre ela, erguendo sacos de supermercado.

Eu fui correndo pela entrada de carros até a porta da frente da nossa casa e subi as escadas correndo até o meu quarto. Abri uma revista.

Ouvi a porta dos fundos ser aberta.

"David! Venha até aqui embaixo e me ajude com as compras!"

A porta bateu com tudo.

Eu saí e fui até o carro. Minha mãe franzia o cenho e me entregava um saco de compras atrás do outro. "O lugar estava completamente lotado. O que você andou fazendo?", perguntou.

"Nada. Lendo."

Enquanto me virava para voltar para dentro eu vi Meg parada perto das árvores da casa dos Zorn. Ela estava com o olhar fixo na casa dos Chandler, logo do outro lado da rua, e mascava uma folha de capim, parecendo pensativa, como se estivesse tentando se decidir em relação a alguma coisa.

Não parecia ter me visto.

Eu me perguntava do que ela sabia.

Levei os sacos de compras para dentro de casa.

Mais tarde, eu saí até a garagem para pegar a mangueira do jardim e as vi no quintal, apenas Meg e Susan, sentadas na grama alta coberta de manchas que ficava atrás da bétula.

Meg estava escovando os cabelos de Susan. Longas e suaves escovadas, que eram firmes e regulares, mas também delicadas, como se os cabelos dela pudessem ficar machucados caso não fizesse isso direito. Sua outra mão acariciava embaixo dos cabelos dela, os dedos fazendo carinho tanto nos cabelos como no couro cabeludo, erguendo as madeixas e deixando-as cair com gentileza.

Susan estava sorrindo. Não era um grande sorriso, mas dava para ver o prazer dela, dava para ver como Meg a reconfortava.

E, por um instante, eu me dei conta do quão conectadas as duas eram, do quão sozinhas e especiais elas eram naquela conexão. Quase senti inveja delas.

Eu não as perturbei.

Encontrei a mangueira do jardim. Ao sair da garagem, a brisa tinha mudado de lado e dava para eu ouvir Meg cantarolando. Era uma canção bem suave, como se fosse de ninar, "Goodnight Irene". Uma música que minha mãe costumava cantar em longas viagens noturnas de carro, quando eu era pequeno.

Boa noite, Irene, boa noite, Irene, eu a verei em meus sonhos.

Eu me peguei cantarolando isso o dia todo. E, toda vez que eu cantarolava essa canção, eu via Meg e Susan sentadas juntas na grama e sentia o sol no meu rosto e os movimentos da escova e das mãos macias e suaves.

CAPÍTULO DEZOITO

"David, você tem algum dinheiro?"

Tateei nos meus bolsos e tirei dali uma amarrotada nota de um dólar e 35 centavos em moedas. Estávamos andando em direção ao playground, Meg e eu. Dentro de pouco tempo, haveria um jogo lá. Eu estava com a minha luva esquerda do jogador que fica ao lado do lançador, aquele que intercepta a bola no beisebol, e uma velha bola de beisebol colada com fita preta.

Mostrei o dinheiro a ela.

"Você me emprestaria esse dinheiro?"

"*Todo* ele?"

"Estou com fome", disse ela.

"É?"

"Eu quero ir até o Cozy Snacks para comprar um sanduíche."

"Para *comprar um sanduíche*?" Dei risada. "Por que não simplesmente roubar alguns doces? É fácil pegar coisas do balcão de lá."

Eu mesmo já tinha feito isso muitas vezes. A maioria de nós já tinha feito isso muitas vezes. Era só entrar, ir até o que a gente quisesse, pegar e depois sair. Nada de andares furtivos ou com hesitação. O lugar sempre estava cheio. Era bem fácil. E ninguém se importava com o sr. Holly, o velho que cuidava do lugar, então não tinha nenhuma culpa envolvida.

Meg apenas franziu o cenho. "Eu não roubo", disse ela.

Bem, cacete!, pensei, eis a Senhorita Certinha.

Eu senti um pouco de desprezo por ela. *Todo mundo* roubava. Isso fazia parte de ser criança.

"Apenas me empreste o dinheiro, por favor?", disse ela. "Eu pago de volta. Prometo."

Eu não conseguia ficar bravo com ela.

"Beleza. Claro", falei. Deixei o dinheiro cair na mão dela. "Mas para que você quer um sanduíche? Prepare um na casa da Ruth."

"Não posso."

"Como assim?"
"Eu não devo fazer isso."
"Por quê?"
"Eu não devo comer ainda."
Atravessamos a rua. Olhei para a esquerda e para a direita e então para ela. Meg estava com aquela expressão mascarada. Como se não estivesse me contando alguma coisa. Além disso, ela estava ficando um pouco vermelha.
"Não entendo."
Kenny, Eddie e Lou Marino já estavam na quadra de beisebol jogando uma bola por ali. Denise estava parada atrás do pegador, observando os meninos. Mas ninguém tinha visto a gente ainda. Eu podia sacar que Meg queria ir, mas fiquei encarando ela.
"Ruth disse que estou gorda", disse, por fim.
Eu ri.
"E então?", disse ela.
"E então o quê?"
"Estou?"
"O quê? Gorda?" Eu sabia que ela estava falando sério, mas tive que rir. "É claro que não. Ela está de brincadeira com você."
Ela se virou abruptamente.
"Que brincadeira...", disse ela. "Simplesmente *tente* ficar sem jantar, *sem* café da manhã e *sem* almoço por um dia."
Então ela parou e se voltou novamente para mim.
"Obrigada", disse.
Meg saiu andando.

CAPÍTULO DEZENOVE

O jogo na quadra terminou cerca de uma hora depois de começar. A essa altura, a maioria das crianças estava lá, não só Kenny, Eddie, Denise e Lou Morino, como também Willie, Donny, Tony Morino e até mesmo Glen Knott e Harry Gray, que apareceram porque Lou estava jogando. Com as crianças mais velhas lá, foi um jogo bom e rápido, até que Eddie acertou a bola no ar com um arco baixo na linha da terceira base e começou a correr.

Todo mundo, menos o Eddie, sabia que isso era uma falta. Mas não havia como dizer isso a ele. Eddie deu a volta nas bases enquanto Kenny ia atrás da bola. E então se seguiu a discussão de costume: vai se foder e vai se foder você, e não, vai se foder *você*.

A única diferença era que, dessa vez, Eddie pegou o bastão de beisebol e foi atrás de Lou Morino.

Lou era maior e mais velho do que Eddie, mas Eddie estava com o bastão, e o resultado foi que, em vez de se arriscar a ficar com um nariz quebrado ou uma concussão, ele saiu andando para fora do campo, levando Harry e Glen com ele, enquanto Eddie ia para o outro lado.

O restante de nós jogava a bola um para o outro.

Era isso que estávamos fazendo quando Meg se aproximou novamente. Ela largou algumas moedas na minha mão e eu as coloquei no meu bolso.

"Eu ainda lhe devo 85 centavos", disse ela.

"Beleza."

Notei que os cabelos dela estavam oleosos, como se ela não os tivesse lavado naquela manhã. No entanto, ela ainda estava bonita.

"Quer fazer alguma coisa?", disse ela.

"O quê?"

Olhei ao meu redor. Eu acho que estava com medo de que os outros fossem ouvir.

"Não sei. Ir lá perto do riacho?"

Donny jogou a bola para mim. Eu a lancei para Willie. Como de costume, ele caiu em cima da bola tarde demais e não a pegou.

"Deixa para lá", disse Meg. "Você está ocupado demais."

Meg estava irritada, magoada, ou algo assim. Ela saiu andando.

"Não. Ei. Espera."

Eu não podia convidá-la para jogar. Era beisebol, e ela não tinha luva.

"Ok, claro. Vamos até o riacho. Espere um minuto."

Só tinha um jeito de fazer isso de maneira graciosa. Eu tinha que convidar os outros.

"Ei, pessoal! Querem ir lá no riacho? Pegar alguns lagostins ou algo do tipo? Está quente aqui."

Na verdade, a ideia de ir até o riacho não era ruim. Estava quente.

"Claro, eu vou", disse Donny.

Willie deu de ombros e assentiu.

"Eu também vou", disse Denise.

Que ótimo. Denise. Agora, tudo de que precisávamos era o Au-au.

"Eu vou almoçar", disse Kenny. "Talvez eu encontre vocês por lá."

"Beleza."

Tony vacilou e decidiu que também estava com fome. Isso fez com que ficássemos apenas nós cinco.

"Vamos dar uma passada lá em casa", disse Donny. "Pegar alguns jarros para os lagostins e uma garrafa térmica de Ki-Suco."

Nós entramos pela porta dos fundos e dava para ouvir a máquina de lavar em funcionamento no porão.

"Donny? É você?"

"Sim, mãe."

Ele se voltou para Meg. "Pegue o Ki-Suco, certo? Eu vou descer para pegar os jarros e ver o que ela quer."

Fiquei sentado com Willie e Denise à mesa da cozinha. Havia migalhas de torrada na mesa, e eu as empurrei para o chão. Havia também um cinzeiro cheio de guimbas de cigarro. Olhei em meio às guimbas, mas não havia nenhuma grande o bastante para roubar e fumar depois.

Meg estava despejando Ki-Suco de limão da jarra de Ruth para dentro da sua garrafa térmica com muito cuidado quando eles chegaram lá em cima. Willie levava dois potes de pasta de amendoim e uma pilha de latas. Ruth estava limpando as mãos em seu avental desbotado. Ela sorriu para nós e olhou para Meg na cozinha.

"O que é que você está fazendo?", disse ela.

"Apenas colocando um pouco de Ki-Suco aqui."

Ruth enfiou a mão dentro do bolso do avental e tirou dali um maço de cigarros, acendendo um deles.

"Achei que eu tivesse dito para você ficar longe da cozinha."

"Donny queria um pouco de Ki-Suco. Foi ideia do Donny."

"Eu não me importo de quem tenha sido a ideia."

Ela soprou um pouco de fumaça e começou a tossir. Era uma tosse ruim, vinda direto dos pulmões, e ela não conseguiu nem mesmo falar por um instante.

"É só Ki-Suco", disse Meg. "Eu não estou comendo."

Ruth assentiu. "A pergunta é...", começou ela, dando mais uma tragada no cigarro. "A pergunta é: o que foi que você pegou escondida antes de eu chegar aqui?"

Meg terminou de despejar o Ki-Suco na garrafa térmica e colocou a jarra de Ruth de lado.

"Nada", disse, soltando um suspiro. "Eu não peguei *nada* escondido."

Ruth assentiu novamente. "Venha até aqui", disse ela.

Meg ficou parada.

"Eu disse para você vir até aqui."

Ela andou até Ruth.

"Abra a boca e me deixe sentir o seu hálito."

"O quê?"

Ao meu lado, Denise começou a dar risadinhas.

"Não seja desrespeitosa comigo. Abra a boca."

"Ruth..."

"Abra a boca."

"Não!"

"O que foi isso? O que foi que você disse?"

"Você não tem nenhum direito de..."

"Eu tenho todo o direito do mundo. Abra a boca."

"Não!"

"Eu falei para você abrir a boca, mentirosa."

"Eu não sou mentirosa."

"Bem, eu sei que você é uma vadia, então eu acho que você também é mentirosa. Abra a boca!"

"Não!"

"Abra a boca!"

"Não!"

"Estou falando para você abrir a boca."

"Não vou fazer isso."

"Ah, sim, vai sim. Se eu tiver que fazer com que esses meninos forcem sua boca a abrir, vai sim."

Willie soltou uma bufada, rindo. Donny ainda estava parado na entrada, segurando as latas e os potes. Ele parecia envergonhado.

"Abra a *boca*, vadia."

Com isso, Denise soltou risadinhas novamente.

Meg olhou bem nos olhos de Ruth. Ela inspirou.

E, por um instante, ela conseguiu falar com uma dignidade quase adulta, de cair o queixo.

"Eu disse a você, Ruth", disse a garota. "Eu não vou fazer isso."

Até mesmo Denise calou a boca.

Nós estávamos impressionados.

Nunca tínhamos visto nada parecido antes.

Crianças eram impotentes. Quase por definição. Crianças supostamente deveriam *suportar* humilhação ou correr dela. Se a gente protestasse, tinha que ser de forma indireta. A gente corria para dentro do quarto e batia a porta. Gritava e berrava. Fazia cara de quem estava se remoendo durante o jantar. Desempenhava determinado papel... ou quebrava coisas de propósito como se fosse um acidente. Ficava mal-humorado, em silêncio. Ferrava as coisas na escola. E basicamente isso. Eram todas as armas que tínhamos em nosso arsenal. Mas o que a gente *não* fazia era desafiar um adulto, responder e mandá-lo à merda com tantas palavras. A gente não ficava lá parado e dizia não com tanta calma. Nós ainda éramos novos demais para fazer isso.

Então, naquele momento, aquilo era bem incrível.

Ruth sorriu e apagou a ponta do cigarro no cinzeiro cheio. "Eu acho que vou pegar a Susan", disse ela. "Imagino que ela deva estar no quarto dela."

E então foi a vez de Ruth se virar para encarar Meg. Isso durou um instante, elas duas encarando uma à outra como se fossem pistoleiras.

A compostura de Meg foi estilhaçada.

"Deixe a minha irmã *fora* disso! Deixe-a em paz!"

Meg cerrou as mãos em punhos, com os nós dos dedos brancos. E eu entendi que ela sabia sobre a surra do outro dia. Eu me perguntava se teria havido outras vezes, outras surras.

No entanto, de certa forma, estávamos aliviados. Isso era mais como as coisas costumavam ser. Mais do jeito como estávamos acostumados.

Ruth simplesmente deu de ombros. "Não há necessidade de você ficar toda perturbada em relação a isso, Meggy. Eu só quero perguntar a ela o que ela sabe sobre você ficar atacando a geladeira entre as refeições. Se você não fizer o que estou pedindo, talvez ela me diga o que aconteceu."

"Ela nem mesmo estava *com a gente*!"

"Eu tenho certeza de que ela ouviu você, docinho. Eu tenho certeza de que os vizinhos ouviram você. Seja como for, irmãs sabem, não sabem? É meio que instintivo, para falar a verdade."

Ela se virou em direção ao quarto. "Susan?"

Meg esticou a mão e a agarrou pelo braço. E era como se ela fosse outra garota totalmente diferente agora, assustada, impotente, desesperada.

"Sua *maldita*!", disse ela.

A gente percebeu na hora que isso foi um erro.

Ruth girou e estapeou Meg. "Você pôs a mão em mim? Você *pôs a mão* em mim, cacete? Você se *atreve* a fazer isso comigo?"

Ruth deu outro tapa nela enquanto Meg recuava, e deu mais um tapa na garota enquanto ela ia aos tropeços para cima da geladeira, sem equilíbrio, e caía de joelhos. Ruth se inclinou para cima dela e agarrou seu maxilar, puxando-o com força.

"Agora você abra a sua maldita boca, está me ouvindo? Ou eu vou chutar você e a sua preciosa irmã até a morte! Está me ouvindo? Willie? Donny?"

Willie se levantou e foi até ela. Donny parecia confuso.

"Segurem ela."

Eu me sentia paralisado. Tudo estava acontecendo tão rápido. Eu estava ciente de Denise sentada ao meu lado, os olhos esbugalhados.

"Eu falei para segurarem ela."

Willie saiu de onde estava sentado e pegou Meg pelo braço direito, e acho que Ruth estava machucando o maxilar dela ao segurar com tanta força, porque Meg não apresentou resistência. Donny colocou seus potes e suas latas em cima da mesa e segurou o braço esquerdo dela. Duas das latas saíram rolando para fora da mesa e caíram ruidosamente no chão.

"Agora, *abra* a boca, sua vagabunda."

E então Meg realmente lutou, tentando se pôr de pé, arqueando-se e rolando contra eles, mas eles a seguravam com firmeza. Willie estava se divertindo, isso era óbvio. Mas Donny parecia contrariado. Ruth estava com as duas mãos em Meg agora, tentando forçar a boca dela a se abrir.

Meg a mordeu.

Ruth soltou um berro e foi aos tropeços para trás. Meg se contorceu para ficar em pé. Willie torceu o braço dela atrás das costas e o puxou para cima. Ela gritou e se dobrou ao meio. Balançou o braço esquerdo com força para se livrar de Donny, meio que em um ataque de pânico, e ela quase conseguiu. A pegada de Donny era incerta o bastante, e ela quase se libertou.

Foi aí que Ruth deu um passo à frente mais uma vez.

Por um instante, ela apenas ficou ali parada, analisando Meg, procurando, creio eu, por uma abertura. Então ela cerrou uma das mãos em punhos, ergueu-a e deu um soco na barriga da garota, exatamente da mesma forma como um homem bateria em outro homem, e quase com a mesma força. O som que a gente ouviu parecia o de alguém socando uma bola de basquete.

Meg caiu, engasgando-se, e ficou tentando respirar, ofegante.

Donny a soltou.

"Meu Deus!", sussurrou Denise ao meu lado.

Ruth deu um passo para trás.

"Você quer lutar?", disse ela. "Ok, lute."

Meg balançou a cabeça em negativa.

"Você não quer lutar? Não?"

Ela balançou a cabeça.

Willie olhou para a mãe.

"Que pena", disse ele, baixinho.

Ele ainda segurava o braço dela. E agora ele começou a torcê-lo. Ela se curvou ao meio.

"Willie está certo", disse Ruth. "Que pena. Vamos, Meg, docinho, *lute*. Lute contra ele."

Willie continuava a torção. Ela deu um pulo com a dor e ficou ofegante. Balançou a cabeça uma terceira vez.

"Bem, eu acho que ela não vai fazer isso", disse Ruth. "Essa garota não quer fazer *nada* do que eu estou pedindo hoje."

Ela balançou a mão que Meg havia mordido e a examinou. De onde eu estava sentado, dava para ver que era apenas um ponto vermelho. Meg não tinha rasgado a pele dela nem nada do tipo.

"Solta ela", disse Ruth para o garoto. Willie deixou o braço de Meg. Ela se dobrou para a frente. Estava chorando.

Eu não gostei de ficar vendo aquilo. Desviei o olhar.

Eu vi Susan parada no corredor, segurando-se na parede, parecendo assustada, o olhar fixo no canto. Os olhos estavam grudados na irmã.

"Eu tenho que ir", falei, com uma voz que soava estranhamente tensa para mim.

"E quanto ao riacho?", disse Willie. Parecia desapontado, aquele canalha. Como se nadinha tivesse acontecido.

"Depois", falei. "Eu tenho que ir agora."

Eu estava ciente de que Ruth me observava.

Eu me levantei. Não queria passar por Meg, por algum motivo. Em vez disso, passei por Susan e fui até a porta da frente. Ela não pareceu me notar.

"David", disse Ruth, cuja voz soava muito calma.

"Sim?"

"Isso é o que você chamaria de uma briga doméstica", disse ela. "É só entre a gente. Você viu o que você viu. Mas isso não é da conta de ninguém além de nós. Sabe? Está entendendo?"

Fiquei hesitante, e depois assenti.

"Bom menino", disse ela. "Eu sabia que você era um bom menino. Eu sabia que você entenderia."

Fui andando até lá fora. O dia estava quente, quente e úmido. Lá dentro estava mais fresco.

Andei de volta até o bosque, cortando caminho e desviando da trilha que dava para o riacho. Avancei no bosque atrás da casa dos Morino.

Estava mais fresco ali. Cheirava a pinho e terra.

Eu continuava visualizando Meg caída, chorando. E então eu a via na frente de Ruth, em pé, olhando-a friamente nos olhos e dizendo "eu não vou fazer isso". Por algum motivo, a imagem se alternava com minha lembrança de uma discussão com a minha mãe mais cedo naquela semana. Você é igualzinho ao seu pai, disse ela. Eu havia respondido a ela com fúria. Não tão bem quanto Meg havia feito. Eu tinha perdido a compostura. Eu tinha me enfurecido. Eu tinha odiado ela. Eu pensava nisso agora de um jeito meio desligado de emoções e então eu pensei em todas essas coisas daquele dia.

A manhã tinha sido incrível.

Mas era como se tudo cancelasse tudo.

Andei pelo bosque.

Eu não sentia nada.

CAPÍTULO VINTE

Dava para ir do Cozy Snacks até a minha casa através do bosque, cruzando o riacho na Grande Pedra e depois seguindo ao longo da margem mais afastada, passando por duas casas velhas e um canteiro de obras. Eu estava vindo para casa por aquele caminho no dia seguinte, com um exemplar de *Os Três Mosqueteiros,* um pouco de alcaçuz vermelho e um pouco de chiclete — pelo qual, pensando em Meg, eu na verdade tinha pagado — em um saco de papel pardo, quando a ouvi gritar.

Eu sabia que era Meg. Era só um grito. Poderia ter sido qualquer pessoa gritando. No entanto, eu sabia.

Fiquei quieto. Fui me movendo ao longo da margem do riacho.

Ela estava parada, em pé na Grande Pedra. Willie e Au-au devem tê-la surpreendido enquanto estava com a mão na água, porque as mangas da blusa dela estavam enroladas para cima e a água do riacho caía em gotas do antebraço, e dava para ver a longa e lívida cicatriz, como uma minhoca, pulsando em sua pele.

Eles estavam jogando nela as latas do porão, e a mira de Au-au, pelo menos, era boa.

Mas, então, Willie estava mirando na cabeça dela.

Um alvo mais difícil. Ele sempre errava feio.

Au-au a acertou primeiramente no joelho exposto e depois, quando ela se virou, no meio das costas.

Ela os espiou novamente e viu quando eles pegaram os potes de vidro de pasta de amendoim.

Au-au atirou um deles.

O vidro se estilhaçou aos pés dela e os pedaços ricochetearam em suas pernas. Ser acertada com um pote daqueles doeria muito.

Não tinha nenhum lugar para ela fugir, além de mergulhar no riacho. Ela não teria como escalar a margem alta ao meu lado, pelo menos, não a tempo. Então, foi isso que ela fez.

Ela foi para dentro da água.

O riacho estava correndo rápido naquele dia, e o fundo estava repleto de pedras cobertas de musgo. Eu vi ela se desequilibrar e cair enquanto outro pote se espatifava em uma pedra ali perto. Ela tentou se erguer, ofegante e molhada até os ombros, e sair correndo. Deu quatro passos e caiu de novo.

Willie e Au-au estavam uivando, rindo tanto que esqueceram de jogar mais potes nela.

Meg se levantou e, dessa vez, manteve a estabilidade. Ela se moveu pelo riacho, respingando água na direção da corrente do rio. Quando se virou no canto, havia um bom bosque cerrado para protegê-la.

Aquilo terminara.

Por incrível que pareça, ninguém tinha me visto. Não ainda. Eu me sentia como se fosse um fantasma.

Fiquei olhando enquanto eles coletavam as poucas latas e os poucos potes que restavam. Então saíram andando, rindo enquanto desciam pela trilha até a casa deles. Eu podia ouvi-los o tempo todo, enquanto a voz ia sumindo gradualmente.

Babacas, pensei. Tinha vidro por toda parte. Nós não podíamos andar na água agora. Pelo menos não até o riacho fluir de novo.

Cruzei a Grande Pedra até o outro lado com cuidado.

CAPÍTULO VINTE E UM

Meg resolveu lutar no Quatro de Julho.

Era crepúsculo, um cálido final de tarde se esvanecia em uma noite escura, e havia centenas de nós em cobertores no Campo do Memorial, na frente da escola secundária, esperando que os fogos de artifício tivessem início.

Eu e Donny estávamos sentados com os meus pais; eu o chamei para jantar naquela noite. E eles estavam sentados com os amigos deles, os Henderson, que moravam a duas quadras da nossa casa.

Os Henderson eram católicos e não tinham filhos, o que, de imediato, queria dizer que havia algo errado, embora ninguém parecesse saber exatamente o que era. O sr. Henderson era grande, amante de ar livre e inclinado a usar xadrez e veludo cotelê. Era aquele tipo de cara a quem a gente se referia como um homem de verdade, e meio divertido. Ele criava beagles no quintal dos fundos de casa e também deixava que atirássemos com suas espingardas de ar comprimido às vezes, quando íamos até lá. A sra. Henderson era magra, loira, com um nariz de botãozinho e muito bonita.

Uma vez Donny disse que não conseguia ver qual era o problema. Ele teria trepado com ela na hora.

De onde estávamos, dava para ver Willie, Au-au, Meg, Susan e Ruth do outro lado do campo, sentados perto da família Morino.

A cidade inteira estava lá.

Se a pessoa conseguisse andar, dirigir ou se arrastar pelo chão, no Quatro de Julho ia ver os fogos de artifício. Além dos desfiles que aconteciam no Memorial Day, era o nosso grande espetáculo do ano.

E, por mera formalidade, os tiras estavam lá. Ninguém realmente esperava nenhuma encrenca. A cidade ainda estava no estágio em que todo mundo conhecia todo mundo ou conhecia outro alguém que conhecia todo mundo. A gente saía de casa e deixava a porta aberta o dia todo, para o caso de alguém aparecer e a gente não estar lá.

A maioria dos tiras era amigo da família. Meu pai os conhecia do bar ou da organização dos veteranos de guerras em terras estrangeiras.

Na maior parte do tempo, eles só estavam por ali para se certificar de que ninguém acendesse fogos de artifícios perto demais dos cobertores. Ficavam parados nos arredores, esperando o espetáculo, como o resto de nós.

Eu e Donny estávamos prestando atenção no sr. Henderson. Ele falava sobre a nova ninhada dos beagles e bebia chá gelado da garrafa térmica enquanto arrotava gases de carne assada em caçarola nos outros, dando risada. Minha mãe sempre fazia carne assada em caçarola com muitas cebolas. Isso deixava meu pai maluco, mas era o jeito que ela gostava de preparar essa receita. Em meia hora, estaríamos peidando.

Os amplificadores tocavam John Philip Sousa no último volume.

Havia uma meia-lua sobre o prédio da escola secundária.

À luz fraca e cinza, dava para ver criancinhas correndo umas atrás das outras em meio à multidão. As pessoas estavam acendendo os fogos de artifício. Atrás de nós, um pacote inteiro de fogos de uns cinco centímetros foi solto, como uma metralhadora.

Decidimos pegar sorvete.

O caminhão de sorvetes estava fazendo um negócio e tanto, com uma multidão de crianças andando na direção dele. Aos poucos e aos empurrões, fomos abrindo caminho sem ser pisoteados. Eu peguei um Brown Cow e Donny pegou um Fudgesicle, e nos arrastamos de volta.

Então vimos Meg perto da lateral do caminhão, conversando com o sr. Jennings. E isso fez com que parássemos de andar imediatamente e ficássemos imóveis.

Porque o sr. Jennings também era o *Oficial* Jennings. Ele era um tira.

E havia alguma coisa no modo como ela estava agindo, gesticulando com as mãos, inclinando-se para a frente meio que *para cima* dele, que nos fez sacar de imediato o que ela estava dizendo.

Era assustador e chocante.

Ficamos lá, parados, como se tivéssemos criado raízes.

Meg estava contando a ele. Traindo Ruth.

Traindo Donny e todo mundo.

O rosto dela não estava voltado para nós.

Por um instante, só ficamos encarando ela e, como se tivéssemos combinado, olhamos um para o outro.

Fomos até lá. Comendo nossos sorvetes. De um jeito bem casual. Ficamos ali parados, ao lado dela.

O sr. Jennings olhou de relance para nós por um segundo, mas então voltou o olhar na direção de Ruth, Willie e os outros, e ele assentia, ouvindo meticulosamente, olhando com atenção para Meg.

Nós estávamos saboreando diligentemente os nossos sorvetes. Demos uma olhada ao redor.

"Bem, esse é o direito dela, acho", disse ele.

"*Não!*", disse Meg. "Você não está entendendo."

Mas não conseguimos ouvir o restante do que ela estava dizendo.

O sr. Jennings abriu um sorriso e deu de ombros. Ele colocou uma das mãos cheias de sardas no braço dela rapidamente.

"Escute", disse ele. "Talvez os seus pais fossem se sentir da mesma forma. Quem poderia saber? Você tem que pensar na senhora Chandler como sua mãe agora, não é?"

Meg balançou a cabeça em negativa.

Ela percebeu a nossa presença ali, eu acho. Pela primeira vez ela ficou realmente consciente de que eu e o Donny estávamos perto, e do que isso poderia querer dizer por conta da conversa que eles estavam tendo. Dava para ver a expressão no rosto dela se alterar. Mas Meg ainda estava falando, argumentando.

Ele nos observava por cima do ombro dela, e ficou olhando para nós com uma expressão endurecida por um bom tempo.

Em seguida, conduziu Meg pelo braço levemente.

"Vamos dar uma volta", disse ele.

Eu vi quando Meg olhou de relance, nervosa, na direção da Ruth, mas estava ficando difícil enxergar a essa altura, estava muito escuro, apenas com a lua e as estrelas e uns fogos de artifício de vez em quando para ajudar na iluminação, então não havia muita chance de que Ruth tivesse notado os dois juntos. De onde eu estava, a multidão já era uma massa disforme, como se fossem arbustos e cactos despontando em uma pradaria. Eu sabia onde eles estavam sentados, mas não conseguia discerni-los, nem meus pais, nem os Henderson.

Mas a gente sabia perfeitamente por que Meg estava com medo. Eu mesmo estava com medo. Aquilo que ela estava fazendo parecia emocionante e proibido, exatamente a mesma sensação de tentar vê-la pelas janelas de cima da bétula.

O sr. Jennings se virou e ficou de costas para nós, e, ainda com gentileza, afastou-a um pouco.

"Merda", sussurrou Donny.

Ouvi o som forte, rápido e ruidoso. Uma explosão no céu. Bolas brancas e brilhantes, como cogumelos, explodiram, e os fogos caíram em uma chuva.

Uuuuuuuuuu, fez a multidão.

E, à luz branca e fantasmagórica que se seguiu, eu olhei para ele. Vi confusão e preocupação.

Ele sempre tinha sido relutante com a Meg. Ainda o era agora.

"O que é que você vai fazer?", perguntei a ele.

Donny balançou a cabeça.

"Ele não vai acreditar nela", disse. "Ele não vai fazer *nada*. Tiras falam, mas nunca fazem nada com a gente."

Era como Ruth dissera certa vez. Tiras falam, mas nunca *executam*.

Ele repetia isso agora, enquanto andávamos de volta para os nossos cobertores, como se fosse uma questão de honra.

Como se *tivesse* que ser assim.

Quase como se fosse uma prece.

CAPÍTULO VINTE E DOIS

A viatura da polícia estacionou por volta das oito horas da noite seguinte. Eu vi o sr. Jennings subindo os degraus e batendo à porta, e Ruth fazendo com que ele entrasse. Fiquei esperando, olhando para fora da janela da sala de estar da minha casa. Alguma coisa se revirava sem parar na minha barriga.

Meus pais estavam em uma festa de aniversário no Knights of Columbus, e a minha babá era Linda Cotton, de 18 anos, sardenta e, pensei, bonitinha, embora nada comparável a Meg. Por 75 centavos a hora, ela não ligava a mínima para o que eu estava fazendo, contanto que eu ficasse em silêncio e não a atrapalhasse enquanto ela assistia *The Adventures of Ellery Queen* na TV.

Linda e eu, bem, nós tínhamos um acordo. Eu não falava nada sobre as visitas do namorado dela, Steve, em minha casa, nem sobre os dois aos beijos e carícias no sofá a noite toda, e ela me deixava fazer praticamente o que eu quisesse, sob a condição de que estivesse em casa e na cama antes de meus pais voltarem. Ela sabia que eu estava ficando velho demais para ter babás, de todo modo.

Fiquei esperando até que a viatura de polícia saísse dali e fui até a casa dos Chandler. Era perto das nove horas da noite.

Eles estavam sentados na sala de estar e na sala de jantar. Todos eles. A casa estava silenciosa e ninguém se mexia, e eu tive a sensação de que eles haviam ficado assim por um bom tempo.

Todo mundo encarava Meg. Até mesmo Susan.

Eu tive uma sensação estranha.

Posteriormente, durante a década de 1960, eu me daria conta do que era. Eu abriria uma carta do Sistema de Serviços Seletivos e leria o cartão que estava ali dentro e que dizia que meu status agora tinha mudado para alta prioridade.

Era uma sensação de *intensificação*.

De que o risco estava mais alto agora.

Fiquei em pé, parado na entrada. Foi Ruth quem me percebeu.

"Olá, David", disse ela, baixinho. "Sente-se. Junte-se a nós." Então ela soltou um suspiro. "Alguém pega uma cerveja para mim, por favor?"

Willie se levantou na sala de jantar e foi até a cozinha, pegou uma cerveja para ela e uma para ele mesmo, abriu as duas e entregou a de Ruth. Em seguida, ele voltou a se sentar.

Ruth acendeu um cigarro.

Olhei para Meg, que estava em uma cadeira dobrável na frente do olho cinza e apagado da televisão. Ela parecia estar com medo, mas determinada. Eu pensei em Gary Cooper saindo na rua silenciosa no fim do filme *Matar ou Morrer*.

"Ora, ora", disse Ruth. "Veja só."

Ela sorveu um gole da cerveja, fumou o cigarro.

Au-au se contorcia no sofá.

Eu quase me virei e saí dali de novo. Donny se levantou na sala de jantar e andou até Meg. Ele ficou ali parado, na frente dela.

"Você trouxe um tira aqui atrás da minha mãe", disse ele. "Atrás da minha *mãe*."

Meg ergueu o olhar para ele. A expressão em seu rosto relaxou um pouco. Afinal de contas, era o Donny. O relutante Donny.

"Eu sinto muito", disse ela. "Eu só tinha que me certificar de que as coisas não ficariam..."

Ele levantou a mão com rapidez e deu um tapa na cara dela.

"Cala a boca! *Você*... cala a boca!"

Ele estava com a mão erguida na frente dela, preparado para bater de novo, tremendo. Parecia ser a única coisa que ele podia fazer para não bater nela de novo, e com muito mais força dessa vez.

Ela o encarou, horrorizada.

"Sente-se", disse Ruth, baixinho.

Era como se ele não a tivesse ouvido.

"Sente-se!"

Ele se forçou a se afastar de Meg. Deu uma meia-volta praticamente militar e voltou para a sala de jantar.

Um silêncio pesado caiu novamente.

Por fim, Ruth se inclinou para a frente. "O que eu quero saber é o seguinte: o que você estava pensando, Meggy? O que foi que passou pela sua cabeça?"

Meg não respondeu.

Ruth começou a tossir. Aquela tosse profunda, seca, que Ruth tinha. Logo ela conseguiu controlar.

"O que eu quero saber é o seguinte: você achou que ele ia levar você embora ou algo do tipo? Você e a Susan? Tirar vocês duas daqui? Bem, isso não vai acontecer. Ele não vai levar vocês duas a lugar nenhum, garotinha. Porque ele não se *importa*. Se ele tivesse se importado, teria feito isso na hora, lá na queima dos fogos de artifício, e não foi o que ele fez, não é? Então, o que lhe resta? O que é que você tinha na cabeça? Você achou que talvez eu fosse ficar com medo dele?"

Meg só ficou lá sentada, de braços cruzados, com aquela expressão determinada nos olhos.

Ruth sorriu e bebeu um gole da cerveja.

E ela também parecia determinada a seu próprio modo.

"O problema é o seguinte...", recomeçou. "O que é que nós vamos fazer agora? Não há nada em relação àquele homem ou a nenhum outro homem que me assuste, Meggy. Se você não sabia disso antes, eu certamente espero que você saiba disso agora. Mas eu também não posso lidar com isso de você ficar correndo atrás dos tiras a cada dez, vinte minutos. Então, a pergunta é a seguinte: e agora?"

Um suspiro. "Eu mandaria você a algum lugar se houvesse algum lugar aonde eu pudesse mandar você. Acredite em mim, eu faria isso. Maldição, você acha que eu preciso de uma putinha imbecil arruinando a minha reputação? E Deus sabe que eles não me pagam o bastante para me dar ao trabalho de tentar corrigir você. Inferno, com o que eles pagam, é de se admirar que eu consiga dar de comer a você!"

Ela fez uma pausa. "Eu acho que eu tenho que pensar a respeito disso." Ruth se pôs de pé e foi andando até a cozinha. Abriu a geladeira. "Vá para o seu quarto. E Susie também. Fiquem lá."

Ela pegou uma cerveja e riu. "Antes que Donny pense que pode ir até aí e lhe dar um tapa de novo."

Ela abriu a lata de Budweiser.

Meg pegou a irmã pelo braço e a conduziu até o quarto.

"Você também, David", disse Ruth. "É melhor você ir para a sua casa. Me desculpe, mas tenho algumas coisas difíceis para processar."

"Tudo bem."

"Você quer uma Coca-Cola ou alguma outra coisa para a caminhada?"

Eu sorri. Caminhada. Minha casa era ali do lado.

"Não, está tudo bem."

"Quer que eu pegue uma cerveja para você beber escondido?"

Ela estava com aquele velho brilho travesso nos olhos. A tensão se dissolveu. Eu ri.

"Isso seria legal."

Ruth jogou uma lata de cerveja para mim, e eu a peguei.

"Obrigado", falei.

"Não espalhe." E dessa vez todos nós demos risada, porque o *não espalhe* era um código entre nós. Era o que ela sempre dizia a nós, crianças, quando deixava a gente fazer alguma coisa que nossos pais reprovariam, ou que não nos deixariam fazer em nossas próprias casas. *Não espalhe.*

"Não vou", eu disse.

Enfiei a lata de cerveja dentro da minha camisa e saí. Quando voltei para a minha casa, Linda estava enrolada na frente da TV, vendo Ed Byrnes pentear os cabelos durante os créditos de abertura do programa *77 Sunset Strip*. Ela parecia meio melancólica. Imaginei que Steve não ia aparecer essa noite.

"Boa noite", falei, e subi para o meu quarto.

Eu bebi a cerveja e pensei em Meg. Me perguntava se deveria tentar ajudá-la de alguma forma. Havia um conflito ali. Eu ainda me sentia atraído por Meg e gostava dela, mas Donny e Ruth eram amigos muito mais antigos. E eu me perguntava se ela realmente *precisava* de ajuda. Crianças apanhavam, afinal de contas. Crianças levavam socos por aí. Eu me perguntava aonde isso ia dar.

O que é que nós vamos fazer agora?, disse Ruth.

Fiquei com o olhar grudado na aquarela de Meg que estava na minha parede e comecei a pensar nisso também.

CAPÍTULO VINTE E TRÊS

O que Ruth decidiu foi que, daquele momento em diante, Meg nunca teria permissão para sair de casa sozinha. Ou ela estaria com Ruth, ou com Donny, ou com Willie. Na maioria das vezes, ela nem saía de casa. Então eu nunca tinha oportunidade de perguntar a Meg o que ela queria que fosse feito, *se* ela queria que alguma coisa fosse feita, menos ainda decidir se eu realmente ia querer fazer algo ou não.

A situação estava fora do meu controle.

Ou pelo menos era o que eu achava.

Isso foi um alívio para mim.

Se alguma coisa estava perdida, fosse a confiança de Meg ou até mesmo apenas sua companhia, eu não estava realmente ciente disso. Eu sabia que as coisas tinham assumido uma virada bem incomum na casa ao lado, e acho que eu estava dando um tempo longe de tudo para entender as coisas por mim mesmo.

Sendo assim, vi os Chandler menos do que o de costume por uns dias, e isso também foi um alívio. Eu andava com Tony, Kenny, Denise, Cheryl e, quando parecia seguro, com Eddie de vez em quando.

A rua estava cheia de cochichos sobre o que estava acontecendo lá. De um jeito ou de outro, todas as conversas se voltavam para os Chandler. O que tornava as coisas mais incríveis era que Meg conseguira fazer com que a polícia se envolvesse no assunto. *Aquele* era o ato revolucionário, o ato que não conseguíamos superar. Dava mesmo para denunciar um adulto? Especialmente um adulto que poderia muito bem ser a nossa mãe... para os tiras? Isso era praticamente impensável.

Ainda assim, também era uma coisa carregada de potencial. Dava para ver que Eddie, em particular, estava cozinhando a ideia na mente dele. Sonhando acordado em relação ao pai, eu acho. Um Eddie pensativo também não era algo com que estávamos acostumados. Era mais uma coisa somada à estranheza.

No entanto, além do lance com os tiras, tudo que todo mundo sabia, inclusive eu, era que as pessoas estavam sendo muito castigadas por lá, por quase nenhum motivo, aparentemente, mas isso não era novidade — exceto que esse castigo estava acontecendo na casa dos Chandler, um lugar que todos nós considerávamos um porto seguro; e o fato de que Willie e Donny estavam participando. Mas nem isso parecia estranho agora.

Nós tínhamos O Jogo como precedente.

Não, a maior parte da estranheza vinha do envolvimento dos tiras. E foi o Eddie que, no final, deu a conclusão do assunto: "Bem, mas ela não conseguiu *merda* nenhuma com isso, conseguiu?". Eddie pensativo.

Mas era verdade.

E, não bastasse o estranhamento, no decorrer da semana seguinte, como resultado, nossos sentimentos mudaram em relação a Meg. De admiração com a pura audácia do tudo ou nada do ato, com o próprio conceito de desafiar a autoridade de Ruth de forma tão completa e pública, nós passamos para um tipo de desprezo vago por ela. Como ela poderia ser tão tola a ponto de pensar que um tira ia ficar do lado de uma criança contra um adulto, de qualquer forma? Como ela pôde não se dar conta de que isso só pioraria as coisas? Como ela pôde ter sido tão ingênua, tão confiante, tão piamente idiota?

O policial é seu amigo. Cacete. Nenhum de nós teria feito uma coisa daquelas. Sabíamos que isso não era coisa que se fazia.

Quase dava, na verdade, para se ressentir dela. Era como se, ao fracassar com o sr. Jennings, ela tivesse jogado na cara de todos nós o próprio fato de quão impotentes nós éramos enquanto crianças. Ser "apenas uma criança" assumiu uma nova e completa profundidade de significado, de ameaça ominosa, que talvez nós soubéssemos que estava lá o tempo todo, mas que nunca tivemos que confrontar antes. Merda, eles poderiam nos jogar em um rio se quisessem fazer isso. Nós éramos *apenas crianças*. Nós éramos propriedade. *Pertencíamos* aos nossos pais, de corpo e alma. Isso queria dizer que estávamos amaldiçoados em face a qualquer perigo de verdade do mundo adulto, o que significava impotência e humilhação e raiva.

Era como se, ao fracassar, Meg tivesse fracassado conosco também.

Então nós direcionamos aquela raiva para fora.

Para Meg.

Eu também fiz isso. Em poucos dias, eu desliguei um lento interruptor mental. Parei de me preocupar. Eu me desliguei dela por completo.

Foda-se, pensei.

Deixe as coisas acontecerem como for.

CAPÍTULO VINTE E QUATRO

Foi no porão que as coisas aconteceram.

4

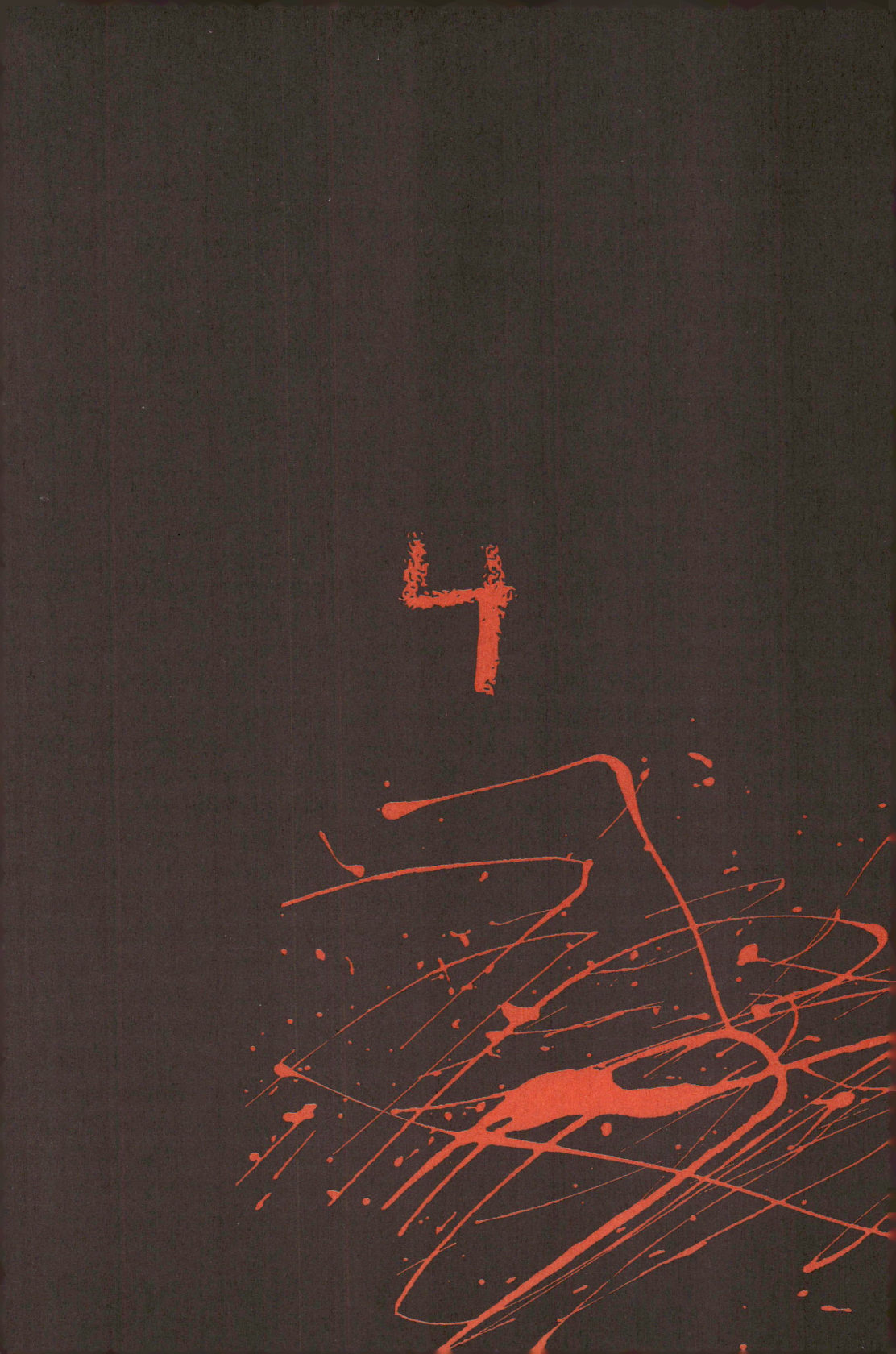

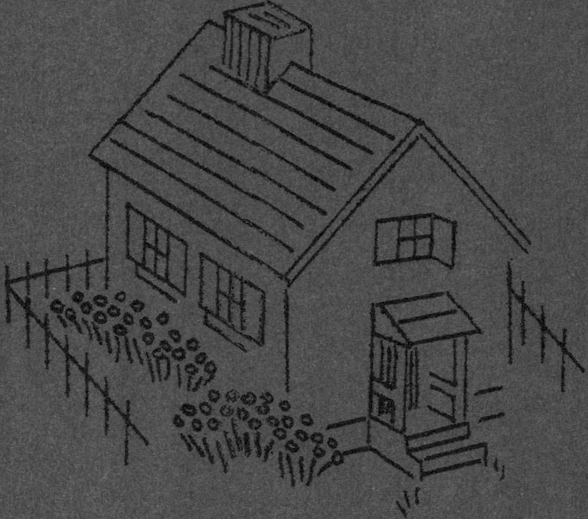

JACK KETCHUM

CAPÍTULO VINTE E CINCO

No dia em que eu finalmente fui até lá e bati à porta, ninguém respondeu, mas, parado na varanda, eu estava ciente de duas coisas. Uma delas era que Susan chorava no quarto, alto o bastante para ouvi-la através da porta. A outra coisa estava acontecendo lá embaixo. Uma briga. Móveis raspando violentamente no chão. Vozes abafadas. Rosnados, gemidos. Um completo e rançoso perigo no ar.

Como dizem por aí, estavam jogando merda no ventilador.

É incrível para mim agora o quão ansioso eu estava para descer até lá.

Desci dois degraus por vez e virei no canto. Eu sabia onde eles estavam.

Ruth estava parada na entrada que dava para o abrigo, em pé, observando. Ela sorriu e foi para o lado para me deixar entrar.

"Ela tentou fugir. Mas Willie a impediu", contou Ruth.

Todos eles a estavam impedindo de fugir agorinha mesmo, todos eles, Willie, Au-au e Donny. Todos eles, juntos, estavam indo para cima dela como se ela fosse um boneco de simulação de luta, junto da parede de concreto, alternando-se, socando a barriga dela com força. Ela já tinha passado da capacidade de argumentar. Tudo que se ouvia era o som rápido, forte e ruidoso de respiração enquanto Donny batia nela e a fazia levar os braços cruzados à barriga. A boca de Meg estava firme, austera. Havia uma concentração dura nos olhos dela.

E, por um instante, ela era a heroína mais uma vez. Batalhando contra as adversidades.

Mas só por um instante.

Porque, de súbito, ficou claro para mim mais uma vez que tudo que ela podia fazer era aceitar, impotente. E perder.

E eu me lembro de pensar que pelo menos não era eu.

Se eu quisesse, eu poderia até mesmo me juntar a eles.

Naquele instante, pensando nisso, eu tinha poder.

Eu me pergunto desde então: quando foi que isso aconteceu? Quando foi que eu, sim, fui corrompido? E continuo voltando a esse exato momento, a esses pensamentos.

Aquela sensação de poder.

Não passou pela minha cabeça considerar que este era um poder a mim concedido por Ruth, e que talvez fosse apenas temporário. Naquela época, era real o bastante. Enquanto eu observava, a distância entre mim e Meg parecia, de repente, imensa, insuperável. Não era como se a minha empatia em relação a ela tivesse cessado. No entanto, pela primeira vez, eu a via como sendo alguma coisa essencialmente diferente de mim. Ela era vulnerável. Eu, não. Minha posição era favorecida aqui. A dela era a mais baixa possível. Seria isso inevitável, talvez? Eu me lembrei dela me perguntando: "por que é que eles me odeiam?". E eu não acreditei naquilo à época, eu não tinha nenhuma resposta para ela. Será que eu não tinha percebido alguma coisa? Que havia, talvez, alguma falha nela que eu não tinha visto e que tinha predeterminado tudo isso? Pela primeira vez eu sentia que talvez a distância entre Meg e nós pudesse ser justificada.

Eu queria sentir que isso era justificado.

Eu digo isso agora com a mais profunda vergonha.

Porque, agora, parece-me que tanto disso era estritamente pessoal, parte da natureza do mundo como eu o via. Eu tentei pensar que isso era tudo culpa da guerrinha dos meus pais, da fria e vazia calma que eu desenvolvi no centro do constante furacão deles. Mas eu meio que não acredito mais nisso. Eu duvido que algum dia eu tenha acreditado completamente nisso. Meus pais me amavam, de muitas formas o amor deles era melhor do que eu merecia, não importando como eles se sentiam em relação um ao outro. E eu sabia disso. Para quase qualquer um, isso teria sido o bastante para eliminar qualquer apetite por aquilo, o que quer que fosse.

Mas não.

A verdade é que era comigo. Que eu vinha esperando o tempo todo que isso, ou algo parecido, acontecesse. Era como se alguma coisa pungentemente elementar estivesse nas minhas costas, estendendo-se para dentro de mim, invadindo meu corpo e se tornando eu, algum vento selvagem e obscuro solto no que antes poderia ser um belo e radiante dia de verão.

E pergunto a mim mesmo: quem eu odiava? Quem e o quê eu temia?

No porão, com Ruth, eu comecei a aprender que a raiva, o ódio e a solidão são partes de um botão que espera pelo toque de um único dedo para atear fogo e nos levar à destruição.

E eu aprendi que essas coisas podem ter o sabor da vitória.

Eu vi Willie dar um passo para trás. Uma vez na vida, ele não parecia desajeitado. Ele a acertou com o ombro bem na barriga, e o impacto a tirou do chão.

Eu imagino que a única esperança dela era que um deles fosse errar e bater com a cabeça contra a parede. Mas ninguém ia fazer isso. Ela estava ficando exausta. Não havia nenhum lugar para executar alguma manobra, nenhum lugar para ir. Nada a fazer, exceto aguentar aquilo até que ela sucumbisse. O que aconteceria logo.

Au-au tinha uma vantagem inicial. Ela teve que dobrar os joelhos para não receber o golpe na virilha.

"Chora, cacete!", berrou Willie.

Ele respirava com dificuldade, assim como os demais. Ele se voltou para mim. "Ela não quer *chorar*."

"Ela não liga", disse Au-au.

"Ela *vai* chorar", disse Willie. "Eu vou fazer ela chorar."

"É orgulho demais", disse Ruth atrás de mim. "O orgulho vem antes de uma queda. Vocês todos devem se lembrar disso. O orgulho leva à queda."

Donny foi com tudo para cima dela.

O jogo dele era o futebol. A cabeça dela bateu no bloco de cimento logo atrás. Os braços se abriram e caíram. A expressão em seus olhos era vidrada.

Ela deslizou alguns centímetros para baixo na parede.

Então ela parou e se segurou ali.

Ruth soltou um suspiro.

"Isso é o bastante por ora, meninos", disse ela. "Vocês não vão conseguir fazer com que ela chore. Não desta vez."

Ruth esticou o braço e acenou para que a acompanhássemos.

"Venham."

Dava para ver que eles ainda não tinham terminado, mas Ruth soava entediada, e ela tinha a palavra final.

Willie murmurou alguma coisa sobre putas idiotas e, um por um, eles passaram por nós.

Eu fui o último a sair. Era difícil desviar os olhos.

Como se eu ao menos *pudesse* fazer isso.

Eu a observei enquanto ela deslizava para baixo na parede e se agachava no chão frio de concreto. Eu não tenho certeza se em algum momento ela tomou ciência da minha presença ali.

"Vamos", disse Ruth.

Ela fechou a porta de metal e a aferrolhou, trancando-a depois que saí.

Meg foi deixada lá, no escuro. Atrás da porta que dava para um frigorífico de carne. Fomos até lá em cima e nos servimos de Coca-Cola. Ruth pegou queijo cheddar e bolachas. Nos sentamos em volta da mesa da sala de jantar.

Eu ainda podia ouvir Susan chorar no quarto, mais baixo agora. Willie se levantou e ligou a televisão — estava passando o programa *Truth or Consequences* —, e então não dava mais para ouvi-la.

Assistimos à TV por um tempinho.

Ruth estava com uma revista feminina aberta na frente dela, em cima da mesa. Ela fumava um cigarro, folheando a revista e bebendo de sua garrafa de Coca-Cola.

Ela chegou a uma foto, era um anúncio de batom, e parou.

"Não entendo", disse Ruth. "A mulher é comum. Estão vendo?"

Ela ergueu a revista.

Willie olhou, deu de ombros e mordeu uma bolacha, mas eu achei a mulher bonita. Mais ou menos da mesma idade da Ruth, talvez um pouco mais nova, mas bonita.

Ruth balançou a cabeça.

"Eu a vejo em todos os lugares para onde olho", disse ela. "Juro. *Por toda a parte.* O nome dela é Suzy Parker. Grande modelo. E eu simplesmente não entendo. Uma ruiva. Talvez seja isso. Os homens gostam das ruivas. Mas, que diabos, a Meg tem os cabelos ruivos também. E os cabelos da Meg são mais bonitos do que os dela, vocês não acham?"

Olhei para a foto de novo. Concordei com ela.

"Eu simplesmente não entendo", disse ela, franzindo o cenho. "A Meg é definitivamente mais bonita do que isso. Muito mais bonita."

"Claro que ela é", disse Donny.

"O mundo é doido", disse Ruth. "Isso não faz nenhum sentido para mim."

Ela cortou uma fatia de queijo e a colocou em uma bolacha.

CAPÍTULO VINTE E SEIS

"Faça com que a sua mãe deixe você dormir na minha casa hoje", me disse Donny. "Quero conversar com você sobre uma coisa."

Estávamos parados na ponte, na Maple, jogando pedras dentro da água. O riacho estava claro e lento.

"Qual é o problema de conversar agora?"

"Nenhum."

Mas ele não disse o que se passava na cabeça dele.

Eu não sei por que resisti à ideia de dormir na casa dele. Talvez fosse o fato de que eu sabia que ficaria mais envolvido com eles de alguma forma. Ou talvez porque eu sabia o que minha mãe ia dizer: que havia garotas na casa dos Chandler agora, e dormir lá não era mais tão tranquilo para ela.

Ela sabia o que era melhor, pensei.

"Willie também quer conversar com você", disse Donny.

"*Willie* quer falar comigo?"

"É."

Eu ri da ideia de Willie ter algo em mente que valesse a pena ser dito.

Na verdade, isso era intrigante.

"Bem, neste caso, acho que vou ter que ir, não é?", falei com uma risada.

Donny também riu, e acertou de raspão uma pedra, que deu três pulinhos para baixo e cruzou as faixas manchadas de luz do sol.

CAPÍTULO VINTE E SETE

Minha mãe não ficou feliz com a ideia.

"Acho que não", disse ela.

"Mãe, eu durmo lá o tempo *todo*."

"Não, ultimamente você não tem dormido lá, não."

"A senhora quer dizer desde que Meg e Susan foram morar lá?"

"Isso mesmo."

"Olha. Não tem nada de mais. É a mesma coisa de antes. Os caras ficam nos beliches, e Meg e Susan ficam no quarto da Ruth."

"No quarto da sra. Chandler."

"Certo. No quarto da sra. Chandler."

"Então, onde a sra. Chandler dorme?"

"No sofá. No sofá-cama na sala de estar. O que é que tem de mais?"

"Você sabe o que é que tem de mais."

"Não, eu não sei."

"Sim, você sabe."

"Não, eu *não* sei."

"O que foi?", disse meu pai, entrando na cozinha, vindo da sala de estar. "O que é que tem de mais o quê?"

"Ele quer dormir lá de novo", disse minha mãe.

Ela estava esmagando ervilhas dentro de uma peneira.

"O quê? Na casa da vizinha?"

"Sim."

"Então deixe o menino dormir lá."

Ele se sentou à mesa da cozinha e abriu o jornal.

"Robert, há duas garotas lá agora."

"E daí?"

Ela soltou um suspiro.

"Por favor", disse ela. "Por favor, não seja idiota, Robert."

"Idiota o cacete", disse o meu pai. "Deixe que ele vá dormir lá. Tem café?"

"Sim", disse ela.

Ela soltou um suspiro novamente e limpou as mãos no avental. Eu me levantei, peguei o bule de café antes dela e acendi o fogão para esquentá-lo. Ela olhou para mim e depois voltou a lidar com as ervilhas.

"Obrigado, pai", falei.

"Eu não disse que você podia ir", disse minha mãe.

Eu abri um sorriso. "A senhora também não disse que eu não podia ir."

Ela olhou para o meu pai e balançou a cabeça. "Droga, Robert."

"Certo", disse meu pai. E começou a ler o jornal.

CAPÍTULO VINTE E OITO

"Nós contamos a ela sobre O Jogo", disse Donny.

"Pra quem?"

"A Ruth. Minha mãe. Pra quem mais seria? Você tem cocô na cabeça?"

Donny estava sozinho na cozinha quando entrei, e preparava um sanduíche de pasta de amendoim que devia ser o jantar daquela noite.

Havia manchas de pasta de amendoim, geleia de uva e migalhas de pão em cima do balcão. Só por diversão, contei os conjuntos de talheres que havia dentro da gaveta. Ainda havia apenas cinco.

"Vocês contaram a ela?"

Ele assentiu. "Au-au contou."

Donny deu uma mordida no sanduíche e se sentou à mesa da sala de jantar. Eu me sentei do lado oposto. Havia uma queimadura de cigarro de mais ou menos um centímetro na madeira que eu não tinha visto antes.

"Meu Deus. O que foi que ela disse?"

"Nada. Foi esquisito. Era como se ela soubesse, sabe?"

"Como se ela soubesse? Soubesse do quê?"

"De tudo. Como se não fosse nada de mais. Como se ela imaginasse que fazíamos isso o tempo todo. Como todas as outras crianças."

"Você está de brincadeira."

"Não. Eu juro."

"Mentira."

"Estou lhe dizendo. Tudo o que ela queria saber era quem estava conosco, então contei a ela."

"Você *contou* a ela? Sobre mim? Eddie? *Todo mundo*?"

"Como eu disse, ela não ligou. Ei. Você poderia, por favor, não perder a calma com isso, Davy? Ela não se incomodou."

"Denise? Você contou a ela sobre a Denise também?"

"Sim. Contei tudo."

"Você disse que ela estava *nua*?"

Eu não conseguia acreditar. Eu sempre tinha pensado que o imbecil era o Willie. Fiquei olhando enquanto ele comia o sanduíche. Ele sorriu e balançou a cabeça.

"Estou te falando. Você não tem que se preocupar com isso."

"Donny."

"É verdade."

"*Donny*."

"Sim, Davy."

"Você é *doido*?"

"Não, Davy."

"Você se dá conta, por um maldito segundo que seja, do que aconteceria comigo se...?"

"Não vai acontecer nada com você, pelo amor de Deus. Você quer parar de ser um tremendo de um maricas em relação a isso? É a minha mãe, caramba. Lembra?"

"Ah, isso me deixa tranquilo, claro. Sua mãe sabe que nós amarramos menininhas nuas em árvores. Que ótimo."

Ele soltou um suspiro. "David, se eu soubesse que você agiria como um incrível retardado em relação a isso, eu não teria te contado."

"*Eu* que sou o retardado, é?"

"É." Ele estava irritado. Jogou o último pedaço gosmento de sanduíche dentro da boca e se levantou.

"Olha, seu imbecil. O que você acha que está acontecendo no abrigo neste exato momento? Agorinha mesmo?"

Eu fiquei olhando para ele. Como diabos eu poderia saber? Quem se importava com isso?

Então me caiu a ficha.

Meg estava lá.

"Não", falei.

"Sim", disse ele. Ele foi até a geladeira buscar uma Coca-Cola.

"Mentira."

Ele riu. "Você quer parar de dizer isso? Olha, se não quer acreditar em mim, vá dar uma olhada. Que inferno, eu só subi pra comer um sanduíche."

Desci as escadas correndo. Dava para ouvi-lo rindo atrás de mim.

Estava escurecendo lá fora, então as luzes do porão estavam acesas, e as lâmpadas sem lustres acima da lavadora e da secadora de roupas, e debaixo da escada e acima da bomba do reservatório no canto também.

Willie estava parado atrás de Ruth, na porta do abrigo.

Os dois estavam com lanternas nas mãos.

Ruth acendeu a dela e a usou para acenar, como um tira em uma barreira em uma estrada.

"Eis o Davy", disse ela.

Willie olhou de relance para mim. *Quem se importa?*

Eu estava boquiaberto. Minha boca estava seca. Lambi os lábios. Assenti para Ruth e olhei em volta do canto pela porta.

E foi difícil de compreender a princípio — eu acho que porque talvez as coisas estivessem fora de contexto, e provavelmente porque se tratava de Meg, e definitivamente porque Ruth estava lá. Parecia algo onírico, ou alguma brincadeira que a gente faz no Halloween, em que todo mundo está usando fantasias e ninguém é bem reconhecível, mesmo que a gente saiba quem é. Em seguida, Donny veio até o porão e deu um tapa no meu ombro. Ele me ofereceu a Coca-Cola.

"Está vendo?", disse ele. "Eu falei."

Eu realmente estava vendo.

Eles tinham pregado as vigas que Willie Sr. havia disposto ao longo do teto; eram dois pregos, separados por quase um metro.

Eles tinham cortado uns dois metros de fio de varal e amarrado os pulsos de Meg, e feito um laço com a linha sobre cada um dos pregos. Correram os fios até as pernas da pesada mesa e os prenderam ali embaixo em vez de lá em cima, no prego, de modo que os fios pudessem ser ajustados mais facilmente, soltando e puxando em volta do laço, e depois os atando mais apertado de novo.

Meg estava em pé em cima de uma pequena pilha de livros, três grossos volumes da *World Book Encyclopedia*.

Ela estava amordaçada e vendada.

Ela estava descalça. Seus shorts e sua blusa de manga curta estavam sujos. No espaço entre a blusa e os shorts, estirada como ela estava, dava para ver o umbigo dela.

Meg era outra coisa.

Au-au andava de um lado para o outro na frente dela, passando o feixe de luz de sua lanterna para cima e para baixo pelo corpo dela.

Havia um machucado logo abaixo da venda, na bochecha esquerda dela.

Susan estava sentada em cima de uma caixa de papelão cheia de vegetais enlatados, olhando. Uma fita azul fazia um laço nos cabelos dela.

Lá no canto, eu podia ver uma pilha de cobertores e um colchão inflável. Eu me dei conta de que Meg vinha dormindo ali. Eu me perguntava por quanto tempo...

"Todos nós estamos aqui", disse Ruth.

Uma fraca luz âmbar vazava para dentro dali, vinda do restante do porão, mas a maior parte da iluminação vinha somente do feixe de luz da lanterna de Au-au ali dentro, e as sombras se moviam de forma errática com ele quando ele se mexia, fazendo com que as coisas parecessem entranhas, fluidas e fantasmagóricas. A tela metálica acima da única e alta janela do porão parecia se mexer, indo para a frente e para trás, por poucos centímetros. As duas colunas quatro por quatro que davam suporte ao teto deslizavam pelo ambiente em ângulos estranhos. O machado, a picareta, o pé-de-cabra e a pá empilhados no canto oposto à cama de Meg pareciam ficar trocando de posição uns com os outros, mudando de forma enquanto a gente olhava, agigantando-se e encolhendo-se.

O extintor de incêndio caído rastejava pelo chão.

No entanto, era a própria sombra de Meg que dominava o ambiente: a cabeça para trás, os braços bem separados um do outro, inclinados. Era uma imagem saída direto de todos os nossos quadrinhos de terror, saída de *O Gato Preto*, com Lugosi e Karloff, saída de *Famous Monsters of Filmland*, saída de todos os livros baratos de suspense histórico sobre a Inquisição que já foram escritos. A maioria dos quais eu imaginava que nós colecionávamos.

Era fácil imaginar a luz de tochas, instrumentos estranhos e procissões, braseiros cheios de carvões quentes.

Estremeci. Não com o frio, e sim com o potencial.

"O Jogo é o seguinte: ela tem que contar", disse Au-au.

"Beleza. Contar o quê?", quis saber Ruth.

"Qualquer coisa. Algo secreto."

Ruth assentiu, sorrindo. "Parece uma boa. Só que, como é que ela vai fazer isso amordaçada?"

"A gente não *quer* que ela fale de imediato, mãe", disse Willie. "Seja como for, a gente sempre sabe quando elas estão prontas."

"Tem certeza? Você quer contar, Meggy?", disse Ruth. "Você está pronta?"

"Ela não está pronta", insistiu Au-au. Mas ele não precisava ter se dado ao trabalho de falar nada. Meg não soltou um pio.

"E agora?", perguntou Ruth.

Willie se forçou a sair da ombreira da porta onde estava apoiado e entrou ali vagarosamente.

"Agora nós retiramos um dos livros", disse. Willie se curvou para a frente, puxou o livro do meio e deu um passo para trás.

As cordas estavam mais apertadas agora.

Tanto Willie como Au-au estavam com as lanternas acesas. A lanterna de Ruth ainda estava na lateral do corpo dela, apagada.

Eu podia ver uma vermelhidão em volta dos pulsos de Meg, causada pelos puxões das cordas. As costas dela estavam levemente arqueadas. A blusa de manga curta foi para cima. Ela mal conseguia ficar em pé com os pés estirados nos dois livros que restavam, e eu já podia ver o esforço em suas panturrilhas e coxas. Ela ficou na ponta dos pés por um instante, para tirar a pressão dos pulsos, e depois afundou de novo.

Willie apagou a lanterna. Ficava mais assustador assim.

Meg ficou lá pendurada, oscilando de leve.

"Confesse", disse Au-au. Então ele riu. "Não. Não confesse", se corrigiu.

"Tire outro livro", disse Donny.

Olhei de relance para Susan, para ver como ela estava lidando com isso. Ela estava sentada com as mãos cruzadas no colo sobre o vestido; seu rosto parecia muito sério e ela estava com o olhar bem fixo em Meg, mas eu não tinha como, nem por pouco, interpretar o que ela estava pensando nem sentindo.

Willie se curvou para baixo e tirou dali outro livro.

Meg estava equilibrada apenas pelo peito do pé.

Ainda assim, não emitiu nenhum som.

Os músculos de suas pernas ficavam cada vez mais definidos na pele.

"Vamos ver por quanto tempo ela aguenta ficar assim", disse Donny. "Vai doer depois de um tempinho."

"Não", disse Au-au. "Ainda está fácil demais. Vamos tirar o último livro. Vamos fazer com que ela fique na ponta dos dedos."

"Eu quero olhar pra ela assim um pouco. Quero ver o que acontece."

No entanto, o fato era que nada estava acontecendo. Meg parecia decidida a lidar com isso e aguentar com determinação. E ela era forte.

"Você não quer dar a ela uma chance de confessar? Não é essa a ideia?", quis entender Ruth.

"Não", disse Au-au. "Ainda é cedo demais. Vamos lá. Isso não é nada bom. Tire o outro livro, Will."

Willie tirou o outro livro.

E então Meg realmente fez algum barulho por trás da mordaça, apenas uma vez, uma espécie de um gemido minúsculo e exalado, como se, de repente, respirar tivesse se tornado mais difícil. A blusa dela se ergueu para logo abaixo dos seios. E dava para ver os movimentos da respiração na barriga dela, em um ritmo dificultado e irregular, com a caixa torácica. A cabeça dela caiu para trás por um instante e depois veio para a frente de novo.

Seu equilíbrio era precário. Ela começou oscilar.

O rosto dela ficou ruborizado. Os músculos se esforçavam com a tensão.

Nós ficamos observando, em silêncio.

Ela era bonita.

Os sons vocalizados que acompanhavam a respiração dela estavam ficando cada vez mais frequentes agora, conforme a tensão aumentava. Ela não tinha como evitar isso. As pernas dela começaram a tremer. Primeiro as panturrilhas, depois as coxas.

Uma fina camada de suor se formou em suas costelas, e escorreu brilhando até as coxas.

"Deveríamos tirar toda a roupa dela", disse Donny.

As palavras ficaram suspensas ali por um instante, suspensas como a própria Meg estava, forçando um equilíbrio que era totalmente precário.

De repente, isso fez com que eu me sentisse tonto.

"É", disse Au-au.

Meg ouviu. Ela balançou a cabeça. Havia indignação ali, e raiva e medo. Ela emitiu mais alguns sons por trás da mordaça. *Não. Não. Não.*

"Cala a boca", disse Willie.

Ela começou a tentar pular, puxando as cordas, tentando soltá-las dos pregos, contorcendo-se. Porém, tudo que ela estava fazendo era machucar a si mesma, ferindo seus pulsos.

Ela não parecia se importar com isso. Ela não ia deixar isso acontecer.

Ela continuou tentando.

Não. Não.

Willie foi andando até ela e a acertou na cabeça com o livro.

Ela caiu para trás, aturdida.

Olhei para Susan, cujas mãos ainda estavam entrelaçadas no colo, mas os nós dos dedos dela estavam brancos agora. Ela olhava diretamente para a irmã, e não para nós. Seus dentes estavam mordendo o lábio inferior com força e persistência.

Eu não conseguia ficar olhando para ela.

Pigarreei e encontrei alguma coisa que parecia um projeto de voz.

"Ei, hum... pessoal... escutem, eu não acho, realmente..."

Au-au se virou para ficar de frente para mim.

"Nós temos *permissão*!", ele gritou. "Temos mesmo! E eu acho que devemos tirar as roupas dela! Devemos deixá-la nua!"

Olhamos para Ruth. Ela estava apoiada na entrada, os braços bem cruzados em cima da barriga.

Havia alguma coisa bem tensa nela, como se ela estivesse com raiva ou pensando muito intensamente em algo. Ela pressionou os lábios juntos, em uma característica linha reta e fina.

Em momento algum ela despregou os olhos do corpo de Meg.

Então ela deu de ombros.

"É O Jogo, não é?", disse, por fim.

Em comparação com o restante da casa e até mesmo com o restante do porão, estava fresco aqui embaixo, mas, de repente, não parecia fresco. Em vez disso, havia uma crescente proximidade nebulosa no ambiente, uma sensação de que estava ficando cheio, um espessamento, um lento calor elétrico que parecia se erguer de cada um de nós, enchendo e carregando o ar, cercando-nos, isolando-nos, e ainda assim, de alguma forma, mesclando-se a todos. Dava para ver isso na forma como Willie estava em pé, inclinando-se para a frente, com o *World Book* bem preso na mão. Na forma como Au-au ia avançando aos poucos, chegando mais perto de Meg, com o feixe da lanterna menos errático agora, demorando-se, acariciando o rosto de Meg, as pernas, a barriga. Eu podia sentir isso vindo de Donny e Ruth ao meu lado, me permeando e me cobrindo, e passando por mim como se fosse um doce veneno, um conhecimento silencioso que partilhávamos.

Nós íamos fazer isso. Nós íamos fazer esse negócio.

Ruth acendeu um cigarro e jogou o fósforo no chão.

"Vão em frente", disse.

A fumaça dela entrava em ondas no abrigo.

"Quem é que vai fazer?", disse Au-au.

"Eu faço", disse Donny.

Ele passou por mim. Tanto Au-au como Willie estavam com as lanternas focadas nela agora. Eu podia ver que Donny estava procurando alguma coisa dentro do bolso, e ele tirou um canivete que sempre carregava ali. Ele se voltou para Ruth.

"Você liga para as roupas, *mãe*?", ele quis saber.

Ruth o encarou.

"Eu não vou ter que cortar os shorts, nem nada", disse Donny. "Mas..."

E ele estava certo. A única maneira de tirar a blusa de Meg seria cortando ou rasgando.

"Não", disse Ruth. "Eu não me importo."

"Vamos ver o que ela tem", disse Willie.

Au-au riu.

Donny se aproximou dela, abrindo a lâmina do canivete.

"Não inventa nada", avisou ele. "Eu não vou machucar você. Mas, se você começar a fazer alguma coisa, nós vamos ter que bater em você de novo. Sabe? É idiota."

Ele desabotoou a blusa dela com cuidado, puxando-a para longe do corpo, como se estivesse tímido para encostar nela. O rosto dele estava vermelho. Os dedos dele estavam desajeitados. Ele estava tremendo.

Ela começou a se debater, mas acabou repensando a atitude.

Desabotoada, a blusa pendia sem forma sobre ela. Eu pude ver que ela estava usando um sutiã de algodão branco por baixo da blusa. Por algum motivo, aquilo me surpreendeu. Ruth nunca usava sutiã. Eu acho que presumi que Meg também não usaria sutiã.

Donny esticou a mão com o canivete de bolso e cortou a blusa pela manga esquerda até o decote no pescoço. Ele tinha que cortar na costura. Mas ele mantinha a lâmina afiada. A blusa caiu atrás dela.

Meg começou a chorar.

Ele foi andando até o outro lado e cortou a manga direita da mesma forma. Então ele puxou e separou a costura da blusa, com um rápido som de algo sendo rasgado. Em seguida, recuou um passo.

"Os shorts", disse Willie.

Dava para ouvi-la chorando e tentando dizer alguma coisa por trás da mordaça. *Não. Por favor.*

"Não chute", disse Donny.

Os shorts tinham um zíper que descia até a metade na lateral. Donny abriu o zíper e puxou os shorts para baixo sobre os quadris dela, ajustando a fina calcinha branca para cima enquanto fazia isso, e depois deslizou a peça até o chão. Os músculos da perna tremiam com espasmos.

Ele se afastou novamente e olhou para ela.

Todos nós fizemos isso.

Já havíamos visto Meg usando pouca roupa assim, eu acho. Ela tinha um biquíni. Todo mundo estava usando biquíni naquele ano. Até mesmo as crianças pequenas. E nós a tínhamos visto usando um biquíni.

Mas isso era diferente. Sutiã e calcinha eram coisas privadas, e apenas outras garotas supostamente poderiam vê-los, e as únicas ali eram Ruth e Susan. E Ruth estava permitindo que isso acontecesse. Encorajando. O pensamento era grande demais para ser considerado por muito tempo.

Além disso, aqui estava Meg, bem na nossa frente. Na frente dos nossos próprios olhos. Os sentidos sobrepujavam todos os pensamentos, todas as considerações.

"Você já vai confessar, Meggy?" A voz de Ruth estava baixinha.

Meg fez que sim com a cabeça. Um *sim* entusiástico.

"Não, ela não vai fazer isso", disse Willie. "De jeito nenhum."

Um brilho de suor oleoso rolava da cabeça dele, descendo pela testa. Ele limpou o suor. Todos nós suávamos agora. Principalmente Meg. Gotículas brilhavam em suas axilas, em seu umbigo, por sua barriga.

"Tire o resto", disse Willie. "Então quem sabe deixaremos ela confessar."

Au-au deu risadinhas.

"Logo depois vamos deixar ela fazer uma dança sensual", disse ele.

Donny deu um passo para a frente. Ele cortou a alça direita do sutiã dela, depois a esquerda. O bojo desceu de leve, soltando-se dos seios de Meg.

Ele poderia ter tirado o sutiã por trás, mas, em vez de fazer isso, deu a volta na frente dela. Deslizou a lâmina para baixo da fina faixa branca entre os bojos e começou a cortá-la.

Meg estava chorando e soluçando.

Deve ter doído chorar daquele jeito, porque toda vez que o corpo dela se movia, as cordas estavam lá, puxando-a.

O canivete estava afiado, mas demorou um pouquinho. Então se seguiu um minúsculo som de alguma coisa estalando e o sutiã caiu. Os seios dela estavam desnudos.

Eles eram mais brancos do que o restante do corpo dela, pálidos e adoráveis. Estremeciam com ela chorando. Os mamilos eram de um marrom levemente rosado e, para mim, surpreendentemente longos, quase planos nas pontas. Minúsculos platôs de carne. Uma forma que eu nunca tinha visto antes na minha vida e que eu queria instantaneamente tocar.

Avancei ainda mais para dentro da sala. Ruth estava completamente atrás de mim agora.

Eu podia ouvir a minha própria respiração.

Donny se ajoelhou na frente dela e esticou a mão para cima. Por um instante, aquilo parecia adoração, como se fosse idolatria.

Ele enganchou os dedos na calcinha dela e a puxou para baixo, sobre os quadris dela, descendo por suas pernas. Ele se demorou no gesto.

Então se seguiu um outro choque.

Os pelos de Meg.

Um pequeno tufo de pelos de um laranja aloirado claro em que gotículas de suor brilhavam.

Eu vi minúsculas sardas nas partes de cima de suas coxas.

Eu vi a pequena dobra de carne semioculta entre suas pernas.

Fiquei analisando. Seus seios. Como seria a sensação de tocá-los?

A carne dela era inimaginável para mim. Os pelos entre as pernas. Eu sabia que a carne dela seria macia. Mais macia do que a minha. Eu queria tocá-la. O corpo dela estaria quente. O corpo dela tremia descontroladamente.

A barriga, as coxas, o robusto e pálido traseiro.

A agitação do sexo ficou pronta e intensa em mim.

A sala cheirava a sexo.

Eu senti um duro peso entre as minhas pernas. Fui para a frente, fascinado. Passei por Susan, deixando-a para trás. Vi o rosto de Au-au, pálido, o sangue esvaindo, enquanto ele observava. Eu vi os olhos de Willie grudados naquele tufo lá embaixo.

Meg havia parado de chorar.

Eu me virei para olhar de relance para Ruth. E ela também havia dado um passo à frente. Eu vi a mão esquerda dela se mover para junto de seu seio direito, os dedos se fechando ali com gentileza, e depois caindo.

Donny se ajoelhou debaixo de Meg, erguendo o olhar.

"Confesse", ordenou.

O corpo dela começou a sofrer espasmos.

Eu podia sentir o cheiro do suor dela.

Ela assentiu. Meg tinha que assentir.

Era sua rendição.

"Pegue as cordas", disse ele a Willie.

Willie foi até a mesa e desatou as cordas, soltou-a um pouco até que os pés de Meg tocassem o chão de cimento, e então ele as colocou no lugar novamente.

A cabeça dela caiu para a frente, com alívio.

Donny se levantou e removeu a mordaça. Eu me dei conta de que a mordaça era o lenço amarelo de Ruth. Então Meg abriu a boca e ele puxou para fora o trapo que eles tinham embolado e enfiado ali dentro. Ele jogou o trapo no chão e colocou o lenço no bolso traseiro da calça jeans. Uma das pontas do lenço ficou levemente pendurada para fora. Por um instante, ele parecia um fazendeiro.

"Será que você poderia... Meus braços...", ofegou ela. "Meus ombros... eles estão doendo."

"Não", disse Donny. "É isso. Isso é tudo que você vai ter."

"Confesse", disse Au-au.

"Conte-nos como é que você brinca consigo mesma", disse Willie. "Eu aposto que você enfia o dedo aí, não é?" Ele olhou para baixo.

"Não. Conte-nos sobre a sífilis." Au-au deu risada.

"Sim, sobre a gonorreia", disse Willie, com um largo sorriso no rosto.

"Chore", disse Au-au.

"Eu já chorei", disse Meg.

E dava para ver que a garota tinha um pouco daquele velho e duro ar de desafio de volta, agora que não estava mais doendo tanto.

Au-au só deu de ombros. "Então chore de novo", disse ele.

Meg não disse nada.

Eu notei que os mamilos dela tinham ficado mais macios agora, que eles tinham adquirido um tom suave de cor-de-rosa, aparentemente sedoso.

Meu Deus! Como ela era bonita!

Era como se ela estivesse lendo a minha mente.

"O David está aqui?", disse ela.

Willie e Donny olharam para mim. Não consegui responder.

"Ele está aqui", disse Willie.

"David...", disse ela. Mas então eu acho que ela não conseguiu terminar. Mas ela não precisava terminar. Eu soube pela forma como ela o disse.

Ela não queria que eu ficasse ali.

Eu também sabia qual era o motivo por trás disso. E ter conhecimento desse motivo me envergonhava tanto quanto ela havia me envergonhado antes. Mas eu não podia ir embora. Os outros estavam ali. Além do mais, eu não *queria* ir embora. Eu queria ver. Eu precisava ver. A vergonha olhou bem na cara do desejo e desviou o olhar mais uma vez.

"E Susan?"

"É. Ela também", disse Donny.

"Ah, meu Deus!"

"Que se dane isso", disse Au-au. "Quem liga para a Susan? Onde está a confissão?"

E agora Meg soava cansada e adulta. "Esse lance de confissão é uma coisa idiota", disse ela. "Não tem confissão nenhuma."

Isso fez com que fizéssemos uma pausa.

"Nós poderíamos pendurar você novamente", disse Willie.

"Eu sei disso."

"Nós poderíamos *chicotear* você", lembrou Au-au.

Meg balançou a cabeça. "Por favor. Só me deixem em paz. Deixem-me em paz. Não existe nenhuma confissão."

E o lance era que ninguém realmente esperava por isso.

Por um instante, só ficamos todos ali parados, em pé nos arredores, esperando que alguém dissesse algo, algo que fosse convencê-la a participar d'O Jogo do jeito como se deveria participar. Ou forçá-la a fazer isso. Ou talvez esperando que Willie fosse arrastá-la e pendurá-la de novo, como ele havia dito que faria. Qualquer coisa que fizesse isso ir mais longe.

Porém, naqueles poucos instantes, algo se dissipara. E para atingir aquela energia mais uma vez, teríamos que começar tudo de novo. Do zero. Eu acho que todos sabíamos disso. De súbito, a doce e intoxicante sensação de perigo havia sido perdida. Ela se fora tão logo Meg começara a falar.

Isso foi a abertura.

Com ela falando, tratava-se de Meg de novo. Não alguma bela vítima nua, e sim Meg. Uma pessoa com uma mente, uma voz para expressar o que ela pensava, e talvez até mesmo os próprios direitos.

Tinha sido um erro remover a mordaça dela. Isso nos deixou mal-humorados, com raiva e frustrados. Então ficamos lá parados.

Foi Ruth quem quebrou o silêncio.

"Poderíamos fazer isso", disse ela.

"Fazer o quê?", quis saber Willie.

"Fazer o que ela está dizendo. Deixá-la em paz. Deixar que ela pense nisso por um tempinho. Me parece uma boa."

Nós pensamos a respeito.

"É", disse Au-au. "Deixá-la em paz, sozinha. No escuro. Só *pendurada* ali."

Era uma forma, eu pensei, de começar de novo.

Willie deu de ombros.

Donny olhou para Meg. Eu podia ver que ele não queria ir embora. Ele a olhava intensamente. Ergueu a mão. Devagar, hesitante, ele a moveu na direção dos seios dela.

E, de repente, era como se eu fizesse parte dele. Eu podia sentir a minha própria mão ali, os dedos quase a tocando. Eu quase podia sentir a umidade escorregadia e quente da pele dela.

"Hã-hã", pigarreou Ruth. "*Não.*"

Donny olhou para ela. Ele parou. A poucos centímetros dos seus seios.

Inspirei.

"Não toque nessa garota", disse Ruth. "Eu não quero nenhum de vocês tocando nela."

Ele deixou a mão cair.

"Garotas como ela", disse Ruth, "não são nem mesmo limpas. Vocês mantenham as mãos bem longe dela. Estão me ouvindo?"

Nós a ouvimos.

"Sim, mãe", disse Donny.

Ela se virou para sair. Pisou na bituca de cigarro que estava no chão e a apagou, e então acenou para nós.

"Venham", disse ela. "Mas primeiro é melhor que vocês a amordacem novamente."

Olhei para Donny, que estava olhando para o trapo no chão.

"Está sujo", disse ele.

"Não está tão sujo assim", disse Ruth. "Eu não quero que ela fique gritando a noite toda. Coloque isso dentro da boca dela."

Então ela se voltou para Meg.

"Você vai querer pensar a respeito de uma coisa, garota", disse ela. "Bem, de duas coisas, para ser exata. Primeiro, que poderia ser sua irmãzinha e não você pendurada aí. E, em segundo lugar, que eu *sei* de algumas coisas erradas que você fez. E estou interessada em ouvir sobre isso. Então talvez esse lance de confissão não seja, afinal de contas, uma brincadeira de criança. Eu posso ouvir isso de você ou eu posso ouvir da outra. Pense a respeito disso", disse Ruth. Ela se virou e saiu andando.

Nós ouvimos enquanto ela subia as escadas.

Donny amordaçou Meg.

Ele poderia ter tocado nela naquele momento, mas não o fez.

Era como se Ruth ainda estivesse na sala, observando. Uma presença maior do que o remanescente cheiro do cigarro dela no ar, e ainda assim, tão insubstancial quanto. Como se Ruth fosse um fantasma que assombrasse os filhos dela e eu. Que nos assombraria para sempre se forçássemos a barra ou a desobedecêssemos.

E eu acho que só então me dei conta de quão afiado era o corte da faca que ela havia amolado ao dar sua permissão.

O espetáculo era de Ruth e apenas dela.

O Jogo não existia.

E, ao me dar conta disso, não era só a Meg, e sim todos nós, que estávamos sem roupa e nus, que estávamos pendurados ali.

CAPÍTULO VINTE E NOVE

Deitados na cama, estávamos completamente assombrados por Meg. Não conseguíamos dormir.

O tempo passava em silêncio total, na quente escuridão, e alguém dizia alguma coisa, sobre como ela estava quando Willie tirou o último livro de lá, sobre como deveria ser a sensação de ficar lá em pé por tanto tempo com as mãos atadas acima da cabeça, se doía, como era finalmente ter visto o corpo nu de uma garota, e nós conversamos sobre isso tudo até que, instantes depois, ficamos calados novamente, enquanto cada um de nós se envolvia no próprio casulo de pensamentos e sonhos.

No entanto, só havia um objeto nesses sonhos: Meg. Meg, como nós a havíamos deixado.

E, por fim, nós tínhamos que ver Meg de novo.

Logo que Donny havia sugerido isso, vimos os riscos envolvidos. Ruth havia nos dito para deixar Meg em paz, sozinha. A casa era pequena e os sons se alastravam, e Ruth dormia a uma fina porta de distância, no quarto de Susan — será que Susan estaria deitada e acordada, como nós? Pensando na irmã? — diretamente acima do abrigo. Se Ruth acordasse e nos pegasse, o impensável poderia acontecer: ela poderia excluir todos nós no futuro.

Já sabíamos que haveria um futuro.

No entanto, as imagens de que lembrávamos eram fortes demais. Era quase como se precisássemos de confirmação para acreditar que nós realmente havíamos estado lá. A nudez e a disponibilidade de Meg eram como a canção de uma sereia. Elas nos chamavam por completo.

Tínhamos que nos arriscar.

A noite estava sem luar, preta.

Eu e o Donny descemos da parte de cima dos beliches. Willie e Au-au deslizaram para fora das camas de baixo.

A porta de Ruth estava fechada.

Passamos por ali pisando na ponta dos pés. Uma vez na vida, Au-au resistiu à necessidade premente de dar risadinhas.

Willie pegou uma das lanternas da mesa da cozinha, e Donny abriu a porta do porão sem fazer barulho.

A escada rangeu. Não havia nada a ser feito em relação a isso a não ser rezar e ter esperanças de que teríamos sorte.

A porta do abrigo também rangeu, mas não tanto. Nós a abrimos e entramos, descalços no frio chão de concreto, assim como Meg — e ali estava ela, exatamente do jeito como nos lembrávamos, como se tempo algum tivesse passado, exatamente como a havíamos visualizado.

Bem, não totalmente.

As mãos dela estavam brancas, manchadas de vermelho e roxo. E, até mesmo à luz fraca e irregular da lanterna, dava para ver como o corpo dela era pálido. Ela estava toda arrepiada, com os mamilos enrugados e empinados, marrons.

Ela nos ouviu entrar e soltou um som de lamúria baixinho.

"Fique quieta", sussurrou Donny.

Ela o obedeceu.

Nós ficamos ali, observando-a. Era como ficar parado na frente de algum tipo de santuário ou como ficar olhando algum estranho animal exótico no zoológico.

Era como fazer as duas coisas ao mesmo tempo.

E eu me pergunto agora se alguma coisa teria sido diferente se ela não fosse tão bonita, se o corpo dela não fosse jovem, saudável e forte, e sim feio, ou se ela fosse gorda, flácida. Possivelmente, não. Possivelmente isso teria acontecido de qualquer forma. A inevitável punição da forasteira.

Mas me parece mais provável que fosse precisamente *porque* ela era bonita e forte, e nós não, que Ruth e o restante de nós tínhamos feito isso a ela. Para fazer uma espécie de julgamento daquela beleza, do que isso significava e não significava para nós.

"Eu aposto que ela ia gostar de tomar um pouco de água", disse Au-au.

Ela balançou a cabeça. *Sim.* Ah, sim, por favor.

"Se formos dar água a ela, teremos que tirar a mordaça", disse Willie.

"E daí? Ela não vai soltar nenhum pio."

Ele deu um passo à frente.

"Você não vai soltar nenhum pio, vai, Meg? Nós não podemos acordar a nossa mãe."

Não. Ela balançou a cabeça com firmeza de um lado para o outro. Dava para ver que ela queria muito beber água.

"Você confia nela?", disse Willie.

Donny deu de ombros.

"Se ela fizer qualquer barulho que seja, estará encrencada também. Ela não é tão idiota assim. Vamos dar a água a ela. Por que não?"

"Eu vou pegar a água", disse Au-au.

Havia uma pia ao lado da lavadora e secadora de roupas. Au-au abriu a torneira, e nós podíamos ouvir a água escorrendo levemente atrás de nós. Ele estava sendo extraordinariamente silencioso.

Extraordinariamente legal também, considerando que era Au-au.

Willie desatou a mordaça, exatamente como tinha feito antes, e puxou o bolo sujo de pano para fora da boca de Meg. Ela soltou um gemido e começou a mexer o maxilar de um lado para o outro.

Au-au voltou com uma velha jarra de fruta de vidro cheia de água.

"Encontrei isso perto das latas de tinta", disse ele. "Não está com um cheiro tão ruim assim."

Donny pegou o jarro dele e o inclinou junto aos lábios de Meg. Ela bebeu a água com voracidade, fazendo leves ruídos de alegria na garganta toda vez que a engolia. Ela secou toda a água do jarro rapidinho.

"Ah, meu Deus", disse ela. "Ah, meu Deus. Obrigada."

E a sensação foi esquisita. Como se tudo estivesse perdoado. Como se ela fosse realmente *grata* a nós.

Era incrível, de certa forma. Que apenas um único jarro de água pudesse fazer aquilo.

Pensei novamente no quão impotente ela estava.

E eu me perguntei se os outros estavam sentindo a mesma coisa que eu: essa necessidade sobrepujante e quase estonteante de tocar nela. De colocar as mãos nela. De ver exatamente qual era a *sensação* de tocar nela. Nos seios, nas nádegas, nas coxas. Naquele tufo de pelos enrolados e loiro arruivados entre as pernas dela.

Exatamente aquilo que não deveríamos fazer.

Isso me fez sentir como se eu fosse desmaiar. O vaivém. Era forte assim.

"Quer mais?", disse Au-au.

"Posso? Por favor?"

Ele foi correndo até a pia e voltou com mais um jarro cheio de água. Ele o entregou a Donny, e ela bebeu toda essa água também.

"Obrigada. Obrigada."

Ela lambeu os lábios, que estavam rachados, secos, partidos em alguns lugares.

"Vocês... vocês acham que poderiam...? As cordas... elas me machucam muito."

E dava para ver que era verdade. Mesmo que ela estivesse com os pés no chão, ela ainda estava estirada com firmeza.

Willie olhou para Donny.

Então eles dois olharam para mim.

Eu me senti confuso por um instante. Por que eles deveriam se importar com o que eu pensava? Era como se houvesse alguma coisa que eles estavam procurando em mim e não sabiam ao certo se encontrariam.

De qualquer forma, eu assenti.

"Eu acho que sim", disse Donny. "Um pouco. Mas... com uma condição."

"Qualquer coisa. O quê?"

"Você tem que prometer que não vai lutar."

"Lutar?"

"Você tem que prometer que não vai fazer nenhum barulho nem nada e você tem que prometer que não vai lutar e não vai contar a ninguém sobre isso depois. Que não vai contar isso a ninguém *nunca*."

"Contar o quê?"

"Que nós tocamos em você."

E ali estava.

Era com isso que nós estávamos sonhando lá em cima, no quarto. Eu não deveria ter ficado surpreso. Mas fiquei. Eu mal conseguia respirar. Eu sentia como se todo mundo no ambiente pudesse ouvir as batidas do meu coração.

"Tocar em mim?", disse Meg.

Donny ficou profundamente ruborizado.

"É, você sabe."

"Ah, meu Deus", disse ela. Ela balançou a cabeça. "Ah, meu Deus." Ela soltou um suspiro. Então pensou por um instante.

"Não", disse ela.

"Nós não machucaríamos você nem nada", disse Donny. "É só tocar."

"Não."

Como se ela tivesse pesado e considerado a situação e simplesmente não conseguisse se ver fazendo isso, não importando o que acontecesse, e que aquela era a palavra final dela sobre o assunto.

"Sério. Nós não machucaríamos você."

"Não. Vocês não vão fazer isso comigo. Nenhum de vocês."

Ela estava furiosa agora. Mas Donny também estava.

"Nós poderíamos fazer isso com você de qualquer forma, imbecil. Quem é que vai nos impedir?"

"Eu vou."

"Como?"

"Bem, vocês só vão fazer isso uma vez comigo, seus malditos, e só um de vocês. Porque eu não vou simplesmente *contar* a alguém. Eu vou gritar."

E não havia nenhuma sombra de dúvida de que ela estava falando sério. Ela ia gritar. Ela não estava nem aí.

Ela havia nos encurralado.

"Beleza", disse Donny. "Tudo bem. Então nós vamos deixar as cordas como estão. Vamos colocar a mordaça de volta e é isso."

Dava para ver que ela estava prestes a chorar. Mas ela não ia ceder a ele. Não em relação a isso.

A voz dela soava amarga.

"Tudo bem", disse ela. "Coloquem a mordaça em mim. Vão em frente. Saiam. Caiam fora daqui!"

"Ok." Donny assentiu para Willie, que deu um passo à frente com o trapo e o lenço.

"Abra a boca", disse ele.

Meg hesitou por um momento. Então ela abriu a boca. Ele colocou o trapo lá dentro e atou o lenço em volta. Ele o atou mais apertado do que era necessário, mais apertado do que estava antes.

"Nós ainda temos um trato", disse Donny. "Você bebeu um tanto de água. Mas nós nunca estivemos aqui. Está me entendendo?"

Ela assentiu. Era difícil estar nua e pendurada ali e ser orgulhosa ao mesmo tempo, mas Meg conseguia fazer tudo isso.

Não dava para não admirá-la.

"Muito bem", disse ele. Ele se virou para ir embora.

Eu tive uma ideia.

Estiquei a mão e toquei o braço dele enquanto ele estava de passagem e fiz com que parasse.

"Donny."

"Sim?"

"Olha. Vamos dar uma folga a ela. Só um pouco. Tudo o que temos que fazer é empurrar a mesa para cima, uns três ou cinco centímetros. Ruth não vai notar. Quero dizer, olhe para ela. Você quer que ela desloque um ombro ou algo do tipo? Vai demorar para amanhecer, entende o que eu quero dizer?"

Eu falei isso em um tom de voz alto o bastante para que ela pudesse me ouvir em seu favor.

Ele deu de ombros.

"Demos a ela uma chance. Ela não ficou interessada."

"Eu sei disso", falei. E, nesse momento, eu me inclinei para a frente, sorri e sussurrei: "Mas pode ser que ela fique *grata*. Sabe? Pode ser que ela se lembre. Na próxima vez".

Nós empurramos a mesa.

Na verdade, nós meio que a erguemos e a carregamos para não fazer muito barulho e, com os três de nós e Au-au, não foi tão difícil assim. E, quando tínhamos acabado, talvez ela tivesse ficado com uma folga de uns dois a três centímetros, apenas o bastante para que pudesse dobrar o cotovelo. Isso era mais do que ela tivera em muito tempo.

"Até mais", sussurrei enquanto fechava a porta.

E, no escuro, eu acho que ela assentiu.

Eu era cúmplice agora, pensei. De duas formas. De ambos os lados.

Eu estava trabalhando dos dois lados. No meio.

Que ótima ideia! Eu estava orgulhoso de mim mesmo.

Eu me sentia esperto, virtuoso e animado. Eu havia ajudado Meg. Algum dia, eu receberia a retribuição por isso. Um dia, eu sabia, ela deixaria que eu tocasse nela. As coisas chegariam a esse ponto. Talvez não os outros, mas eu.

Ela *deixaria* que eu a tocasse.

Então eu sussurrei: "Até mais, Meg".

Como se ela fosse me agradecer.

Eu não estava batendo bem da cabeça. Eu estava louco.

CAPÍTULO TRINTA

Pela manhã, nós descemos, e Ruth havia desamarrado Meg e levado a ela uma muda de roupas, com uma xícara de chá quente e um pouco de torrada sem manteiga e, quando chegamos lá, ela estava bebendo e comendo, sentada com as pernas cruzadas no colchão inflável.

Vestida, alimentada, sem a mordaça nem a venda, não restava mais muito mistério nela. Ela estava com uma aparência pálida, emaciada. Cansada e distintamente irada. Era difícil lembrar da orgulhosa Meg ou da Meg que estava sofrendo no dia anterior.

Dava para ver que ela estava com dificuldade de engolir.

Ruth estava parada perto dela, agindo como se fosse uma mãe.

"Coma sua torrada", disse ela.

Meg ergueu o olhar para ela e depois baixou os olhos para o prato de papel que tinha no colo.

Dava para ouvir a televisão lá em cima, era algum jogo de algum programa. Willie arrastava os pés.

Chovia lá fora, e podíamos ouvir o som da chuva também.

Meg deu uma mordida na casca da torrada e então ficou mastigando eternamente, até que aquilo se tornasse bem pequeno, antes de ter coragem de engolir.

Ruth soltou um suspiro. Era como se fosse uma grande provação para ela ficar vendo Meg mastigar. Ela colocou as mãos nos quadris e, com as pernas separadas uma da outra, parecia George Reeves nos créditos de abertura de *Superman*.

"Vá em frente. Coma mais", disse ela.

Meg balançou a cabeça em negativa. "Está... demais... não consigo. Minha boca está muito seca. Posso esperar? Comer isso depois? Vou beber o chá."

"Eu não vou desperdiçar comida, Meg. Comida custa caro. Eu fiz essa torrada para você."

"Eu... eu sei. É só que..."

"O que você quer que eu faça? Que jogue isso fora?"

"Não. Você não poderia deixar isso aqui? Daqui a pouquinho eu como."

"Depois vai ficar dura. Você deveria comer essa torrada agora. Enquanto está fresquinha. Vai atrair insetos. Baratas. Formigas. Eu não vou ficar com insetos dentro da minha casa."

O que era meio que engraçado, porque já havia algumas moscas zunindo ali dentro, ali em volta.

"Eu vou comer isso logo, Ruth. Eu juro."

Parecia que Ruth estava pensando no assunto. Ela ajeitou a postura, juntou os pés, cruzou os braços sobre os seios.

"Meg, docinho", disse ela, "eu quero que você tente comer isso agora. É bom para você."

"Eu sei que é. Só que é difícil para mim agora. Eu vou beber o chá, ok?" Ela ergueu a xícara junto aos lábios.

"Não deveria ser fácil", disse Ruth. "Ninguém disse que seria fácil." Ela riu. "Você é mulher, Meg. Isso *é* difícil, não é fácil."

Meg ergueu o olhar para ela, assentiu e bebeu o chá com firmeza.

Eu, Donny, Au-au e Willie estávamos ali em pé, de pijama, observando a cena da entrada.

Eu mesmo estava começando a ficar com um pouco de fome. Mas nem a Ruth nem a Meg pareciam ter notado a nossa presença.

Ruth a observava, e Meg mantinha os olhos grudados nela e bebia o chá, em pequenos e cuidadosos goles, porque o chá estava fumegando de tão quente, e podíamos ouvir o vento e a chuva lá fora, e depois a bomba de drenagem em funcionamento por um tempinho, e depois parando, e, ainda assim, Meg estava bebendo o chá, e Ruth a encarava.

Meg olhou para baixo por um instante, inspirando o vapor quente e agradável do chá, desfrutando-o.

E Ruth explodiu.

Ela bateu com força na caneca que Meg tinha em mãos. A caneca se estilhaçou junto à parede de cimento revestida de cal branca. Chá escorrendo, da cor da urina.

"Coma isso!"

Ela enfiou o dedo na torrada, que tinha deslizado metade para fora do prato de papel.

Meg ergueu as mãos.

"Ok! Tudo bem! Eu vou! Vou comer isso agora mesmo! Ok?"

Ruth se inclinou para baixo perto dela, de modo que elas estavam quase com os narizes colados, e Meg não poderia ter dado nenhuma mordida na torrada, mesmo que quisesse, não sem empurrar a torrada para cima da cara de Ruth. O que não teria sido uma boa ideia. Porque Ruth estava fervendo de raiva.

"Você ferrou com a parede do Willie", disse ela. "Maldita seja você, você quebrou a minha caneca. Você acha que canecas são baratas? Você acha que chá é *barato*?"

"Eu sinto muito." Ela pegou a torrada, mas Ruth ainda estava inclinada muito perto dela. "Eu vou comer. Ok? Ruth?"

"É melhor você comer mesmo, porra."

"Eu vou comer."

"Você ferrou com a parede do Willie."

"Eu sinto muito."

"Quem é que vai limpar aquilo? Quem é que vai limpar aquela parede?"

"Eu vou limpar. Eu sinto muito, Ruth. Sinto muito mesmo."

"Vá se foder, garota. Você sabe quem é que vai limpar aquilo?"

Meg não respondeu. Dava para ver que ela não sabia o que dizer. Ruth só parecia ficar cada vez mais ensandecida e nada podia acalmá-la.

"Você *sabe*?"

"N... não."

Ruth se levantou e berrou: "*Su-san!* Su-san! Venha até aqui embaixo!".

Meg tentou ficar em pé. Ruth a empurrou para baixo de novo.

E, dessa vez, a torrada realmente caiu do prato no chão.

Meg esticou a mão para pegá-la e segurou o pedaço que estava comendo, mas o chinelo marrom de Ruth foi para cima do outro pedaço.

"Esqueça!", disse ela. "Você não quer comer, você não precisa comer."

Ela pegou o prato de papel. O pedaço de torrada que tinha sobrado ali saiu voando.

"Você acha que eu deveria *cozinhar* para você? Sua vadiazinha. Sua ingratazinha!"

Susan vinha descendo as escadas, mancando. Dava para a gente ouvi-la bem antes de a ver.

"Susan, entre aqui!"

"Sim, sra. Chandler."

Abrimos caminho para ela, que passou por Au-au. Ele fez uma reverência e deu risadinhas.

"Cala a boca", disse Donny.

No entanto, ela parecia bem merecedora de respeito, para uma menininha, já bem vestidinha e muito cautelosa na forma como andava, além de parecer muito séria.

"Vá até a mesa", disse Ruth.

Ela fez conforme lhe foi ordenado.

"Vire-se."

Ela se virou de frente para a mesa. Ruth olhou de relance para Meg, e então ela tirou o cinto.

"Eis como nós limpamos a parede", disse ela. "Nós limpamos a parede recomeçando do zero."

Ela se virou para nós.

"Um de vocês, meninos, venha até aqui e puxe para cima o vestido dela e se livre da calcinha dela."

Essa foi a primeira coisa que ela nos dissera a manhã toda.

Meg começou a se levantar novamente, no entanto, Ruth a empurrou para baixo e com força uma segunda vez.

"Nós vamos estabelecer uma regra", disse ela. "Você me desobedece, você me responde, você fala de forma desrespeitosa comigo, *qualquer* coisa do tipo, mocinha... e ela paga por isso. Ela leva a surra. E você fica olhando. Nós vamos tentar fazer as coisas desse jeito. E, se isso não funcionar, tentaremos outra coisa."

Ela se voltou para Susan.

"Você acha que isso é justo, Suzie? Que você deva pagar pelo lixo da sua irmã? Pelo que ela faz?"

Susan estava chorando baixinho.

"Nã... ãoooo", gemeu ela.

"Claro que não. Eu nunca disse que era justo. Ralphie, você venha até aqui e deixe o pequeno traseiro desta garota descoberto para mim." Ela se virou para os demais. "Vocês segurem a Meg, só para o caso de ela ficar rude ou ser idiota o bastante para entrar na linha de fogo aqui", e abriu espaço para chegarmos perto.

"Se ela lhes der algum problema, podem bater nela. E tomem cuidado onde vocês tocam nela. Provavelmente ela tem chatos ou alguma coisa do gênero. Sabe-se lá Deus onde foi que essa vagabunda aí esteve antes de vir ficar conosco."

"Chatos?", disse Au-au. "O que são *chatos*?"

"Não vem ao caso", disse Ruth. "Só façam o que falei para fazer. Vocês têm a vida toda para aprender sobre putas e chatos."

E as coisas correram exatamente como antes, só que Meg estava ali. Só que o raciocínio era uma loucura.

Porém, a essa altura do campeonato, já estávamos acostumados a tudo isso.

Au-au puxou a calcinha dela por cima dos gessos e ninguém nem mesmo teve que a segurar dessa vez, enquanto Ruth lhe dava vinte cintadas, sem nenhuma pausa, enquanto Susan gritava e uivava, enquanto o traseiro dela ficava cada vez mais vermelho naquela salinha apertada que Willie Sr. havia construído para aguentar a bomba atômica. E, a princípio, Meg lutou quando ouviu o som de uivos e choros e o som do cinto vindo abaixo, mas Willie pegou o braço dela e o torceu atrás das costas, pressionou o rosto dela para baixo no colchão inflável, de forma que ela mal podia respirar, muito menos ajudar, com as lágrimas escorrendo não apenas pelo rosto de Susan, como pelo rosto dela também, e manchando o colchão sujo enquanto eu e Donny ficávamos ali, parados, observando e ouvindo, vestidos em nossos pijamas amarrotados.

Quando aquilo terminou, Ruth foi para trás, deslizou o cinto pelos passadores, e Susan se curvou para a frente com dificuldade, com seus pinos barulhentos, puxou a calcinha para cima, e desceu a parte de trás do vestido sobre ela.
　　Willie soltou Meg e se afastou da garota.
　　Quando Susan se voltou à nossa direção, Meg levantou a cabeça do colchão, e eu fiquei observando os olhares de relance das duas se encontrarem. Eu vi alguma coisa se passar entre elas. Alguma coisa que, de repente, parecia plácida por trás das lágrimas, triste e estranhamente tranquila.

Isso me enervou. Eu me perguntava se elas não seriam mais fortes do que todos nós, no fim das contas.
　　Eu estava ciente de que, novamente, a coisa toda havia se intensificado.
　　Os olhos de Meg se voltaram para Ruth, e eu vi como isso aconteceu.
　　Os olhos dela estavam selvagens.
　　Ruth também viu e deu um involuntário passo para trás, afastando-se dela. Seus próprios olhos se estreitaram e fizeram uma varredura na sala. Eles se fixaram no canto, onde a picareta, o machado, o pé-de-cabra e a pá estavam apoiados, juntos, como se fossem uma pequena família de destruição feita de aço.
　　Ruth abriu um sorriso. "Eu acho que a Meg está emputecida conosco, meninos", disse ela.
　　Meg não disse nada.
　　"Bem, todos nós sabemos que isso não vai levá-la a lugar nenhum. No entanto, vamos simplesmente pegar aquelas coisas ali para que ela não fique tão tentada. Talvez ela apenas seja tola o bastante para tentar. Peguem as coisas. E tranquem a porta depois de sair", ordenou.

"A propósito, Meggy", continuou ela. "Você acabou de almoçar e jantar. Tenha um bom dia."

Ela se virou e saiu da sala.

Ficamos olhando enquanto ela ia embora. Os passos dela estavam um pouco instáveis, eu pensei, quase como se ela tivesse bebido, embora eu soubesse que não era o caso.

"Você quer atá-la novamente?", perguntou Au-au a Willie.

"*Tente* fazer isso", disse Meg.

Willie soltou uma bufada.

"Isso é ótimo, Meg", disse ele. "Continue agindo desse jeito durão. Podemos fazer isso sempre que quisermos e você sabe disso. Além do mais, Susan está aqui. Lembre-se disso."

Meg olhou com ódio para ele, que deu de ombros.

"Talvez mais tarde, Au", disse Willie, e ele foi pegar o machado e a pá.

Au-au pegou a picareta e o pé-de-cabra e foi atrás dele.

E então se seguiu uma discussão em relação a onde colocá-los agora que estavam fora da proteção do abrigo. O porão ficava inundado às vezes, então havia o risco de que enferrujassem. Au-au queria pendurá-los nas vigas de suporte do teto. Donny sugeriu que eles os pregassem na parede. Willie sugeriu tocar o foda-se e colocá-los perto da caldeira. Que enferrujassem. Donny venceu, e eles foram procurar pregos e um martelo na velha mala de objetos pessoais da Segunda Guerra de Willie Sr. perto da secadora, que servia como caixa de ferramentas agora.

Olhei para Meg. Eu tive que me preparar para fazer isso. Acho que eu estava esperando por ódio. Meio que temendo e meio que com esperança de que o ódio estivesse ali, porque pelo menos eu iria saber qual era a minha posição em relação a ela e ao restante deles. Eu já conseguia ver que ficar no meio nesse jogo seria algo bem difícil. No entanto, não havia nenhum ódio que eu pudesse notar. Os olhos dela estavam com uma expressão firme. Meio neutra.

"Você poderia fugir", falei baixinho. "Talvez eu pudesse ajudar você."

Ela sorriu, mas não foi um sorriso bonito.

"E o que você ia querer em troca, David?", disse ela. "Tem alguma ideia?"

E, por um instante, ela realmente soou um pouco como a vagabunda que Ruth disse que ela era.

"Não. Nada", falei. Mas ela havia me pegado. Eu ruborizei.

"É mesmo?"

"Sério. É mesmo. Nada. Quero dizer, eu não sei aonde você poderia ir, mas pelo menos você poderia fugir."

Ela assentiu e olhou para Susan. E então seu tom de voz soava totalmente diferente, muito pragmático, incrivelmente razoável e muito adulto outra vez.

"*Eu* poderia", disse ela. "Mas *ela* não pode."

E, de repente, Susan estava chorando de novo. Ela ficou parada, olhando para Meg por um instante, e então foi mancando até a irmã e a beijou nos lábios, na bochecha e depois nos lábios mais uma vez.

"Nós faremos alguma coisa", disse ela. "Meg? Nós faremos alguma coisa. Tudo bem?"

"Ok", disse Meg. "Tudo bem."

Ela olhou para mim.

As duas se abraçaram e, quando haviam terminado, Susan veio até mim. Eu estava parado perto da porta, e ela pegou na minha mão.

E, juntos, nós a trancamos de novo.

CAPÍTULO TRINTA E UM

Como se para refutar a minha oferta de ajuda, eu me mantive longe dela.

Diante das circunstâncias, era o melhor que eu podia fazer.

Imagens me assombravam.

Meg rindo na Roda-Gigante, deitada na Pedra, perto do riacho. Trabalhando no jardim, de shorts, com um colete e um grande chapéu de palha na cabeça. Correndo nas bases, rápido, lá no playground. Porém, na maior parte do tempo, era Meg nua no calor de seus próprios esforços, vulnerável e aberta para mim.

Do outro lado, eu via o boneco de simulação de luta de Willie e Donny.

Eu via uma boca comprimida em um colchão inflável por não conseguir engolir um pedaço de torrada.

As imagens eram contraditórias. Elas me deixavam confuso.

Então, tentando decidir o que fazer, se é que eu ia fazer algo, e com a desculpa de uma semana feia e chuvosa pela frente, eu me mantive longe dela.

Eu vi Donny duas vezes naquela semana. Os outros não cheguei nem a ver.

Da primeira vez que vi Donny, eu estava esvaziando a lata de lixo, e ele saiu correndo na tarde cinzenta com a garoa, vestindo um moletom puxado por cima da cabeça.

"Adivinha?", disse ele. "Sem água esta noite."

Fazia três dias que estava chovendo.

"Hein?"

"*Meg*, besta. A Ruth não vai deixar que ela beba água esta noite. Não até amanhã de manhã."

"Como assim?"

Ele sorriu. "Longa história", disse ele. "Eu te conto depois."

Então ele voltou correndo para dentro da casa.

A segunda vez que o vi foi alguns dias depois disso. O tempo havia ficado mais limpo, e eu estava subindo na minha bicicleta a caminho da loja para a minha mãe. Donny vinha subindo a entrada de carros atrás de mim em sua velha bicicleta detonada.

"Aonde você está indo?"

"Até a loja. Minha mãe precisa de leite e outras merdas. Você?"

"Lá em cima, na casa do Eddie. Vai ter um jogo lá na torre de água mais tarde. Braves *versus* Bucks. Quer que a gente te espere?"

"Não precisa."

Era um jogo da Liga Infantil e não me interessava.

Donny balançou a cabeça.

"Eu tenho que sair daqui", disse ele. "Essas coisas estão me deixando maluco. Sabe o que eles estão me obrigando a fazer agora?"

"O quê?"

"Jogar a sujeira do penico dela lá nos fundos do quintal! Você acredita numa coisa dessas?"

"Eu não entendo. Por quê?"

"Ela não tem mais permissão de ir até lá em cima. Não pode usar o banheiro, nada. Então, aquela merdinha de garota tenta se segurar. Mas até mesmo *ela* tem que mijar em algum momento, e agora sou eu quem tenho que lidar com isso! Você acredita nisso? Qual é o maldito problema com Au-au?" Ele deu de ombros. "Mas a minha mãe disse que tem que ser um de nós mais velhos."

"Por quê?"

"Como diabos é que eu vou saber?"

Ele empurrou a bicicleta para ir embora.

"Ei, você tem certeza de que não quer que esperemos por você?"

"Não. Hoje, não."

"Beleza. A gente se vê depois então. Dá uma passada lá em casa, tá?"

"Aham, farei isso."

Mas eu não fui até lá. Não naquele momento.

Aquilo parecia tão estranho para mim. Eu não conseguia nem mesmo imaginar Meg indo ao banheiro, quem dirá usando um penico cujo conteúdo alguém teria que jogar lá nos fundos do quintal. E se eu fosse até lá e eles não tivessem feito a limpeza naquele dia? E se eu tivesse que sentir o cheiro do mijo e da merda dela lá embaixo? A coisa toda me deixava com repulsa. *Ela* me deixava com repulsa. Aquela não era Meg. Aquela era outra pessoa.

Isso se tornou mais uma imagem estranha para me perturbar. E o problema era que não havia ninguém com quem conversar, ninguém com quem elaborar as coisas.

Se a gente falasse com as crianças na quadra, ficava claro que todo mundo tinha alguma noção do que estava acontecendo lá... alguns tinham uma noção vaga e outros, bem específica. No entanto, ninguém tinha nenhuma opinião para emitir. Era como se estivesse acontecendo uma tempestade ou um pôr do sol, alguma força da natureza, algo que simplesmente acontecia às vezes. E não fazia sentido discutir chuvas de verão.

Eu sabia o suficiente para ter ciência de que, quando se era um menino, era esperado que a gente levasse os assuntos até nosso pai.

Eu tentei fazer isso.

Agora que eu era mais velho, deveria passar um tempinho no Eagle's Nest de vez em quando, ajudando no estoque e a limpar e sei lá mais o quê, e eu estava trabalhando na grelha na cozinha, com uma pedra de amolar e um pouco de água com gás, empurrando a gordura com a pedra de amolar para dentro do receptáculo na lateral enquanto a grelha lentamente esfriava e a água com gás soltava a gordura — um trabalho cansativo que eu tinha visto Meg fazer umas mil vezes — quando, por fim, simplesmente comecei a falar.

Meu pai estava preparando uma salada de camarão, esmigalhando pedacinhos de pão para fazer a salada render mais.

Havia uma entrega de bebida alcoólica chegando e passando pela partição entre o bar e a cozinha, que tinha uma janela, e pela qual nós podíamos ver Hodie, o barman que fazia o turno de dia para o meu pai, marcando as caixas em uma folha de pedidos e discutindo com o homem da entrega sobre algumas caixas de vodca. Era a marca da casa e estava evidente que o cara tinha entregado menos do que o acordado. Hodie estava enfurecido. Hodie era um camarada magro feito um biscoito, com um temperamento volátil o bastante para tê-lo mantido na prisão durante metade da guerra. O homem da entrega estava suando.

Meu pai observava a cena, divertindo-se. Exceto para Hodie, duas caixas não eram lá grande coisa. Contanto que meu pai não estivesse pagando por algo que não estava recebendo. Mas talvez tivesse sido a raiva de Hodie que me levara a começar a falar.

"Pai", eu disse. "Você alguma vez já viu um cara bater em uma garota?"

Meu pai deu de ombros.

"Claro", disse ele. "Acho que sim. Crianças. Bêbados. Vi alguns, sim. Por quê?"

"Você acha que, em alguma situação... está tudo bem... fazer algo assim?"

"Se está tudo bem? Você quer dizer, se é justificável?"

"É."

Ele riu. "Essa é uma pergunta difícil", disse ele. "Uma mulher pode realmente nos aborrecer, às vezes. Eu diria que, de modo geral, não. Quero dizer, a gente tem que ter maneiras melhores de lidar com uma mulher sem ter que fazer uma coisa dessas. A gente tem que respeitar o fato de que a mulher é a mais fraca da espécie. É como ser um valentão, sabe?"

Ele limpou as mãos no avental. Sorriu.

"Eu tenho que dizer que já as vi fazendo por merecer de vez em quando. A gente trabalha em um bar, a gente vê esse tipo de coisa. Uma mulher bebe demais, fica abusiva, ruidosa, talvez até mesmo force a barra para cima do cara que está com ela. E agora, o que ele deveria fazer? Só ficar lá sentado, sem fazer nada? Então ele dá um tapa nela. Você tem que pôr um fim nessa ideia imediatamente.

"Veja, é como a exceção que comprova a regra. Nunca se deve bater em uma mulher, nunca... e Deus me livre de algum dia eu pegar você fazendo uma coisa dessas. Porque, se eu pegar você fazendo isso, você vai se ver comigo. No entanto, às vezes, não há nada mais que se *possa* fazer. A gente é forçado a ir longe demais. Sabe? Funciona para os dois lados."

Eu estava suando. Tanto por causa da conversa quanto por causa do trabalho, mas, com o trabalho, eu tinha uma desculpa.

Meu pai tinha começado a preparar a salada de atum. Havia lascas de pão nessa salada também, e picles condimentados. Na sala ao lado, Hodie tinha feito com que o cara voltasse ao caminhão para procurar pela vodca que estava faltando.

Eu tentei entender aquilo que ele estava dizendo: que nunca estava tudo bem em se fazer uma coisa dessas, mas que, às vezes, estava.

A gente é forçado a ir longe demais.

Isso ficou grudado na minha cabeça. Será que Meg havia forçado demais a barra com Ruth em algum momento? Feito alguma coisa que eu não tinha visto?

Será que essa era uma situação de nunca bater em uma mulher ou entraria no campo do às vezes?

"Por que a pergunta?", disse meu pai.

"Eu não sei", falei. "Eu e os meninos estávamos conversando."

Ele assentiu. "Bem, a melhor aposta é não botar as mãos em ninguém. Seja homem *ou* mulher. É desse jeito que você não se mete em encrenca."

"Sim, senhor."

Eu despejei mais água com gás na grelha e fiquei observando enquanto saía aquele chiado como que de fritura. "Mas as pessoas dizem que o pai do Eddie bate na sra. Crocker. Na Denise e no Eddie também."

Meu pai franziu o cenho. "Sim, eu sei."

"Você quer dizer que é verdade."

"Eu não disse que era verdade."

"Mas é, certo?"

Ele soltou um suspiro. "Escuta", disse ele, "eu não sei por que de repente você está todo interessado nisso, mas você já tem idade o bastante para saber, para entender, eu acho... é como eu disse antes. Às vezes, a barra é forçada para cima da pessoa, para cima de um homem, e ele faz... aquilo que sabe que não deveria fazer."

E ele estava certo. Eu *tinha mesmo* idade suficiente para entender. E ouvi as entrelinhas aqui. Tão distintas quanto os ecos de Hodie berrando com o homem da entrega lá do lado de fora.

Em algum ponto e por algum motivo, meu pai tinha batido na minha mãe. Eu até me lembrei disso. De acordar de um sono profundo. Ouvir móveis batendo. Berros. E um tapa.

Muito tempo atrás.

Eu senti um repentino choque de raiva em relação a ele. Olhei para o tamanho dele e pensei na minha mãe. E então, devagar, a frieza se assentou, a sensação de isolamento e segurança.

E passou pela minha cabeça que eu deveria falar com a minha mãe sobre isso tudo. Ela saberia como era a sensação, o que significava.

No entanto, eu não podia fazer isso naquele momento. Nem mesmo se ela estivesse ali naquele minuto. Eu não tentei.

Fiquei observando enquanto meu pai terminava de preparar as saladas e limpava as mãos de novo no avental de algodão branco sobre o qual nós costumávamos brincar, dizendo que seria condenado pela Vigilância Sanitária. Ele cortou o salame no fatiador de carne elétrico que tinha acabado de comprar e do qual estava tão orgulhoso, e eu empurrei a gordura para dentro do receptáculo, até que a grelha estivesse limpa e brilhando.

E nada tinha sido resolvido.

E logo eu voltei lá.

CAPÍTULO TRINTA E DOIS

O que me levou a voltar lá foi aquela única e imbatível imagem do corpo de Meg.

O corpo dela estimulava mil fantasias, noite e dia. Algumas delas eram ternas, outras, violentas... algumas, ridículas.

Eu estava deitado na cama, à noite, com o rádio portátil escondido debaixo do travesseiro tocando a música "At the Hop", de Danny and the Juniors, e fechava os olhos e lá estava Meg dançando, saltitante, com algum parceiro invisível, a única garota na Teen's Canteen, dançando com um par de meias curtas, brancas, dobradas na altura da canela, e nada mais. Confortável com sua nudez, como se tivesse acabado de comprar a roupa nova do imperador.

Ou nós estávamos jogando Banco Imobiliário, sentados um na frente do outro, e eu comprava Boardwalk ou Marvin Gardens, e ela se levantava, soltava um suspiro e tirava sua calcinha branca de algodão.

Porém, mais frequentemente, a canção na rádio seria algo na linha de "Twilight Time", do grupo The Platters, e Meg estaria nua nos meus braços à luz artificial de estrelas, e nós nos beijávamos.

Ou o jogo seria O Jogo, e não havia absolutamente nada de engraçado em relação a isso.

Eu me sentia nervoso e agitado.

Eu sentia como se *tivesse* que ir até lá. Do mesmo jeito como eu estava com medo do que encontraria quando fizesse isso.

Até mesmo minha mãe notou. Eu a pegava me observando, com os lábios franzidos, pensando, quando eu dava um pulo para cima na mesa de jantar, derramando o copo de água, ou quando ia até a cozinha pegar uma Coca-Cola.

Talvez esse fosse um motivo pelo qual eu nunca falei com ela. Ou talvez fosse apenas por ela ser minha mãe, além de ser uma mulher.

No entanto, eu realmente fui até lá.

E, quando fiz isso, as coisas haviam mudado de novo.

Eu fui entrando, e a primeira coisa que ouvi foi Ruth tossindo, e depois conversando em voz baixa, e me dei conta de que tinha que ser com Meg que ela estava falando. Ruth estava usando aquele tom de voz que nunca teria usado com nenhum de nós, senão com ela, como se fosse uma professora instruindo uma menininha. Eu fui até lá embaixo.

Eles haviam erguido uma lâmpada como solução temporária pendurando o fio da tomada por cima da lavadora de roupas e o prendendo em um gancho em uma das vigas de teto de Willie Sr. A lâmpada engaiolada balançava, brilhante e ofuscante.

Ruth estava sentada em uma cadeira dobrável, parte do velho conjunto de mesas e cadeiras para jogos de cartas que eles mantinham ali embaixo, sentada de costas para mim, fumando. O chão estava repleto de guimbas de cigarros, como se ela estivesse havia um tempinho ali.

Os meninos não estavam em nenhum lugar à vista.

Meg estava parada, em pé na frente dela, com um vestido amarelo cheio de firulas, não o tipo de vestido que a gente a visualizaria usando, de jeito nenhum, e eu imaginei que deveria ser um vestido da Ruth, um vestido velho dela, e dava para ver que ele não estava nem um pouco limpo. A peça tinha mangas curtas e bufantes e uma saia plissada cheia, o que deixava os braços e as pernas expostos.

Ruth trajava uma versão verde azulada de algo similar, porém, mais simples, com menos babados e firulas.

Em cima do cheiro da fumaça de cigarro, eu podia sentir o cheiro de cânfora. Bolas de naftalina.

Ruth continuava falando.

A princípio dava para se pensar que elas eram irmãs, tendo mais ou menos o mesmo peso, embora Ruth fosse mais alta e mais magricela. As duas tinham os cabelos levemente oleosos agora e as duas usavam esses velhos vestidos malcheirosos, como se estivessem experimentando coisas para uma festa.

Exceto que Ruth só estava lá sentada fumando.

Já Meg estava apoiada em uma das colunas quatro por quatro de Willie com os braços atados com bastante força em volta da coluna e atrás das costas, com os pés também atados.

Ela estava amordaçada, mas não vendada.

"Quando eu era uma garota como você", estava lhe dizendo Ruth, "eu fiz isso, eu procurei por Deus. Eu fui até todas as igrejas na cidade. Batista, luterana, episcopal, metodista. Todas. Eu até mesmo fui às novenas lá em Saint Matties e me sentei na plataforma elevada onde ficava o órgão.

"Isso foi antes de eu ficar *sabendo,* entende, o que as mulheres eram. E sabe quem me ensinou isso? Minha mãe.

"É claro que ela não sabia que estava me ensinando, não da forma como estou ensinando você. Foi mais o que eu vi.

"Agora eu quero que você saiba e entenda que eles me deram tudo, os meus pais me deram tudo, tudo que uma garota podia desejar, era isso que eu tinha. Com a exceção da faculdade, é claro, mas, de qualquer forma, garotas não iam muito para a faculdade naquela época. No entanto, meu papai, que a alma dele descanse em paz, trabalhava duro para dar uma vida a minha mamãe e a mim, nós tínhamos tudo. Nada como o que Willie fez comigo."

Ela acendeu um novo cigarro na ponta do antigo e jogou a guimba no chão. Eu achava que ela não havia me notado atrás dela ou então que não ligava para a minha presença ali, porque, mesmo com Meg olhando diretamente para mim, com uma expressão meio que estranha no rosto, e, mesmo que eu tivesse feito os costumeiros ruídos ao descer a velha e bamba escada, ela não se virou nem parou de falar, nem mesmo para acender o cigarro. Ela falava em meio à fumaça.

"No entanto, meu pai *bebia* como o Willie", ela disse, "e eu o ouvia. Ele vindo à noite, direto para a cama, e montando na minha mãe como se ela fosse uma égua. Eu ouvia os dois ofegantes lá em cima, com minha mãe dizendo não-não-não-não e um estranho e ocasional tapa de vez em quando, e isso também era exatamente como o Willie fazia. Porque nós, mulheres, repetimos os mesmos erros de nossas mães, cedendo o tempo todo para um homem. Eu também tinha aquela fraqueza e foi assim que eu fiquei com todos esses meninos com os quais ele me deixou para passar fome. Não consigo trabalhar como eu trabalhava lá na época da guerra. Os homens pegam todos os empregos agora. E eu tenho filhos para criar.

"Ah, o Willie envia os cheques, mas não é o bastante. Você sabe disso. Você vê isso. Seus cheques também não dão lá para muita coisa.

"Você consegue enxergar o que estou dizendo? Você tem a Maldição. E não estou me referindo a sua menstruação. Você tem a maldição de um jeito pior do que eu tive algum dia. Posso sentir o cheiro dela em você, Meggy! Você estará fazendo exatamente o que a minha mãe e eu fizemos com algum canalha de um irlandês batendo na gente e trepando com a gente e fazendo com que a gente goste disso, fazendo com que a gente *adore* isso, e então, pá, ele se vai.

"Isso de trepar. O lance é esse. Essa xoxota úmida e quente. Isso é a Maldição, sabe? A Maldição de Eva. Essa é a fraqueza. É onde eles nos pegam.

"Eu vou lhe dizer uma coisa. Uma mulher não passa de uma vadia e de um animal. Você tem que ver isso, você tem que se lembrar disso. É apenas usada, ferrada e punida. Não é nada a não ser uma idiota perdedora com um buraco nela, e isso é tudo que ela *sempre* será.

"A única coisa que eu posso fazer por você é o que eu já estou fazendo. Eu posso meio que tentar queimar, tirar isso de você na marra, *a ferro e fogo*."

Ela acendeu um fósforo.

"Está vendo?"

Ela jogou o fósforo no vestido amarelo de Meg. O fósforo se apagou ao chegar a ela e caiu, soltando fumaça no chão. Ela acendeu outro fósforo.

"Está vendo?"

Ela se inclinou mais para a frente dessa vez e jogou o fósforo, e, quando ele atingiu o vestido de Meg, ainda estava em chamas. O fósforo se alojou entre as pregas da saia do vestido. Meg se contorceu em um espaço de um metro quadrado e balançou o vestido para se livrar do fósforo.

"Garotas jovens e fortes assim como você... pensam que têm um cheiro tão fresco e bom. Mas, para mim, vocês têm cheiro de queimado. De boceta quente. Vocês têm a Maldição e a fraqueza. Você tem isso, Meggy."

Havia uma pequena mancha preta no vestido dela onde o fósforo tinha se alojado. Meg estava olhando para mim, emitindo sons por trás da mordaça.

Ruth deixou o cigarro cair e mexeu os pés para apagá-lo.

Ela saiu da cadeira, inclinou-se para baixo e acendeu outro fósforo. De repente, a sala parecia cheia de enxofre.

Ela ergueu o fósforo até a bainha do vestido.

"Está vendo?", disse ela. "Eu tinha achado que você seria grata."

Meg se contorceu, lutando arduamente contra as cordas. A bainha ficou queimada e tostada de marrom e preto, mas não ficou em chamas.

O fogo do fósforo estava baixo. Ruth o balançou e o deixou cair.

Então ela acendeu mais um.

Ela o manteve baixo, perto da bainha do vestido que Meg estava usando, no mesmo lugar que ela já havia queimado. Parecia que ela era alguma cientista maluca realizando um experimento em um filme.

O vestido tostado cheirava a roupa passada.

Meg lutava. Ruth pegou o vestido dela na mão e aplicou o fósforo até ele começar a queimar, e então o fósforo caiu junto à perna de Meg.

Fiquei vendo a linha fina de chamas começar a rastejar.

Espalhando-se.

Era como Au-au com seus soldados no incinerador. Só que isso era de verdade. O alto e abafado guinchado de Meg tornava isso real.

O fogo estava no meio da coxa dela agora.

Eu comecei a me mexer, a bater e apagar as chamas com as mãos. Então Ruth se aproximou dela e apagou o fogo no vestido com a Coca-Cola que estava ao lado dela no chão.

Ela olhou para mim, rindo.

Meg tombou, aliviada.

Eu acho que parecia bem assustado. Porque Ruth continuava rindo. E eu me dei conta de que uma parte dela deveria estar ciente de que eu estava ali atrás dela o tempo todo. Mas ela não ligava. Não vinha ao caso que eu estivesse escutando o que ela dizia para Meg. Nada importava, exceto a concentração dela na lição que estava dando para a garota. Estava ali nos olhos dela, algo que eu nunca tinha visto antes.

Desde aquele momento, eu vi.

Com bastante frequência.

Nos olhos da minha primeira esposa, depois de seu segundo esgotamento nervoso. Nos olhos de alguns de seus companheiros e companheiras na "casa de repouso". Um dos quais, me disseram, matou a esposa e os filhos pequenos com uma tesoura de jardinagem.

Trata-se de um vazio frio e pungente que não contém nenhuma gargalhada. Nenhuma compaixão e nada de misericórdia. É bestial. Como os olhos de um animal caçando.

Como os olhos das cobras.

Aquela era Ruth.

"O que você acha?", disse ela. "Acha que ela vai me dar ouvidos?"

"Eu não sei", respondi.

"Quer jogar cartas?"

"Cartas?"

"Oito maluco ou algo do gênero."

"Claro. Eu acho." Qualquer coisa, pensei. Qualquer coisa que você quiser fazer.

"Só até os meninos chegarem em casa", disse ela.

Nós fomos lá para cima, jogamos, e eu acho que não trocamos nem dez palavras durante todo o jogo.

Eu bebi muita Coca-Cola. Ela fumou muitos cigarros.

Ela ganhou.

CAPÍTULO TRINTA E TRÊS

Acabou que Donny, Willie e Au-au tinham ido a uma sessão de matinê de *How to Make a Monster*, o que, de modo geral, teria me deixado enfurecido, porque havia poucos meses que tínhamos ido ver uma sessão dupla juntos, de *O Lobisomem Adolescente* e *O Frankenstein Adolescente*, e este era meio que uma sequência, com os mesmos monstros, e eles deveriam ter esperado por mim ou pelo menos me lembrar. Mas, de qualquer forma, eles disseram que esse filme não era tão bom quanto os dois primeiros, e eu ainda estava pensando no que tinha visto lá embaixo, e, quando eu e Ruth chegamos às últimas rodadas, o assunto se voltou para Meg.

"Ela fede", disse Au-au. "Ela está suja. Nós deveríamos lavá-la."
Eu não tinha notado nenhum fedor.
Apenas cânfora, fumaça e enxofre.
E Au-au... bem, olha quem estava falando.
"Boa ideia", disse Donny. "Faz um tempinho desde que ela não toma banho. Aposto que ela ia gostar."
"Quem liga para o que ela gosta?", disse Willie.
Ruth só estava escutando.
"Nós teríamos que deixar que ela subisse", disse Donny. "Ela poderia tentar fugir."
"Ora! Aonde ela iria?", disse Au-au. "Para onde é que ela ia fugir? De qualquer forma, nós poderíamos amarrá-la."
"Acho que sim."
"E poderíamos pegar a Susan."
"Acho que sim."
"Onde é que ela está?"
"Susan está no quarto dela", disse Ruth. "Eu acho que ela está se escondendo de mim."
"Não", disse Donny. "Ela fica lendo o tempo todo."
"Ela está se escondendo de mim. Eu acho que ela está se escondendo."
Os olhos de Ruth ainda pareciam estranhos e brilhantes para mim, e eu acho que para os outros também. Porque ninguém a contradizia mais.
"Que tal, mãe?", disse Au-au. "Podemos fazer isso?"
Nosso jogo tinha acabado, mas Ruth ainda estava lá sentada, embaralhando as cartas. Então ela assentiu.
"Isso seria bom para ela, eu acho", disse, em um tom de voz embotado.
"Nós teremos que tirar toda a roupa dela", disse Willie.
"Deixem que *eu* faço isso", disse Ruth. "Vocês, meninos, lembrem-se do que eu falei."
"Sim", disse Au-au. "Nós lembramos. Nada de tocar nela."
"Isso mesmo."
Olhei para Willie e Donny. Willie estava franzindo a testa. Ele estava com as mãos nos bolsos, mexendo os pés, com os ombros curvados.
Que retardado, pensei.

Mas Donny parecia pensativo, como se fosse um homem adulto com um propósito e um trabalho a fazer agora, e estivesse considerando a melhor e a mais eficiente maneira de seguir em frente.

Au-au estava com um sorriso radiante no rosto.

"Beleza", disse ele. "Vamos pegá-la!"

Descemos como uma tropa em marcha, Ruth seguindo bem atrás de nós.

Donny desamarrou Meg, primeiramente as pernas e depois, as mãos, deu a ela um instante para que massageasse os pulsos e depois atou as mãos dela novamente na frente do corpo. Ele tirou a mordaça e a colocou no bolso.

Ninguém fez nenhuma menção às queimaduras nem às manchas de Coca-Cola no vestido dela. Embora devessem ser a primeira coisa a ser notada.

Meg lambeu os lábios.

"Algo para beber?", ela perguntou.

"Em um minuto", disse Donny. "Nós vamos lá para cima."

"Vamos?"

"É."

Ela não perguntou o motivo.

Segurando na corda, Donny a conduziu até lá em cima, com Au-au à frente e eu e Willie em seguida. Mais uma vez, Ruth ficou para trás.

Eu estava bem ciente da presença dela lá no fundo. Havia alguma coisa de errado com ela, disso eu tinha certeza. Ruth parecia cansada, distante, não totalmente ali. Seus passos nas escadas pareciam mais leves do que os nossos, mais leves do que o que deveriam ter sido, mal passando de um sussurro, embora ela se movesse devagar e com dificuldade, como se tivesse engordado uns cinco quilos. Eu não tinha muito conhecimento sobre problemas mentais naquela época, mas sabia que aquilo que eu estava vendo não era normal. Ela me incomodava.

Quando chegamos lá em cima, Donny colocou Meg sentada à mesa da sala de jantar e pegou um copo de água para ela da pia da cozinha.

Era a primeira vez que eu tinha notado como estava a pia: cheia de louça suja em uma pilha alta, com mais louça do que eles poderiam ter usado em apenas um dia. Parecia que a louça suja de dois ou três dias estava entulhada ali.

E ver aquilo me levou a notar outras coisas, fez com que eu desse uma olhadinha ao redor.

Eu não era uma criança que notava a poeira. Quem fazia isso? Mas eu notei o quão empoeirado e sujo o lugar estava agora, mais visivelmente nas mesas de canto na sala de estar atrás de mim, onde dava para ver as marcas de sujeira de mãos em cima da superfície. Havia migalhas de torradas na mesa à frente de Meg. Parecia que o cinzeiro que estava ao lado dela não era limpo havia décadas. Eu vi dois fósforos de madeira em cima do tapete no corredor, ao lado de um pedaço de papel que parecia ser a parte amassada de cima de um maço de cigarros, casualmente descartado.

Eu tive a mais estranha das sensações. De alguma coisa perdendo o ritmo. Desintegrando-se lentamente.

Meg terminou de beber o copo de água e pediu mais um. *Por favor*, pediu.

"Não se preocupe", disse Willie. "Você terá bastante água."

Meg parecia confusa.

"Nós vamos lavar você", disse ele.

"O quê?"

"Os meninos acharam que seria bom se você tomasse um banho", disse Ruth. "Você gostaria de tomar um banho, não?"

Meg ficou hesitante. Dava para ver por quê. Não havia sido exatamente assim que Willie havia colocado as coisas. Willie havia dito "nós vamos lavar você".

"Si-sim", disse ela.

"Muita consideração da parte deles também", disse Ruth. "Fico feliz que você tenha gostado."

Era como se Ruth estivesse falando com ela mesma, quase murmurando.

Eu e Donny trocamos olhares. Dava para ver que ele estava um pouco nervoso em relação a Ruth.

"Acho que vou tomar uma cerveja", disse Ruth.

Ela se levantou e foi até a cozinha.

"Alguém vai se juntar a mim?"

Ninguém parecia querer cerveja nenhuma. Isso, por si só, não era costumeiro. Ela deu uma espiada dentro da geladeira. Depois fechou a geladeira de novo.

"Não sobrou nenhuma", disse ela, arrastando os pés de volta para a sala de jantar. "Por que ninguém comprou cerveja?"

"Mãe", disse Donny. "Não podemos. Somos crianças. Eles não nos *deixam* comprar cerveja."

Ruth riu. "Certo", disse ela.

Então ela se virou de novo. "Vou tomar um uísque, então."

Ela procurou dentro do armário e veio com uma garrafa. Voltou para a sala de jantar, pegou o copo de água de Meg e se serviu de uns cinco centímetros da bebida.

"Nós vamos fazer isso ou não?", disse Willie.

Ruth bebeu. "Claro que vamos", disse ela.

Meg olhou de um para o outro. "Não estou entendendo", disse ela. "Fazer o quê? Achei que... Achei que vocês fossem me deixar tomar um banho."

"Claro que vamos", disse Donny.

"Mas temos que supervisionar seu banho", disse Ruth.

Ela tomou mais um gole e parecia que a bebida acendera um fogo repentino no fundo dos olhos dela.

"Para nos certificarmos de que você vai ficar limpa", disse ela.

Foi então que Meg entendeu do que ela estava falando.

"Eu não quero", disse ela.

"Não *importa* o que você quer", disse Willie. "O que importa é o que nós queremos." "Você fede", disse Au-au. "Você precisa de um banho."

"Já está decidido", disse Donny.

Meg olhou para Ruth, que estava curvada sobre a bebida como uma ave de rapina velha e cansada.

"Por que vocês não podem só... me dar... um pouco de privacidade?"

Ruth deu risada. "Eu achei que você já tinha se cansado de toda a privacidade que tem lá embaixo o tempo todo."

"Não foi isso que eu quis dizer... Estou falando de..."

"Eu sei do que você está falando. E a resposta é que nós não podemos confiar em você. Não dá para confiar em você de um jeito, não dá para confiar em você de outro. Você entra lá, joga um pouco de água no corpo e isso não é ficar limpa."

"Não, eu não faria uma coisa dessas. Eu juro que não. Eu *daria tudo* por um banho."

Ruth deu de ombros. "Bem, então. Você vai tomar um banho. E não tem que dar nada por isso, não é?"

"Por favor..."

Ruth fez um aceno para que ela começasse a se mexer. "Tire esse vestido agora, antes que você me deixe maluca."

Meg olhou para cada um de nós de cada vez, e então eu acho que ela se deu conta de que um banho com supervisão era melhor do que nenhum banho, porque soltou um suspiro.

"Minhas mãos", disse ela.

"Certo", disse Ruth. "Abra o zíper, Donny. Depois, solte as mãos dela. E então, amarre-as de novo."

"Eu?"

"É."

Eu também fiquei um pouco surpreso. Acho que Ruth havia decidido relaxar na regra de "não tocar em Meg".

Meg se levantou, e Donny fez o mesmo. O zíper do vestido desceu até o meio das costas dela. Ele a desamarrou. Em seguida, ele foi para trás dela de novo para deslizar o vestido para fora dos ombros dela.

"Pode pelo menos me dar uma toalha, por favor?"

Ruth sorriu. "Você não está molhada ainda." Ela assentiu para Donny.

Meg fechou os olhos e ficou bem imóvel e rígida enquanto Donny tirava as mangas curtas do vestido, cheias de firulas, arrastava-as para baixo e deixava os seios e então os quadris e as coxas de Meg desnudos, e depois o vestido estava aos seus pés. Ela saiu do círculo formado pelo vestido no chão. Os olhos dela ainda estavam bem fechados, apertados. Era como se, já que ela não podia nos ver, nós não pudéssemos vê-la.

"Amarre-a de novo", ordenou Ruth.

Eu me dei conta de que estava prendendo a respiração.

Donny deu a volta na frente de Meg. Ela estendeu as mãos juntas para ele, e Donny começou a amarrá-las.

"Não", disse Ruth. "Coloque-as atrás dela desta vez."

Meg abriu os olhos em um lampejo.

"*Atrás* de mim! Como é que eu vou me lavar se...?"

Ruth se levantou. "Maldição! Não seja desrespeitosa comigo, garota! Se eu digo que é para colocar suas mãos atrás, então é atrás, e se eu mandar enfiar as suas mãos no seu rabo, então é isso que você vai fazer! Não falte o respeito comigo! Está me ouvindo? Maldição! Maldita seja você! *Eu* vou lavar você... é assim que você vai tomar banho! Agora faça o que eu digo. Rápido!"

E dava para ver que Meg estava assustada, mas ela não apresentou resistência quando Donny pegou os braços atrás dela e os atou nos pulsos. Ela havia fechado os olhos de novo. Só que dessa vez havia pocinhas de lágrimas formadas em volta deles.

"Tudo bem, levem ela para dentro do banheiro", disse Ruth.

Donny foi marchando com ela pelo estreito corredor até o banheiro. Nós fomos atrás. O banheiro era pequeno, mas todos nos apinhamos ali dentro. Au-au se sentou em cima do cesto de roupa suja. Willie se apoiou na pia. Eu fiquei em pé ao lado dele.

No corredor do lado oposto ao banheiro havia um armário, e Ruth estava remexendo dentro dele. Ela voltou com um par de luvas de borracha amarelas.

Ela calçou as luvas, que iam até os cotovelos.

Ela se inclinou e abriu a torneira na banheira.

A torneira em que havia um Q, de quente.

Somente aquela torneira.

Ela deixou que a água escorresse por um tempinho.

Ela testou a água com a mão, deixando-a escorrer pela luva de borracha abaixo.

A boca dela era uma sombria linha reta.

A água corria forte e fumegante. Socava o ralo. Então ela ajustou para "chuveiro" e fechou a cortina de plástico transparente.

O vapor foi subindo em ondas.

Meg ainda estava com os olhos fechados.

Lágrimas escorriam por seu rosto.

O vapor lançava uma névoa por cima de todos nós agora.

De repente, Meg sentiu o que acontecia. E sabia o que isso queria dizer.

Ela abriu os olhos e se jogou para trás, assustada, gritando, mas Donny já havia segurado um dos braços dela e Ruth tinha agarrado o outro. Ela lutou contra eles, curvando-se e se contorcendo, gritando... *não, não*. E ela era forte. Ela ainda era forte.

Ruth perdeu a pegada nela.

"Maldita seja!", ela berrou. "Você quer que eu vá buscar sua irmã? Você quer que eu vá pegar a sua preciosa Susan? Você a quer aqui no seu lugar? *Queimando*?"

Meg girou para Ruth. Subitamente furiosa. Selvagem. Insana. "Sim!", ela gritou. "Sim! Sua cadela! Vá pegar a Susan! Eu não estou mais nem aí para isso, *cacete*!"

Ruth olhou para Meg com os olhos estreitados. Depois olhou para Willie. Ela deu de ombros.

"Vá pegar Susan", disse ela, baixinho.

Ele não teve que ir buscá-la.

Eu me virei quando ele passou por mim e então o vi parar, porque Susan já estava ali nos observando, parada no corredor. Ela também chorava.

Meg também a viu.

E desmoronou.

"Nãoooooo", ela gritou. "Nãooooo. Por favoooor..."

E, por um instante, nós ficamos parados em silêncio em meio à quente e pesada névoa, ouvindo o fluxo escaldante e os choros e soluços dela. Sabendo o que ia acontecer. Sabendo como seria.

Então Ruth jogou a cortina para o lado.

"Faça com que ela entre aí", disse ela a Donny. "E tome cuidado."

Eu fiquei observando enquanto eles a colocavam ali dentro e Ruth ajustava o bocal do chuveiro para fazer com que o borrifo escaldante de água subisse lentamente pelas pernas e coxas dela, pela barriga e, por fim, pelos seios, para se espalhar pelos mamilos enquanto os braços se esforçavam desesperadamente para se soltar atrás dela e, por toda parte que a água a atingia, tudo ficava vermelho, vermelho, da cor da dor, e, por fim, eu não conseguia mais aguentar os gritos.

Eu saí correndo.

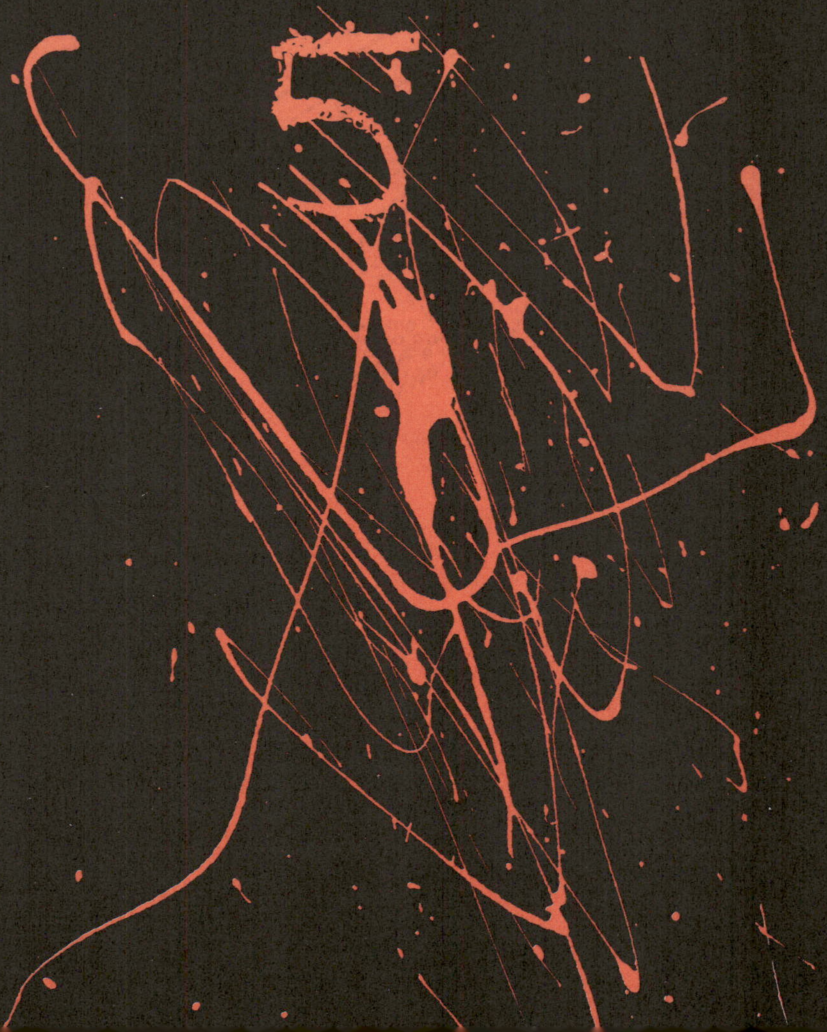
5

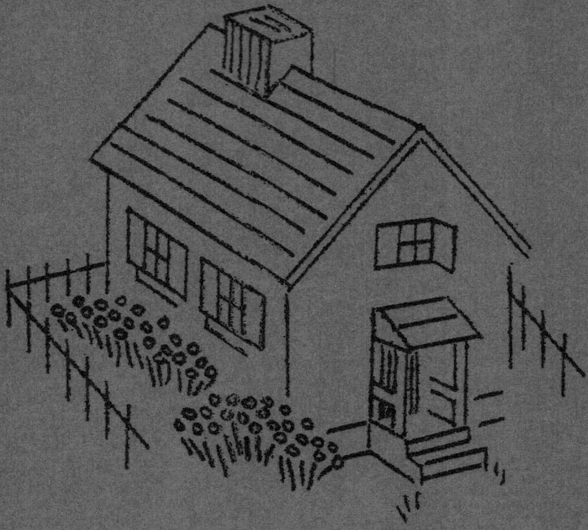

CAPÍTULO TRINTA E QUATRO

Mas foi apenas uma vez.
Eu não corri de novo.

Depois daquele dia, eu fiquei como um viciado, e minha droga era *saber*. Saber o que era possível. Saber o quão longe aquilo podia ir. Aonde eles haviam se atrevido a levar tudo aquilo.

Era sempre *eles*. Eu ficava de fora, ou pelo menos sentia como se estivesse de fora. De fora tanto de Meg e Susan, de um lado, e dos Chandler, do outro. Eu não havia participado de nada diretamente. Eu tinha ficado observando. Nunca tinha tocado nela. E isso era tudo. Contanto que mantivesse aquela posição, eu poderia imaginar que era, se não exatamente desprovido de culpa, não exatamente culpável também.

Era como estar sentado em um cinema. Às vezes, tratava-se de um filme de terror, claro, em que a gente se preocupava se o herói ou a heroína iam sobreviver e ficar bem até o fim do filme. Mas era só isso. Apenas um filme. A gente se levantaria quando o filme tivesse acabado, devidamente assustado e animado e sairia do escuro, deixando tudo aquilo para trás.

E então, às vezes, era mais como naquele tipo de filmes que vieram mais tarde, na década de 1960, na maioria filmes estrangeiros, em que a sensação predominante que se tinha era a de habitar algumas fascinantes e hipnóticas densidades de obscura ilusão, de camadas e mais camadas de significados, que no fim indicavam uma total ausência de sentido, em que os atores com rostos inexpressivos se moviam de forma passiva por paisagens de pesadelos surreais, desprovidas de emoções, à deriva.

Como eu.

É claro que escrevíamos e dirigíamos esses filmes em nossas mentes, assim como os víamos. Então eu imagino que era inevitável adicionar a eles nosso elenco de personagens.

Imagino que fosse também inevitável que nossa primeira audição fosse com Eddie Crocker.

Era uma radiante manhã de domingo, já perto do fim de julho, passadas três semanas do cativeiro de Meg, quando, pela primeira vez, eu dei uma passada lá e encontrei Eddie.

Nos poucos dias desde o episódio do chuveiro, eles tinham permitido que ela ficasse com as roupas — havia bolhas, e eles permitiram que se curassem — e estavam tratando-a muito bem, considerando-se tudo, dando sopa e sanduíches para ela comer, dando água quando ela queria beber. Ruth tinha até mesmo colocado lençóis em cima do colchão inflável e varrido as guimbas de cigarro do chão. E era mais difícil dizer se Willie reclamava mais da sua última dor de dente ou do quão entediantes as coisas tinham ficado.

Com Eddie, isso mudou.

Meg ainda estava de roupa quando cheguei lá, uma calça jeans e uma blusa, mas eles a tinham amarrado e amordaçado de novo, e ela estava deitada de bruços em cima da mesa, cada braço atado a uma das pernas do móvel, e os pés atados, juntos, no chão.

Eddie tinha tirado um de seus tênis Keds e estava batendo no traseiro dela com ele.

Então ele havia parado de fazer isso por um tempinho, e Willie batia nas costas dela, nas pernas e no traseiro com um cinto de couro. Eles batiam nela com força. Especialmente Eddie.

Au-au e Donny ficaram em pé olhando.

Eu também fiquei olhando. Mas apenas por um breve momento.

Eu não gostava da presença dele ali.

Eddie estava muito no clima.

Era fácil demais visualizá-lo caminhando na rua naquele dia e abrindo um largo sorriso para nós, com a cobra preta entre os dentes, revirando-a na boca até que a cobra estivesse morta na rua.

Essa era a criança que arrancaria a cabeça de uma rã com uma mordida.

Esse era o menino que tanto poderia golpear a gente com uma pedra, bater no nosso saco com uma vara ou apenas nos olhar.

Eddie era cheio de *paixão*.

Estava quente naquele dia e o suor rolava dele, saía em fluxo de seus cabelos curtíssimos cor de cenoura e escorria, descendo pela testa. Como de costume, ele estava sem camisa, de modo que dava para ver seu grande físico e dava para sentir o cheiro de suor que exalava dele também.

O cheiro dele era salgado e doce ao mesmo tempo, pegajoso como carne velha, estragada.

Eu não fiquei lá.

Fui para cima.

Susan estava montando um quebra-cabeça na mesa da cozinha. Havia um copo de leite pela metade ao lado dela.

A televisão, uma vez na vida, estava em silêncio. Dava para ouvir os tapas e a risada lá de baixo.

Perguntei pela Ruth.

Ruth, disse Susan, estava dormindo no quarto. Uma de suas dores de cabeça. Ela vinha tendo muitas delas ultimamente.

Ficamos lá sentados sem fazer nada. Eu peguei uma Budweiser para mim da geladeira. Susan estava se saindo muito bem com o quebra-cabeça. Ela havia montado mais da metade. O quadro se chamava *Mercadores de Pele no Missouri*, de George Caleb Bingham, e mostrava um homem velho, sombrio e torto com um chapéu pontudo engraçado e um adolescente de rosto sonhador em uma canoa, remando rio abaixo ao pôr do sol, com um gato preto sentado e amarrado à proa. Ela havia montado as beiradas, o gato, a canoa e a maior parte do homem e do menino. Havia apenas o céu, o rio e um pouco das árvores para juntar agora.

Fiquei olhando enquanto ela encaixava um pedaço do quebra-cabeça no rio. Tomei um gole da cerveja.

"Então, como é que você está?", perguntei.

Ela não ergueu o olhar. "Bem", disse ela.

Ouvi risadas lá de baixo. Ela tentou colocar outra peça. Não encaixava.

"Aquilo incomoda você?", falei. Eu estava me referindo aos sons.

"Sim", disse ela. No entanto, ela não disse isso como se realmente a incomodasse. Era só um fato da vida.

"Muito?"

"Uhum."

Assenti. Não havia muita coisa a dizer depois disso. Fiquei observando-a e bebendo a cerveja. Dentro de pouco tempo ela havia completado o menino e estava trabalhando nas árvores.

"Eu não tenho como *fazer* com que eles parem, sabe?", falei.

"Eu sei."

"O Eddie está lá. Para começo de conversa."

"Eu sei."

Terminei a cerveja.

"Eu faria isso, se pudesse", eu disse.

Eu me perguntava se era verdade. Ela também.

"Sim?", disse ela. E, pela primeira vez, ela ergueu o olhar para mim, com os olhos muito maduros e pensativos. Muito parecidos com os da irmã.

"Claro que sim."

Ela se voltou novamente para o quebra-cabeça, franzindo o cenho.

"Talvez eles se cansem", eu falei, dando-me conta no ato do quão tosco soava. Susan não respondeu.

No entanto, um instante depois, os sons acabaram mesmo parando, e eu ouvi passadas subindo as escadas.

Eddie e Willie. Os dois estavam corados, com a camisa aberta. A barriga de Willie era uma coisa gorda, um barril feio, branco e pálido. Eles nos ignoraram e foram até a geladeira. Fiquei vendo enquanto eles abriam uma Coca-Cola para Willie e uma Bud para Eddie e depois ficaram empurrando as coisas em volta, procurando algo para comer. Eu acho que não havia muita coisa ali, porque eles fecharam a geladeira de novo.

"A gente tem que admitir", começou Eddie, "que ela não chora muito. Ela não é nenhuma medrosa."

Se eu havia me sentido desconectado de tudo isso, Eddie se encontrava totalmente em outro reino. A voz dele era fria como gelo. Era Willie quem era gordo e feio, mas era Eddie que me causava repulsa.

Willie deu risada. "Isso é porque ela já chorou tudo que tinha para chorar", disse ele. "Você deveria tê-la visto depois de se limpar no outro dia."

"É. Imagino. Você acha que deveríamos levar algo lá para baixo para o Donny e o Au-au?"

"Eles não pediram nada. Se quiserem, eles que venham buscar."

"Eu gostaria que vocês tivessem alguma comida, cara", disse Eddie.

E eles começaram a voltar lá para baixo. Continuaram a nos ignorar. Por mim, tudo bem. Observei enquanto eles desapareciam pela escada.

"Então, o que é que vocês vão fazer?", disse Eddie. Senti a voz dele vir subindo até mim como um fiozinho de fumaça tóxica. "Matá-la?"

Fiquei paralisado.

"Não", disse Willie.

E então ele disse alguma outra coisa, mas o som das passadas deles nas escadas abafaram as palavras.

Matá-la? Eu senti as palavras deslizando pela minha espinha. *Alguém caminhando sobre o meu túmulo*, minha mãe diria.

Deixe que Eddie se vire com isso, pensei. Deixe com ele.

Declarar o óbvio.

Eu havia me perguntado o quão longe isso podia ir, como isso poderia acabar. Eu pensava nisso de maneira obscura, como se fosse um problema matemático.

E aqui estava o inimaginável sendo imaginado, falado em voz baixa, duas crianças discutindo isso com uma Coca-Cola e uma cerveja na mão.

Pensei em Ruth deitada no quarto com sua tremenda dor de cabeça.

Pensei em como eles estavam lá embaixo sozinhos com Meg agora... com Eddie entre eles.

Isso poderia acontecer. Sim, poderia.

Poderia acontecer rápido. Quase como que por acidente.

Não me ocorreu avaliar por que eu ainda equiparava Ruth à supervisão. Eu simplesmente fazia isso.

Ela ainda era uma adulta, não era?

Adultos não poderiam deixar algo *assim* acontecer, poderiam?

Olhei para Susan. Se ela havia escutado o que Eddie tinha dito, não deu nenhum sinal disso. Ela trabalhava no quebra-cabeça.

Com as mãos tremendo, com medo de ouvir e igualmente com medo de não ouvir, eu trabalhava com ela.

CAPÍTULO TRINTA E CINCO

Eddie estava lá todos os dias depois disso, durante mais ou menos uma semana. No segundo dia, Denise veio também. Juntos, eles forçaram Meg a comer bolachas, o que era muito difícil porque ela ficara com a mordaça a noite toda e eles lhe negaram água. Eddie ficou enfurecido e bateu na boca de Meg com um varão de alumínio de cortina, curvando o varão e deixando uma ampla marca de açoite vermelha na bochecha dela, cortando seu lábio inferior.

No restante do dia, brincaram com Meg como se ela fosse um boneco de simulação de luta novamente.

Ruth mal ficava lá, quase nunca. As dores de cabeça dela foram se tornando cada vez mais frequentes. Ela reclamava que a pele coçava, especialmente o rosto e as mãos. Para mim, parecia que ela havia perdido peso. Uma ferida de herpes apareceu no lábio dela e ficou ali por dias. Até mesmo com a TV ligada, sempre dava para ouvi-la tossindo, uma tosse profunda, vinda lá de seus pulmões.

Sem Ruth por perto, a proibição de não tocar em Meg desapareceu.

Foi Denise quem começou. Denise gostava de beliscar e tinha dedos fortes para uma garota da idade dela. Ela pegava a carne de Meg e a torcia, ordenando que chorasse. Na maior parte do tempo, Meg não chorava, o que levava Denise a tentar fazer isso com mais força ainda. Seus alvos favoritos eram os seios de Meg, dava para perceber, porque ela os deixava para o fim.

E então, geralmente, Meg acabava chorando.

Willie gostava de jogá-la por cima da mesa, de puxar a calcinha dela para baixo e dar tapas no traseiro dela.

O lance de Au-au era com insetos. Ele colocava uma aranha ou uma centopeia na barriga de Meg e ficava olhando enquanto ela se encolhia de pavor.

Quem me surpreendeu foi Donny. Quando achava que ninguém estava olhando, ele passava as mãos nos seios dela, apertava-os de leve ou tateava entre as pernas dela. Eu o vi fazer isso várias vezes, mas nunca o dedurei.

Ele fazia essas coisas com gentileza, como se fosse um amante. E, uma vez, quando ela estava sem a mordaça, eu até mesmo o vi beijá-la. Foi um beijo desajeitado, mas meio que terno e estranhamente casto, se considerarmos que ele a tinha ali para fazer o que quisesse.

Então Eddie entrou dando risada um dia, com um cocô de cachorro em um copo de plástico, e eles a seguraram em cima da mesa enquanto Au-au apertava as narinas dela, até que ela tivesse que abrir a boca para respirar, e Eddie colocou o cocô ali dentro. E ninguém nunca mais a beijou.

Na sexta-feira daquela semana eu fiquei trabalhando no quintal a tarde toda, até por volta das quatro horas, e quando passei por lá, deu para ouvir o rádio no último volume do patamar da porta dos fundos. Eu desci e vi que o grupo havia se expandido novamente.

As notícias sobre aquilo tinham se espalhado.

Não somente Eddie e Denise estavam lá, como Harry Gray, Lou e Tony Morino, Glenn Knott e até mesmo Kenny Robertson. Uma dúzia de pessoas enchiam aquele minúsculo abrigo, contando comigo e com Meg, e Ruth estava parada na entrada, olhando, sorrindo enquanto eles batiam com os ombros nela e lhe davam cotoveladas, jogando-a para a frente e para trás entre eles, como se fosse uma bolinha humana de pinball presa entre uma dúzia de *flippers* humanos.

Ela estava com as mãos atadas para trás.

Havia latas de cerveja e Coca-Cola no chão. A fumaça de cigarro pairava no ambiente em densas nuvens cinzas que iam se espalhando. Em dado momento, a rádio tocou uma velha canção de Jerry Lee Lewis, "Breathless", e todo mundo riu e começou a cantar.

Isso terminou com Meg no chão, machucada e aos choros e soluços. Nós seguimos em um bando, marchando lá para cima, para buscar refrescos.

Meu filme continuava se desenrolando.

Depois disso, as crianças ficaram entrando e saindo durante toda a semana seguinte. Geralmente, elas não faziam nada além de ficar olhando, porém, eu me lembro de Glenn Knott e Harry Gray a transformando no que eles chamaram de "sanduíche" um dia, quando Ruth não estava por perto, esfregando-se nela pela frente e por trás enquanto ela pendia pendurada nas linhas suspensas dos pregos, nas vigas que cruzavam o teto. Eu me lembro de Tony Morino trazendo meia dúzia de lesmas do jardim para Au-au colocar por todo o corpo dela.

Porém, a menos que doesse, Meg geralmente ficava quieta. Depois do incidente da merda do cachorro, era difícil humilhá-la. E não havia muita coisa que pudesse assustá-la. Ela parecia resignada. Como se, talvez, tudo que ela tivesse a fazer fosse esperar, e possivelmente todos nós fôssemos ficar entediados em algum momento e isso haveria de passar. Ela raramente se rebelava. Se ela o fizesse, nós chamávamos Susan para entrar lá. No entanto, na maior parte do tempo, as coisas não chegavam a esse ponto. Ela tiraria ou vestiria suas roupas sempre que fosse ordenada. Tirar, mesmo, ela só tirava quando sabíamos que Ruth não estaria por perto ou se a própria Ruth sugerisse, o que não acontecia com muita frequência.

E, na maior parte do tempo, só ficávamos lá, sentados em volta da mesa, jogando cartas ou Detetive e bebendo Coca-Cola ou olhando revistas, conversando, e era como se Meg nem mesmo estivesse lá, exceto quando ficávamos zombando ou envergonhando-a vez ou outra. O abuso era casual e ordinário assim. A presença dela nos compelia muito da mesma forma como um troféu o faria: ela era o enfeite do centro da mesa de nosso clube. Passávamos a maior parte do tempo ali. Já estávamos na metade do verão, e ainda completamente pálidos de tanto que ficávamos sentados lá no porão. Meg ficava lá, sentada ou em pé, amarrada e em silêncio, e, na maior parte do tempo, não pedíamos nada a ela. Então talvez alguém tivesse uma ideia, uma nova maneira de usá-la, e tentava algo.

Mas ao que tudo indicava, talvez ela estivesse certa. Era possível que fôssemos nos entediar um dia e parar de ir. Ruth parecia preocupada consigo mesma e com seus vários males físicos. Preocupada, estranha e distante. E, sem ela para alimentar as chamas, nossas atenções em relação a Meg foram ficando cada vez mais esporádicas, menos intensas.

Passou pela minha cabeça também que nós estávamos bem no meio do mês de agosto agora. Em setembro, todos nós voltaríamos às aulas novamente. Eu, Willie e Donny íamos partir para o nosso primeiro semestre em uma nova escola de ensino médio, a Mount Holly, e Meg começaria o ensino secundário. Aquilo *teria* que terminar. Era lógico. Dava para manter uma pessoa acorrentada sem que ninguém a visse durante as férias de verão e talvez ninguém notasse, mas manter uma criança fora da escola era outra coisa.

Então, por volta de setembro, isso tudo iria acabar, de um jeito ou de outro. Talvez ela estivesse certa, pensei. Talvez tudo que ela precisasse fazer era esperar.

Depois eu tinha pensado no que Eddie dissera. E fiquei preocupado que, na verdade, ela estivesse errada.

Foi Eddie quem pôs um fim em nosso clube.

Ele fez isso ao elevar os riscos novamente.

Seguiram-se dois incidentes.

O primeiro deles aconteceu em um dia feio e chuvoso, aquele tipo de dia que começa cinzento e que em nenhum momento passa da cor de sopa cremosa de cogumelos antes de ir ficando preto aos poucos novamente.

Eddie havia roubado duas caixas de meia dúzia de cervejas do pai e as trouxera consigo e, ele, Denise e Tony Morino viraram algumas das cervejas enquanto eu, Willie, Au-au e Donny tomávamos as nossas mais devagar. Logo eles três estavam bêbados, as cervejas acabaram, e Willie foi até lá em cima para pegar mais. Eddie decidiu que tinha que mijar. Ele sussurrou isso para nós.

Quando Willie voltou, ele e Tony Morino pegaram Meg, colocaram-na no chão e a deitaram com a barriga para cima e amarraram os braços dela com firmeza aos pés da mesa. Denise segurou os pés dela. Eles espalharam alguns jornais embaixo da cabeça dela.

Então Eddie mijou na cara dela.

Se Meg não estivesse amarrada à mesa, eu acho que ela tentaria matá-lo.

Porém, em vez disso, as pessoas estavam rindo enquanto ela lutava e, por fim, ela caiu de volta no chão e ficou lá deitada.

Donny imaginou que Ruth não ia gostar muito da bagunça, e que seria melhor se eles limpassem as coisas. Eles colocaram Meg em pé, amarraram os braços dela atrás das costas e a seguraram, e Au-au pegou os jornais e os levou para fora, até o incinerador, enquanto Donny deixava escorrer um pouco de água na grande pia de cimento que eles tinham no porão, onde drenavam a água da lavadora de roupas. Ele jogou bastante sabão líquido de lavar roupa ali dentro. Em seguida, voltou, e ele, Tony e Willie a levaram para fora do abrigo até a pia do porão propriamente dito.

Eles empurraram a cabeça dela para dentro da água cheia de sabão, e seguraram-na ali embaixo, enquanto Willie esfregava os cabelos dela. Não demorou muito e ela começou a se debater com eles. Quando eles a deixaram erguer a cabeça, ela ficou ofegante, tentando respirar.

Mas ela estava limpa.

Foi então que Eddie teve outra ideia.

Nós tínhamos que enxaguar Meg, disse ele.

Ele deixou a água escorrer e abriu a torneira quente.

Sozinho, ele enfiou a cabeça dela ali.

Quando deixou que ela levantasse a cabeça novamente, tirando-a debaixo da água, o rosto dela estava vermelho como uma lagosta e ela dava gritos agudos. A mão de Eddie estava tão vermelha que a gente se perguntava como é que ele tinha conseguido mantê-la ali.

Mas agora ela estava enxaguada.

Limpa e enxaguada. Ruth ficaria satisfeita com isso, não?

Ruth ficou furiosa.

Durante todo o dia seguinte, ela manteve compressas frias em cima dos olhos de Meg. Havia um sério temor de que ela fosse perder a visão. Os olhos da garota estavam tão inchados que ela mal conseguia mantê-los abertos, e eles continuavam vazando um líquido bem mais grosso do que as lágrimas de alguém deveriam ser. Seu rosto parecia cheio de manchas e horrível, como se ela tivesse sofrido um caso severo de alergia. Mas eram os olhos que preocupavam todo mundo.

Nós a mantivemos no colchão de ar. Dávamos comida para ela.

Sabiamente, Eddie ficou longe.

E no dia seguinte, ela estava melhor. E, no outro dia, melhor ainda.

E, no terceiro dia, Eddie voltou.

Eu não estava lá naquele dia, estava com o meu pai no Eagle's Nest, mas fiquei sabendo de tudo rápido o bastante.

Parece que Ruth estava lá em cima, deitada, e eles acharam que ela estava dormindo, tirando um cochilo em meio a outra dor de cabeça. Au-au, Donny e Willie estavam jogando Oito Maluco quando Eddie e Denise entraram.

Eddie queria tirar as roupas de Meg de novo, só para olhar, ele disse, e todo mundo concordou com ele. Ele estava quieto, calmo. Bebendo uma Coca-Cola.

Eles tiraram toda a roupa dela, amordaçaram-na e a amarraram na mesa com o rosto voltado para cima, só que, dessa vez, também prenderam os pés dela aos pés da mesa. Isso foi ideia do Eddie. Ele queria que ela ficasse estirada. Eles a deixaram assim por um tempo enquanto o jogo de cartas seguia em frente e Eddie terminava de beber sua Coca-Cola.

Foi então que ele tentou colocar a garrafa de Coca-Cola dentro dela.

Eu acho que todos ficaram tão admirados e envolvidos com o que ele estava fazendo que não ouviram Ruth vindo por trás, porque, quando ela passou pela porta, lá estava Eddie com a boca da garrafa de Coca-Cola já dentro de Meg, com todo mundo reunido em volta.

Ruth deu uma olhada naquilo e começou a gritar sobre como ninguém deveria tocar em Meg, *ninguém*, que ela era suja, que tinha *doenças*, e Eddie e Denise rapidamente caíram fora dali, deixando Ruth para ralhar com Au-au, Willie e Donny.

E o restante foi Donny quem me contou.

E Donny disse que ficou com medo.

Porque Ruth realmente ficou doidona.

Ela ficou andando em volta da sala, enfurecida, rasgando coisas e tagarelando coisas doidas sobre como ela nunca mais *saía* de casa, nem para ir ao cinema, nem para jantar, nem para dançar, nem para ir a festas, que tudo que ela sempre fazia era ficar ali sentada cuidado dessas malditas *crianças* do cacete, limpando, passando roupa, preparando almoço e café da manhã, sobre como ela estava ficando *velha* ali dentro, velha, com seus bons anos tendo se passado agora, com seu corpo todo tendo ido para o espaço, cacete. O tempo todo ela batia nas paredes e na tela de malha metálica sobre a janela e na mesa, chutando a garrafa de Coca-Cola de Eddie até que a quebrou com tudo na parede.

E então ela disse alguma coisa como *e você! você!* para Meg, e a encarou, furiosa, como se fosse culpa dela que o corpo de Ruth estivesse indo para o espaço e que ela não pudesse mais sair, e a chamou de puta e vadia e porra de lixo inútil, e então, arrastou-a para fora da mesa e a chutou, duas vezes, entre as pernas.

E agora Meg estava machucada ali. Bem machucada.

Por sorte, disse Donny, Ruth estava de chinelo.

Eu podia visualizar a cena.

Eu tive um sonho naquela noite, na noite em que ele me contou isso.

Eu estava em casa, vendo televisão, e estava passando as lutas, Sugar Ray Robinson contra algum cara branco sem graça qualquer, e meu pai estava adormecido ao meu lado, roncando em sua poltrona, enquanto eu via a luta do sofá, estava escuro na casa, nada além da luz da TV, e eu estava cansado, muito cansado. Então as coisas mudaram e, de repente, eu estava *nas* lutas, ao lado do ringue, com as pessoas torcendo por mim ao meu redor, e Sugar Ray estava andando para cima do cara daquele jeito dele, movendo-se como se fosse um tanque, com os pés no chão, e não na ponta dos pés, indo para a frente e para trás. Era tão emocionante!

Eu estava torcendo por Sugar Ray e dei uma olhada à minha volta, procurando pelo meu pai, para ver se ele estava torcendo também, mas ele estava profundamente adormecido no assento ao meu lado, afundando lentamente em direção ao chão.

Acorde, disse a minha mãe, cutucando-o. Eu acho que ela estava ali o tempo todo, mas eu não a tinha visto. Acorde, disse ela outra vez.

Mas ele não acordou. E eu olhei de volta para o ringue e, em vez de Sugar Ray, era Meg quem estava dentro do ringue, Meg, como eu a havia visto pela primeira vez, parada perto do riacho naquele dia, de shorts e blusa clarinha sem manga, com seu rabo de cavalo vermelho como fogo indo para a frente e para trás enquanto ela socava o cara. E eu me levantei, torcendo por ela, gritando.

"Meg! Meg! Meg!"

Acordei chorando. Com meu travesseiro ensopado com as lágrimas.

Eu me sentia confuso. Por que eu estava chorando? *Eu não estava sentindo nada.*

Fui até o quarto dos meus pais.

Eles dormiam em camas separadas agora. Fazia anos que era assim. Como no meu sonho, meu pai estava roncando. Minha mãe dormia em silêncio ao lado dele.

Fui andando até a cama da minha mãe e fiquei lá parado, olhando para ela, uma mulher pequena e delicada de cabelos escuros que parecia mais jovem naquele momento, dormindo, mais jovem do que eu acho que jamais a tinha visto.

O cheiro do quarto era forte, o odor velho da respiração.

Eu queria acordá-la. Eu queria contar a ela. Tudo.

Ela era a única pessoa para quem eu *poderia* contar aquilo.

"Mãe?", falei.

Eu falei muito baixinho, com uma parte minha ainda assustada demais ou não tão disposta assim a arriscar perturbá-la. Lágrimas rolavam pelas minhas bochechas. Meu nariz escorria. Funguei. O meu fungar soou mais alto do que a minha voz a chamando.

"Mãe?"

Ela se mexeu, gemendo de leve.

Eu só tinha que tentar mais uma vez, pensei, para conseguir acordá-la.

Eu pensei em Meg, sozinha na longa noite escura do abrigo, deitada lá. Sofrendo.

Eu lembrei do sonho.

Senti alguma coisa me pegando.

Eu não conseguia respirar. Senti uma tontura repentina, um horror crescente.

O quarto ficou escuro. Eu sentia como se fosse explodir.

E eu sabia da minha parte nisso.

Minha traição estúpida e descuidada.

Minha maldade.

Eu senti os choros soluçados virem até mim imensamente e involuntários, como um grito. *Senti* como se fosse um grito. Cobri a boca e saí correndo do quarto, aos tropeços, caí agachado, de joelhos no lado de fora do quarto deles. Fiquei ali sentado, tremendo, chorando. Eu não conseguia parar de chorar.

Fiquei sentado um tempão.
    Eles não acordaram.
    Quando fiquei em pé, era quase de manhã.
    Eu fui até o meu quarto. Pela janela, da minha cama, fiquei observando a noite assumir o mais escuro tom de preto e depois um rico tom de azul-escuro.
    Meus pensamentos giravam e giravam sem parar, mergulhando por mim como os pardais da manhã que voavam das calhas dos telhados.
    Eu me sentei e tive consciência de mim mesmo por completo. E fiquei observando o nascer do sol calmamente.

CAPÍTULO TRINTA E SEIS

Ajudou que, por ora, pelo menos, os outros estavam excluídos. Eu precisava falar com ela. Eu tinha que a convencer de que, por fim, eu ia ajudá-la.
    Eu faria com que ela fugisse, com ou sem Susan. Eu não conseguia perceber que Susan estava correndo tanto perigo assim, de qualquer forma. Não havia acontecido nada com ela até agora, exceto alguns espancamentos, pelo menos nada que eu tivesse visto. Era Meg que estava encrencada. A essa altura, eu pensei, Meg tinha que ter percebido isso.
    Foi mais fácil e mais difícil do que eu esperava.
    Mais difícil porque descobri que eu também estava excluído.
    "Minha mãe não quer *ninguém* por perto", disse Donny. Estávamos indo de bicicleta até a piscina comunitária, nosso primeiro dia lá em semanas. Estava quente, sem nenhuma brisa, e a três quadras da nossa rua nós estávamos suando.

"Como assim? Eu não fiz nada. Por que eu?"

Andamos de bicicleta ao longo de uma ladeira abaixo. Ficamos costeando a ladeira por um tempinho.

"Não é isso. Você ficou sabendo do que o Tony Morino fez?"

"O quê?"

"Ele contou à mãe dele."

"O quê?"

"É. O merdinha. O irmão dele, Louie, nos contou que ele fez isso. Quero dizer, ele não contou tudo. Eu acho que ele não *conseguiria* contar tudo à mãe dele. Mas foi o bastante. Contou a ela que tínhamos colocado Meg no porão. Contou a ela que Ruth a chamara de puta e vadia e espancara Meg."

"Meu Deus! E o que foi que a mãe dele disse?"

Donny riu. "Para nossa sorte, os Morino são católicos bem rígidos. A mãe dele disse que ela provavelmente fez por merecer, que ela deve ser folgada ou algo do tipo. Que os pais têm direito, e que Ruth é a mãe dela agora. Então, sabe o que fizemos depois disso?"

"O quê?"

"Eu e o Willie fingimos que não sabíamos disso. A gente convidou o Tony para ir até a Fazenda de Bleeker, lá atrás, no bosque. Ele não conhece o lugar. Fizemos ele se perder e então o jogamos lá nos pântanos. Ele levou duas horas e meia para achar o caminho até a saída e chegar em casa, e já estava escuro. Mas você sabe qual é a melhor parte disso tudo? A mãe dele deu uma tremenda de uma surra nele por perder o jantar e por chegar em casa fedido e cheio de merda do pântano. A *mãe* dele!"

Nós rimos. Entramos na recém-construída passagem para os carros, perto do edifício da Recreação, estacionamos a bicicleta no bicicletário e andamos pela pista grudenta e com cheiro doce até a piscina.

Mostramos o crachá de plástico no portão. A piscina estava lotada. Criancinhas chutavam e espalhavam água na parte rasa, como se fossem um cardume de piranhas. A piscina de bebês estava cheia de mães e pais que guiavam seus filhos pequenos, dedos gorduchos segurando com força boias de patinhos e dragões. Havia filas longas de pessoas impacientes nos trampolins e no quiosque de refrescos. Vespas em todas as latas de lixo, um enxame em meio a embalagens descartadas de sorvete e refrigerante.

A gritaria e a água espalhada e o berreiro enquanto todo mundo corria pelos arredores do gramado cercado eram ensurdecedores. O assovio do salva-vidas parecia gritar estridentemente a cada trinta segundos. Jogamos as nossas toalhas para longe, fomos até a parte funda e ficamos ali sentados com as pernas penduradas dentro da água que cheirava a cloro.

"Mas o que é que isso tem a ver comigo?", perguntei a ele.

Ele deu de ombros. "Não sei. Minha mãe está toda preocupada agora. Que alguém vá contar."

"Eu? Caramba, eu não vou contar", eu disse. Visualizei a mim mesmo no escuro, parado, em pé, perto da cama da minha mãe que dormia. "Você sabe que não vou contar a ninguém."

"Eu sei. É só que a Ruth anda estranha ultimamente."

Eu não tinha como forçar mais essa conversa. Donny não era tão idiota quanto o irmão dele. Ele me conhecia. Saberia se eu estivesse forçando a barra e começaria a se questionar.

Então, eu esperei. Nós jogamos água para os lados com os pés.

"Olha", disse ele, "eu vou falar com ela, certo? Isso é uma bobagem. Você vem à nossa casa há quantos anos mesmo?"

"Muitos."

"Então, que se dane. Vou conversar com ela. Vamos nos molhar."

Deslizamos para dentro da piscina.

A parte fácil seria convencer Meg a ir embora.

Havia um motivo para isso.

Pela última vez, disse a mim mesmo, eu teria que ficar parado e observando, esperando pelo momento para poder falar. E então eu a convenceria. Eu tinha um plano em mente.

E então estaria tudo acabado.

Eu teria que fingir que estava do lado deles, não importando o que acontecesse. Eu teria que fingir que não me importava. Uma última vez.

Ainda assim, quase não aconteceu.

Porque aquela última vez foi quase o suficiente para nos forçar a passar do limite. Aquela última vez foi horrível.

CAPÍTULO TRINTA E SETE

"Tudo bem", Donny me disse no dia seguinte. "Minha mãe disse que você pode ir."

"Ir aonde?", a minha mãe quis saber.

Ela estava parada atrás de mim junto ao balcão da cozinha, cortando cebolas. Donny estava parado em pé na varanda, atrás da tela. Comigo no caminho, ele não havia notado a presença da minha mãe.

A cozinha estava com um cheiro forte de cebolas.

"Aonde vocês vão?", perguntou novamente.

Ele pensou rápido.

"Nós vamos tentar ir até Sparta no próximo sábado, sra. Moran. É meio que um piquenique de família. Achamos que talvez o David pudesse vir também. Tudo bem?"

"Não vejo por que não", disse minha mãe, sorrindo. Donny era sempre educado com ela, sem ser desagradável, e ela gostava dele por isso, ainda que o fato não tivesse nenhuma relevância para o restante da família dele.

"Que ótimo! Obrigado, sra. Moran. A gente se vê mais tarde, David."

Então, pouco tempo depois, fui até lá.

Ruth estava de volta n'O Jogo.

A aparência dela estava terrível. Havia machucados em seu rosto, e a gente sabia que ela havia coçado esses machucados, pois dois deles já haviam soltado as casquinhas. Os cabelos estavam oleosos, sem vida, cobertos de caspa. Também parecia que estava dormindo com aquela fina camisola de algodão havia dias. E agora eu tinha certeza de que ela tinha perdido peso. Dava para ver isso em seu rosto, nas reentrâncias debaixo dos olhos, na pele bem puxada nas bochechas.

Ela estava fumando, como de costume, sentada em uma cadeira dobrável, de frente para Meg. Havia um sanduíche de atum comido pela metade em um prato de papel ao lado dela, que ela estava usando de cinzeiro. Havia duas guimbas de cigarro saltando do pão branco que se desfazia.

Ela olhava com atenção, inclinando-se para a frente na cadeira, com os olhos estreitados. E eu pensei no jeito como ela ficava quando estava vendo seus jogos na TV, programas como *Twenty-One*. Havia sido revelado que Charles Van Doren, o professor de inglês da Columbia, tinha trapaceado ao ganhar 129 mil dólares no programa na semana anterior. Ruth tinha ficado inconsolável. Como se ela também tivesse sido trapaceada.

Ela observava Meg com a mesma intensidade contemplativa que o fizera quando Van Doren estava em sua cabine à prova de som.

Jogando junto.

Enquanto isso, Au-au cutucava Meg com seu canivete de bolso.

Eles a tinham pendurado no teto de novo, e ela estava em pé, na ponta dos pés, estirada, com volumes do *World Book* espalhados logo abaixo. Ela estava nua. Ela estava suja, ela estava machucada. Sua pele tinha adquirido uma palidez por baixo da camada brilhante de suor. Mas nada disso importava. Deveria ter importado, mas não era o caso. A magia, a pequena magia cruel de vê-la daquele jeito pairava sobre mim por um instante, como se fosse um feitiço.

Ela era tudo o que eu conhecia sobre sexo. E tudo que eu conhecia sobre crueldade. Por um instante, me senti inundado por isso, como se fosse um vinho intoxicante. Eu estava com eles de novo.

Eu olhei para o Au-au. Uma versão menor minha, ou do que eu poderia ser, com um canivete na mão.

Não era de se espantar que Ruth estivesse tão concentrada.

Todos eles estavam ali, Willie e Donny também, e ninguém dizia nada, porque um canivete não é uma tira de pano, nem um cinto, nem um jato de água quente, canivetes podem machucar seriamente a pessoa, de forma permanente. Au-au só tinha tamanho para entender isso bem por cima, para saber que a morte e os ferimentos poderiam acontecer, sem entender realmente as dimensões das consequências disso. Eles patinavam em gelo fino e sabiam disso. Ainda assim, deixavam acontecer. Eles *queriam* que acontecesse. Eles estavam ensinando.

Eu não precisava das lições.

Até agora não tinha sangue, mas eu sabia que tinha tudo para ter sangue, era só uma questão de tempo. Até mesmo por trás da mordaça e da venda dava para ver que Meg estava aterrorizada. O peito e a barriga dela subiam e desciam com a respiração intermitente. A cicatriz no braço se destacava como se fosse um raio irregular.

Au-au cutucou a barriga dela. Na ponta dos pés, como ela estava, não tinha como recuar. Ela apenas se mexeu convulsiva e espasmodicamente junto às cordas que a prendiam.

Au-au deu risadinhas e a cutucou abaixo do umbigo.

Ruth olhou para mim e assentiu, como que me cumprimentando, e acendeu outro cigarro. Reconheci a aliança de casamento da mãe de Meg meio larga no dedo anular de Ruth.

Au-au deslizou a lâmina no peito de Meg e a levou até a axila. Fez isso com rapidez e descuido. Me espichei para ver se escorreria uma linha de sangue ao longo das costelas dela. Dessa vez ela teve sorte. Mas eu vi outra coisa.

"O que é aquilo?"

"O que é aquilo o quê?", disse Ruth, distraidamente.

"Ali na perna dela."

Havia uma marca vermelha em forma de cunha de uns cinco centímetros na coxa de Meg, logo acima do joelho.

Ruth soltou a fumaça do cigarro. Ela não respondeu.

Quem respondeu foi Willie. "Nossa mãe estava passando roupa. Meg dificultou um pouco as coisas, então a mãe jogou o ferro nela. Esfolou um pouco a pele. Nada de mais, tirando que o ferro não presta mais."

"Nada de mais o cacete", disse Ruth.

Ela se referia ao ferro.

Enquanto isso, Au-au deslizava o canivete para baixo na barriga de Meg. Dessa vez ele abriu um pequeno corte nela.

"Ops", disse ele.

Ele se virou para Ruth, que se levantou.

Ela deu uma tragada no cigarro e o balançou para deixar cair as cinzas.

Andou até perto deles.

Au-au recuou.

"Caramba, Ralphie", disse ela.

"Sinto muito." Ele soltou o canivete, que caiu ruidosamente no chão.

Dava para ver que ele estava com medo. No entanto, o tom de voz dela era tão inexpressivo quanto o rosto.

"Merda", disse ela. "Agora vamos ter que cauterizar." Ela ergueu o cigarro. Eu desviei o olhar.

Ouvi Meg gritar atrás da mordaça, um grito cortante e abafado que abruptamente se transformou em um lamento.

"Cala a boca", disse Ruth. "Cala a boca ou eu vou fazer isso de novo."

Meg não conseguia parar.

Senti que eu estava tremendo. Fiquei com o olhar fixo na parede de concreto exposta.

Aguente firme, pensei. Eu ouvi o sibilar. Ouvi o grito dela.

Eu podia sentir o cheiro da queimadura.

Olhei e vi Ruth com o cigarro em uma das mãos enquanto segurava o próprio seio com a outra. Ela estava afofando o seio por cima do vestido cinza de algodão. Eu vi as marcas de queimaduras debaixo das costelas de Meg, que agora estava repentinamente banhada em suor.

Vi a mão de Ruth se movendo rispidamente por cima do vestido amarfanhado, descendo para pressionar o lugar entre suas próprias pernas enquanto gemia e ia para a frente e para trás. E o cigarro deslizou na pele de Meg mais uma vez.

Eu ia estragar tudo. Sabia que ia. Podia sentir as coisas se intensificando. Eu tinha que fazer alguma coisa, dizer alguma coisa. Qualquer coisa para fazer com que ela parasse de queimar Meg. Fechei os olhos e ainda vi a mão de Ruth apertando o lugar no meio de suas pernas. Eu estava cercado pelo cheiro de carne queimada. Senti uma convulsão no estômago. Eu me virei e ouvi Meg gritando sem parar e, de repente, Donny estava dizendo *Mãe! Mãe! Mãe!*, em um tom de voz que era baixíssimo e, logo em seguida, carregado de medo.

Eu não conseguia entender.

E então eu ouvi. As batidas.

Havia alguém à porta.

Na porta da frente da casa.

Olhei para Ruth, que encarava Meg, e o rosto dela tinha uma expressão pacífica e relaxada, despreocupada e distante. Ela afastou o cigarro de Meg, levando-o aos seus lábios em um movimento lento, e deu uma longa tragada nele. *Saboreando-o.*

Senti uma convulsão no estômago novamente.

Ouvi as batidas na porta.

"Vão atender", disse ela. "Vão devagar. *Tranquilamente.*"

Ela ficou ali parada, em silêncio, enquanto Willie e Donny olhavam de relance um para o outro, até que foram lá para cima.

Au-au olhou para Ruth e depois para Meg. Ele parecia confuso, de repente, apenas um garotinho de novo, que queria que lhe dissessem o que fazer. Devo ir ou devo ficar? Mas não havia nenhuma ajuda para ele, não com Ruth daquele jeito. Então, por fim, ele mesmo se decidiu. Foi atrás dos irmãos.

Esperei até que ele não estivesse mais ali.

"Ruth?", falei.

Não parecia que ela havia me ouvido.

"*Ruth?*"

Ela continuou observando, com o olhar fixo.

"Você não acha...? Quer dizer, se for alguém... Será que você deveria mesmo deixar que eles cuidem das coisas? Willie e Donny?"

"Hummm?"

Ela olhou para mim, mas não tenho certeza de que me viu. Eu nunca tinha visto ninguém parecer tão vazio.

Mas essa era a minha oportunidade. Talvez fosse a minha única chance. Eu sabia que tinha que forçar as coisas para cima dela.

"Você não acha que deveria ir lá ver isso, Ruth? Imagine se é o sr. Jennings de novo?"

"Quem?"

"O sr. Jennings. *O Oficial* Jennings. Os *tiras*, Ruth."

"Oh."

"Eu posso... ficar de olho nela para você."

"Ficar de olho nela?"

"Para me certificar de que ela não vá..."

"Sim. Que bom. Fique de olho nela. Boa ideia. Obrigada, Davy." Ela começou a seguir em direção à entrada, e seus movimentos eram lentos e pareciam oníricos. Então ela se virou. E agora, a voz dela era firme e pungente, e ela estava com as costas eretas. Seus olhos pareciam estilhaçados com a luz refletida.

"É melhor você não estragar tudo", avisou ela.

"O quê?"

Ela pressionou o dedo junto aos lábios e sorriu.

"Um pio aqui embaixo e eu juro que mato vocês dois. Não vou castigar vocês. Eu *mato* vocês. Mortos. Entendeu, Davy? Estamos claros em relação a isso?"

"Sim."

"Tem certeza?"

"Sim, senhora."

"Que bom. Muito bom."

Ela se virou e então eu ouvi o chinelo dela se arrastando escadaria acima. Ouvi vozes lá no alto, mas não consegui discernir de quem eram.

Eu me virei para Meg.

Eu vi onde Ruth a havia queimado pela terceira vez. No seio direito.

"Ah, meu Deus, Meg", falei. Fui até ela. "É o David aqui." Tirei a venda dela, de modo que ela pudesse me ver. Os olhos dela estavam selvagens.

"Meg", falei. "Meg, escuta. Me escuta, *por favor*. Por favor, não faça nenhum barulho. Você ouviu o que ela disse? Ela vai fazer isso mesmo, Meg. Por favor, não grite nem nada do tipo, beleza? Eu quero ajudar você. Não temos muito tempo. Me escuta. Eu vou tirar a mordaça, certo? Você não vai gritar? Gritar não vai ajudar. Pode ser qualquer um lá em cima. Pode ser só a moça da Avon. Ruth pode enrolar qualquer um e se safar disso. Ela pode se safar de qualquer coisa na conversa. Mas eu vou tirar você daqui, está me entendendo? Eu vou tirar você daqui!"

Eu estava falando a mil por minuto, mas não conseguia parar. Soltei a mordaça para que ela pudesse responder. Ela lambeu os lábios.

"Como?", disse ela. Sua voz era um minúsculo e doloroso ruído.

"Esta noite. Tarde. Quando eles estiverem dormindo. Tem que parecer que você fez isso sozinha. Sozinha. Beleza?"

Ela assentiu.

"Eu tenho um pouco de dinheiro", falei. "Você vai ficar bem. E eu posso vir até aqui, ficar um tempo e me certificar de que nada aconteça com a Susan. Depois talvez a gente consiga pensar num jeito de tirar sua irmã daqui também. Voltar a falar com os tiras, talvez. Mostrar a eles... isso. Tudo bem?"

"Tudo bem."

"Certo. Esta noite. Prometo."

Ouvi a porta telada da frente bater e as passadas cruzarem a sala de estar. Eles estavam descendo as escadas. Amordacei-a de novo. Coloquei a venda nela.

Eram Donny e Willie.

Eles estavam olhando com ódio para mim.

"Como é que você sabia?", perguntou Donny.

"Sabia do quê?"

"Você contou a ele?"

"Contar a quem? Contar a ele o quê? Do que é que você está falando?"

"Não me enrole, David. Ruth falou que você tinha dito a ela que poderia ser o Jennings na porta."

"Então, quem diabos você *acha* que era, cuzão?"

Ah, meu Deus, eu pensei. Ah, que merda! E eu havia implorado para que ela não gritasse.

Nós poderíamos ter posto um fim nisso naquele momento.

Mas eu tinha que continuar com esse jogo para eles.

"Você está de brincadeira", falei.

"Eu não estou brincando."

"O sr. Jennings? Meu Deus, foi apenas um *chute*."

"Um chute dos bons", disse Willie, desconfiado.

"Foi só uma coisa que eu disse para fazer com que ela..."

"Para fazer com que ela fizesse o quê?"

Subisse até lá, eu pensei.

"Para que ela se *mexesse* de novo, sei lá. Meu Deus, você viu o que eu vi. Ela estava que nem um zumbi aqui embaixo!"

Eles olharam um para o outro.

"Ela realmente ficou bem estranha", disse Donny.

Willie deu de ombros. "É. Eu acho que sim."

Eu tinha que alimentar isso. Para que não acabassem pensando em mim sozinho ali com Meg.

"O que foi que vocês falaram?", perguntei. "Ele estava atrás da Meg?"

"Meio que sim", disse Donny. "Disse que só tinha dado uma passadinha aqui para ver como as belas e jovens garotas estavam. Então nós mostramos a ele Susan, que estava no quarto dela. Dissemos que Meg tinha saído para fazer compras. É claro que Susan não disse nada, não se atreveria a fazer isso. Então eu acho que ele caiu nessa. Parecia meio desconfortável. Meio tímido para um tira."

"Onde está a sua mãe?"

"Ela disse que queria se deitar um pouco."

"O que é que vocês vão fazer para o jantar?"

Era algo vazio a se dizer, mas foi a única coisa que consegui pensar.

"Não sei. Vamos fazer alguns cachorros-quentes na grelha, eu acho. Por quê? Quer vir jantar aqui?"

"Vou perguntar para minha mãe se posso", falei. Olhei para Meg. "E ela?", perguntei a ele.

"O que é que tem ela?"

"Vocês vão só deixá-la ali ou o quê? Vocês deveriam colocar alguma coisa naquelas queimaduras, pelo menos. Vão infeccionar."

"Que se foda ela", disse Willie. "Não sei se eu já terminei de fazer o que eu quero com ela." Ele se curvou e pegou o canivete de Au-au.

Ele o girou por completo na mão, curvou-se, abriu um largo sorriso e olhou para ela.

"Por outro lado, talvez tenha acabado sim", disse ele. "Não sei. Não sei." Ele andou até ela. E então, de modo que ela pudesse ouvi-lo clara e distintamente, disse: "Eu *simplesmente não sei*". Ele a provocava.

Decidi ignorá-lo.

"Vou perguntar para a minha mãe", eu disse a Donny.

Eu não queria ficar para saber se ele tinha ou não tinha terminado com ela. Não havia nada que eu pudesse fazer, de qualquer forma. A gente tinha que deixar algumas coisas para lá. Tinha que manter a mente focada no que *poderia* ser feito. Eu me virei e subi as escadas.

No topo, parei um instante para dar uma olhada na porta.

Eu estava contando com a preguiça e a falta de organização deles.

Verifiquei a tranca.

E, sim, ainda estava quebrada.

CAPÍTULO TRINTA E OITO

Era uma época em que até mesmo a culpa exibia uma rara inocência.

Por aqui nunca se ouviu falar em invasões domiciliares. Isso era algo que acontecia nas grandes cidades, mas não aqui: este era um dos motivos pelos quais nossos pais haviam saído destes lugares, para início de conversa.

As portas ficavam fechadas para nos proteger de frio, de vento e de chuva, mas não de pessoas. Assim, quando a tranca em uma porta ou janela quebrava ou ficava enferrujada com o passar dos anos de exposição às intempéries, geralmente era deixada desse jeito. Ninguém precisava de tranca para não deixar a neve entrar em casa.

A casa dos Chandler não era exceção à regra.

Tinha uma porta telada com uma tranca que eu duvido que algum dia havia funcionado direito — não que eu me lembre. Era uma porta de madeira que entortou levemente, e de uma maneira que o pino da tranca não se encaixava mais no buraco.

Até mesmo com Meg mantida prisioneira ali, eles nunca tinham se dado ao trabalho de consertá-la.

O que restava era a porta de metal do depósito de gelo, que dava para o abrigo em si e era trancada com um ferrolho. Seria meio desajeitado e barulhento, mas só era necessário lidar com a tranca.

Eu achava que daria para fazer isso.

Às três e vinte e cinco da manhã, eu me pus a caminho para checar.

Eu tinha uma lanterna pequena, um canivete e 37 dólares dentro do bolso, dinheiro que ganhei limpando neve. Eu estava de tênis, calça jeans e a camiseta que minha mãe tinha tingido de preto para mim, que nem uma que o Elvis estava usando no filme *Loving You*. Quando cruzei a entrada de carros em direção ao quintal deles, a camiseta estava grudada nas minhas costas como se fosse uma segunda pele.

A casa estava escura.

Subi na varanda e fiquei esperando, ouvindo. A noite estava calma e clara sob a luz de uma lua quase cheia.

A casa dos Chandler parecia respirar para cima de mim, rangendo como os ossos de uma velha senhora adormecida.

Era assustador.

Por um instante, eu queria me esquecer daquilo, ir para casa, subir na cama e me esconder nas cobertas. Queria estar em uma cidade totalmente diferente. Naquela noite, tive um devaneio com a minha mãe ou com o meu pai dizendo: "Bem, David, eu não sei como lhe dizer isso, mas nós estamos nos mudando".

Não era tão sortudo.

Eu continuava achando que seria pego nas escadas. De repente, a luz estaria acesa e Ruth estaria lá em cima, apontando uma escopeta para mim. Eu duvido que eles tivessem uma arma, mas eu a via mesmo assim. Repetidas vezes, como um disco que não saía da última ranhura.

Você é doido, eu ficava pensando.

Mas eu havia prometido.

E, por mais amedrontador que fosse, aquele dia havia me deixado mais assustado. Ao olhar para Ruth, eu finalmente tinha visto tudo até o fim. Claramente e sem erro, eu tinha certeza que Meg ia morrer.

Eu não sei por quanto tempo fiquei lá parado, esperando na varanda.

Foi tempo o bastante para ouvir as plantas altas rasparem a casa em uma brisa suave, para ficar ciente das rãs coaxando lá no riacho e dos grilos no bosque. Tempo o bastante para que meus olhos se ajustassem à escuridão e para que a normalidade de rãs e grilos falando uns com os outros na noite me acalmasse. Tanto que, depois de um tempo, o que finalmente senti não era tanto o puro terror com o qual havia começado, mas animação. Animação porque finalmente eu estaria fazendo alguma coisa, alguma coisa por Meg e por mim mesmo, e alguma coisa que ninguém que eu conhecia *jamais* tinha feito. Isso me ajudou a pensar. A pensar na realidade tensa do presente, momento a momento, daquilo que eu estava fazendo. Se eu fosse fazer isso, poderia transformar em uma espécie de jogo. Eu estava invadindo uma casa à noite e as pessoas estavam dormindo. Era só isso. Não eram pessoas perigosas. Não era Ruth. Não eram os Chandler. Apenas pessoas. Eu era um gatuno. Frio, cuidadoso e furtivo. Ninguém me pegaria. Não esta noite, nem nunca.

Abri a porta telada externa.

O barulho que ela fez mal passou de um choramingo.

A porta interna foi mais trabalhosa. A madeira havia se expandido com a umidade. Eu virei a maçaneta e fiz pressão com os dedos na ombreira, com o polegar à porta. Empurrei-a devagar, com gentileza.

A porta soltou um gemido.

Empurrei-a com mais força e firmeza.

Eu segurava na maçaneta com rigidez, mantendo uma leve pressão para trás, de modo que, quando abrisse, não faria um ruído de estouro nem ia estremecer.

A porta gemeu um pouco mais.

Eu tinha certeza de que a casa toda estava ouvindo isso. Todo mundo.

Se fosse preciso, eu ainda poderia sair correndo. Era bom saber.

Então, de repente, a porta se abriu. Com menos barulho do que a tela.

Me espichei para escutar.

Entrei e pisei no patamar.

Acendi a lanterna de bolso. A escada estava uma bagunça, cheia de trapos, esfregões, escovas, baldes, coisas que Ruth usava para limpeza, assim como jarros de pregos, latas de tinta e thinner. Por sorte, a maior parte disso tudo estava apenas alinhada em um dos lados, na parede oposta. Eu sabia que as escadas seriam mais firmes e que rangeriam menos perto da parede, onde teriam apoio. Se fosse para eu ser descoberto, aqui seria o lugar mais provável para tal, o lugar com mais possibilidades de barulho. Pisei com cautela.

Em cada um dos degraus, eu parava e ficava ouvindo. Eu variava o tempo entre os passos, para que não houvesse um ritmo neles.

No entanto, cada degrau tinha seu próprio poder.

Levou uma eternidade.

Finalmente cheguei lá embaixo. Naquele momento, parecia que meu coração estava prestes a explodir. Eu não conseguia acreditar que eles não tinham me ouvido.

Fui até a porta do abrigo.

O porão cheirava a umidade, bolor e roupa suja, além de algo como leite azedo derramado.

Abri a tranca fazendo o mínimo de barulho e com o máximo de calma possível. Os metais guinchavam ao se encontrarem.

Abri a porta e entrei ali.

Foi só naquele momento, eu acho, que me lembrei do que estava fazendo para começo de conversa.

Meg estava sentada no canto no colchão inflável, com as costas apoiadas na parede, esperando. Sob o fino feixe de luz, eu pude ver o quanto ela estava assustada. E quão ruim tinha sido o dia dela.

Eles haviam lhe dado uma camisa amarrotada para vestir, e só. As pernas estavam desnudas.

Willie estivera brincando com a faca nas pernas dela. Havia linhas e arranhões em zigue-zague pelas coxas e panturrilhas abaixo, quase até a altura dos tornozelos.

Havia sangue na camisa também. Sangue seco, em grande parte, mas não tudo. Um pouco do sangue escorria pela camisa.

Meg se levantou.

Ela veio andando na minha direção e pude ver um machucado recente na têmpora dela.

Apesar de tudo isso, ela ainda parecia firme e preparada.

Ela começou a dizer algo, mas eu levei o dedo aos lábios, fazendo com que se silenciasse.

"Eu vou sair e deixar a tranca e a porta dos fundos abertas", sussurrei. "Eles vão só achar que esqueceram assim. Dê-me uma meia hora. Fique do lado da parede nas escadas e tente não correr. Donny é rápido. Ele pegaria você. Toma."

Enfiei a mão no bolso e entreguei o dinheiro a ela, que ficou olhando para ele. Então ela balançou a cabeça.

"É melhor não", sussurrou ela. "Se alguma coisa der errado e eles encontrarem esse dinheiro comigo, eles vão saber que alguém esteve aqui. Nós nunca teríamos outra chance. Deixe o dinheiro para mim..." Ela ficou pensando por um instante. "Deixe-o na Grande Pedra. Coloque uma pedra em cima, ou algo do tipo. Eu vou encontrar, não se preocupe."

"Para onde você vai?", falei.

"Eu não sei. Não ainda. Voltar a falar com o sr. Jennings talvez. Não vou longe demais. Eu quero ficar perto da Susan. Vou dar um jeito de você ficar sabendo onde estou assim que possível."

"Quer a lanterna?"

Ela balançou a cabeça em negativa mais uma vez.

"Conheço as escadas. Fique com ela. Vá em frente. Vá. Caia fora daqui."

Eu me virei para sair.

"David?"

Eu me virei e, de repente, ela estava perto de mim, esticando a mão para cima. Eu vi as lágrimas brilhando nos olhos dela quando ela os fechou e me beijou.

Os lábios dela estavam destruídos, partidos, lascados e dilacerados. Seus lábios eram as coisas mais macias e bonitas que um dia já me tocaram, que eu já tinha tocado na vida. Senti minhas próprias lágrimas vindo com tudo.

"Meu Deus! Eu sinto muito, Meg. Eu *sinto muito*."

Eu mal conseguia fazer com que aquelas palavras saíssem. Tudo que eu era capaz de fazer era ficar lá parado, balançar a cabeça e pedir a ela que me perdoasse.

"David", disse ela. "David. *Obrigada*. É o que você faz por último... é isso que conta."

Olhei para ela. Era como se eu a estivesse absorvendo, como se, de alguma forma, eu estivesse *me tornando* ela.

Limpei os olhos, o rosto.

Assenti e me virei para ir embora.

Então eu pensei uma coisa.

"Espere", pedi.

Dei um passo para fora do abrigo e passei o feixe de luz da lanterna pelas paredes. Encontrei o que estava procurando. Peguei a espátula de desmontar pneus, tirei-a dos pregos, voltei atrás e a entreguei para ela.

"Se você precisar...", falei.

Ela assentiu.

"Boa sorte, Meg", falei, e fechei a porta sem fazer quase nada de barulho.

E então eu estava no meio disso de novo, no desconcertante e próximo silêncio da casa que dormia, movendo-me devagar para cima, em direção à entrada, pesando cada passo contra o rangido das camas e os sussurros dos galhos das árvores.

E finalmente eu estava do lado de fora da porta.

Fui correndo pelo quintal até a entrada de carros, cortei caminho até os fundos da minha casa e entrei no bosque. A lua estava brilhante, mas eu conhecia o caminho sem a lua. Ouvi a água correndo com tudo perto do riacho.

Na Grande Pedra, parei para pegar algumas pedras e me abaixei com cuidado na margem do riacho. A superfície da água reluzia ao luar, estilhaçada sobre as rochas. Subi na Grande Pedra e enfiei a mão no bolso, coloquei o dinheiro em uma pilha e depositei em cima dele uma pequena pirâmide bem feitinha de pedras.

Na margem do riacho, olhei para trás.

O dinheiro e as pedras pareciam pagãos para mim, como se fossem uma oferenda.

Em meio ao rico aroma das folhas verdes, fui correndo para casa.

CAPÍTULO TRINTA E NOVE

Eu me sentei na cama e fiquei ouvindo a minha própria casa adormecida. Eu achava que seria impossível dormir, mas não havia contado com a tensão nem a exaustão. Caí no sono logo depois da alvorada, e meu travesseiro estava bem úmido com o suor.

Dormi mal... e até tarde.

Olhei para o relógio e era quase meio-dia. Vesti minhas roupas e fui correndo lá para baixo, engoli a obrigatória tigela de cereal porque minha mãe estava lá reclamando das pessoas que dormiam o dia todo, falando de onde elas iriam parar quando fossem adultas — a maioria na cadeia ou desempregada —, e saí com tudo porta afora, correndo à luz pegajosa do sol do último mês de verão.

De jeito nenhum eu me atreveria a ir direto até a casa dos Chandler. E se eles tivessem descoberto que eu era o responsável?

Fui correndo pelo bosque até a Pedra.

A pequena pirâmide que eu tinha feito de pedras e dólares ainda estava lá. À luz do dia, não parecia mais uma oferenda. Parecia uma pilha de cocô de cachorro em cima de uma pilha de folhas. Estava lá, zombando da minha cara.

Eu sabia o que isso queria dizer.

Que Meg não tinha conseguido sair.

Que eles a pegaram.

Que ela ainda estava lá dentro.

Eu tive uma terrível sensação de enjoo nas minhas entranhas e quase que o cereal subiu pela minha garganta de volta. Fiquei com raiva, depois fiquei com medo, e então fiquei simplesmente confuso. Digamos que eles *tenham* chegado à conclusão de que havia sido eu que mexera na tranca? Ou que eles tenham forçado Meg a lhes contar quem fora?

O que é que eu deveria fazer agora?

Sair da cidade?

Você poderia falar com os tiras, pensei. Você poderia ir até o sr. Jennings.

Que ótimo, e dizer o que a ele? Que Ruth vinha torturando Meg havia meses e que eu tinha certeza disso porque eu meio que estava ajudando? Eu assisti programas policiais o suficiente para saber o que era um cúmplice.

E eu conhecia um menino, amigo do meu primo de West Orange, que tinha cumprido uma pena de quase um ano no reformatório por ficar bêbado com cerveja e roubar o carro do vizinho. Segundo ele, eles podiam bater na gente, podiam dar remédios para a gente, podiam enfiar a gente em uma camisa de força se quisessem. E só deixam a gente sair do reformatório quando querem.

Tem que haver outro jeito, pensei.

Como Meg tinha dito em relação a ficar com o dinheiro: nós poderíamos tentar de novo. Pensar melhor dessa vez.

Isso se eles ainda não soubessem do meu envolvimento nisso.

Só havia uma maneira de descobrir.

Subi até a Pedra, peguei as notas de 5 dólares e de 1 dólar que formavam o monte e as coloquei no bolso.

Primeiro, respirei fundo.

Depois, fui até lá.

CAPÍTULO QUARENTA

Willie me encontrou na porta e ficou claro que, até mesmo se eles soubessem ou suspeitassem de alguma coisa, Willie tinha outras coisas mais urgentes em que pensar.

"Venha", disse ele.

Ele parecia estremecido e cansado, ainda que animado, as duas coisas combinando para fazer com que ele parecesse mais feio do que nunca. Dava para notar que não tinha tomado banho e seu hálito estava podre, até mesmo para os padrões dele.

"Feche a porta depois que entrar."

Fechei.

Fomos até lá embaixo.

E Ruth estava lá, sentada em sua cadeira dobrável. E Au-au. Eddie e Denise estavam empoleirados na mesa. Susan estava sentada, para lá de pálida, chorando ao lado de Ruth.

Todos eles estavam sentados em silêncio no chão úmido de concreto, com Donny deitado e gemendo em cima de Meg, com a calça em volta dos tornozelos, estuprando-a. Ela com o corpo nu e mãos e pés atados entre as vigas de suporte de um metro quadrado.

E eu achava que Ruth, por fim, havia mudado de ideia de uma vez por todas em relação a tocar nela.

Senti nojo, náusea.

Eu me virei para sair de lá.

"Não, não", disse Willie. "Você fica."

E a faca de cortar carne que ele tinha na mão e a expressão nos olhos dele diziam que eu deveria obedecer. Fiquei.

Eles estavam todos tão quietos lá dentro que dava para ouvir as duas moscas zumbindo.

Parecia um pesadelo nauseante. Então, fiz o que a gente faz em um sonho: fiquei observando o desenrolar, passivamente.

Donny cobria a maior parte do corpo dela. Eu podia ver apenas a parte inferior do corpo, as pernas e coxas. Ou elas tinham ficado muito machucadas desde ontem ou muito sujas. As solas dos pés dela estavam pretas.

Dava quase para sentir o peso dele em cima dela, fazendo pressão para baixo, penetrando-a com força junto ao áspero e duro chão. Ela estava amordaçada, mas não estava vendada. Por trás da mordaça, eu podia ouvir sua dor e seu sofrimento impotente.

Ele gemeu e se arqueou de repente, agarrou o seio queimado dela e, em seguida, rolou para fora dela.

Ao meu lado, Willie respirou aliviado.

"Ora, ora, é isso aí", assentiu Ruth. "É para isso que você serve."

Denise e Au-au riram.

Donny puxou a calça para cima e fechou o zíper. Ele olhou de relance para mim, mas os olhos dele não se encontraram com os meus.

"Provavelmente você está com gonorreia agora", disse Ruth. "Mas isso não vem ao caso. Hoje eles têm cura para isso."

De repente, Susan começou a chorar e a soluçar.

"Mamãããaeeee!"

Ela continuava se embalando para a frente e para trás na cadeira.

"Eu quero a minha *mamãããaeeee*!"

"Ah, cala a boca, vai!", disse Au-au.

"É", disse Eddie.

"Cala a porra dessa boca", disse Ruth. "Cala a boca!"

Ruth deu um chute na cadeira em que Susan estava. Ela foi para trás e chutou a cadeira de novo, e Susan caiu dali, tropeçando. Ficou lá deitada, gritando, raspando o chão com suas talas e muletas.

"*Fique* aí!", ordenou Ruth. "Só fique aí! Fique onde você está." Ela deu uma olhada ao redor, para o restante de nós. "Quem mais quer ir agora? Davy? Eddie?"

"*Eu*", disse Willie.

Ruth olhou para ele.

"Não sei, não", disse ela. "Seu irmão acabou de fazer sexo com ela. Parece meio que incesto para mim. Não sei."

"Ah, que inferno, mãe!", disse Willie.

"Bem, *parece*. Não que aquela putinha fosse ligar a mínima para isso. Mas eu me sentiria muito melhor se fosse o Eddie ou o Davy."

"O Davy não a *quer*, pelo amor de Deus!"

"Claro que quer."

"Não, não quer!"

Ela olhou para mim. Desviei o olhar.

Ela deu de ombros. "Talvez não. O menino é sensato. Eu sei que eu não tocaria nela. Mas, bem, eu não sou homem, sou? Eddie?"

"Eu quero cortar ela", disse Eddie.

"É. Eu também!", disse Au-au.

"Cortar?" Ruth parecia perplexa.

"A senhora falou que poderíamos cortá-la, sra. Chandler", disse Denise.

"Eu falei?"

"Claro que falou", disse Au-au.

"Falei? Quando? Cortá-la como?"

"Ei. Eu quero trepar com ela", disse Willie.

"Cala a boca", disse Ruth. "Estou falando com o Ralphie. Cortá-la como?"

"*Colocar* alguma coisa nela", disse Ralphie. "Para que as pessoas saibam. Para que as pessoas saibam que ela é uma puta."

"Isso mesmo. Como uma letra escarlate ou algo do tipo", disse Denise. "Que nem naquela história."

"Ah, você está querendo dizer como colocar uma marca nela", disse Ruth. "Você pretende marcá-la, não cortá-la."

"Você *falou* para cortá-la", disse Au-au.

"Não me diga o que eu falei. Não diga isso à sua mãe."

"A senhora falou isso, sra. Chandler", disse Eddie. "Sério. A senhora falou para cortá-la."

"Eu falei?"

"Ouvi a senhora falar. Todos nós ouvimos."

Ruth assentiu. Ela pensou no caso. E então soltou um suspiro.

"Certo. Vamos precisar de uma agulha. Ralphie, vá até lá em cima e pegue o meu kit de costura... eu acho que está no armário do corredor."

"Beleza."

Ele passou correndo por mim.

Eu não conseguia acreditar que isso estava acontecendo.

"Ruth", falei. "Ruth?"

Ela olhou para mim. Os olhos dela pareceram estremecer nas cavidades.

"Que foi?"

"Você não vai realmente *fazer* uma coisa dessas, vai?"

"Eu disse que poderíamos. Então acho que vamos fazer isso sim."

Ela se inclinou perto de mim. Eu podia sentir o cheiro da fumaça do cigarro escapando por todos os poros dela.

"Você sabe o que a vadia tentou fazer na noite passada?", disse ela. "Ela tentou fugir daqui. Alguém deixou a porta destrancada. Nós achamos que foi o Donny porque ele foi o último a sair daqui ontem e, além disso, Donny é um doce com ela. Sempre foi. Então eu finalmente deixei que ele a pegasse. Quando você pega uma mulher, a vontade meio que passa. Imagino que Donny esteja curado agora. Mas é bom deixar que as pessoas vejam e saibam o que ela é. Você não acha?"

"*Mãe*", disse Willie. Ele estava choramingando agora.

"Que foi?"

"Por que eu não posso?"

"Não pode o quê?"

"*Trepar* com ela!"

"Porque eu *disse* que não pode, cacete! Isso é incesto! Que diabos, agora me deixa em paz e para de falar nisso. Você quer nadar pelado na porra do seu irmão? É isso que você quer? Não fale comigo! Você é repulsivo! Exatamente que nem o maldito do seu pai."

"Ruth", falei. "Você... você não pode fazer isso."

"Não posso?"

"Não."

"Não? Por que não?"

"Isso não é... isso não está certo."

Ela se levantou. Veio andando até mim, e eu tive que olhar para ela. Eu tive que olhar bem nos olhos dela.

"Por favor, não venha me dizer o que é certo, menino", disse ela.

A voz dela era um rosnado baixo e trêmulo. Eu estava ciente de que ela estava tremendo com uma fúria que mal estava sob controle. Os olhos dela cintilavam como velas. Dei um passo para trás. Pensei, meu Deus, essa era uma mulher de quem eu gostava antes. Uma mulher que eu considerava engraçada, às vezes até mesmo bonita. Um de nós.

Essa mulher me assustava pra caralho!

Ela vai me matar, eu pensei. Ela vai matar todos nós, incluindo os próprios filhos dela, e nem mesmo vai se importar nem pensar nisso até bem depois.

Se ela estiver a fim.

"Não venha me dizer nada disso", disse ela.

E eu acho que ela soube no que eu estava pensando. Acho que ela me interpretou por completo.

Isso não a deixou preocupada. Ela se virou para Willie.

"Se esse menino tentar sair daqui, pode cortar as bolas dele e me entregar. Entendido?"

Willie sorriu em resposta ao sorriso dela. "Claro, mãe."

Au-au entrou correndo na sala, segurando uma caixa de sapatos de papelão toda detonada. Ele a entregou a Ruth.

"Não estava lá", disse ele.

"Como é?"

"Não estava no armário. Estava no quarto, em cima da penteadeira."

"Ah."

Ela abriu a caixa. Avistei de relance um emaranhado de fios torcidos e bolas de fios, almofadas de alfinetes, botões, agulhas. Ela colocou a caixa em cima da mesa e a revirou.

Eddie saiu de cima da mesa para lhe dar espaço e espiou por cima do ombro dela.

"Lá vamos nós", disse Ruth, que se virou para Au-au, "mas nós temos que aquecer a agulha, senão ela terá uma infecção."

Ela segurava uma longa e grossa agulha de costura.

De repente, a sala crepitava com a tensão.

Olhei para a agulha e depois para Meg, que estava deitada no chão. Ela encarava a agulha, assim como Susan.

"Quem vai fazer isso?", disse Eddie.

"Bem, eu acho que para ser justo, poderíamos dividir as letras entre nós. Tudo bem?"

"Ótimo. O que vamos escrever?"

Ruth pensou no assunto.

"Podemos manter as coisas simples. Que tal se escrevêssemos: 'Eu fodo. Me fode'? Isso deve dar. Será o suficiente para todo mundo saber o que precisa sobre ela."

"Claro", disse Denise. "Vai ser o máximo."

Para mim, naquele momento, Denise estava exatamente com a mesma expressão da Ruth. A mesma luz agitada nos olhos, a mesma expectativa carregada de tensão.

"Uau", disse Au-au. "São muitas letras. Quase duas para cada um."

Ruth contou e assentiu.

"Na verdade", disse ela, "se David não quiser fazer parte disso, e eu imagino que ele não queira, vocês podem fazer duas letras cada e eu fico com duas. David?"

Balancei a cabeça em negativa.

"Imaginei." Ela não parecia estar com raiva nem zombando de mim. "Certo", disse Ruth. "Vou começar pelo 'Eu'. Vamos lá."

"Ruth?", falei. "*Ruth?*"

Willie veio mais para perto de mim, movendo a faca de cortar carne em círculos preguiçosos bem debaixo do meu queixo. Ele me deixou nervoso, porque nunca dava para saber como ele reagiria. Olhei para Eddie e observei enquanto ele brincava com a lâmina de seu próprio canivete suíço, com os olhos frios e mortos, como eu sabia que eles estariam até mesmo antes de ter olhado para ele. Depois olhei para Donny. Aquele era um novo Donny. Eu não conseguiria apoio dele também.

Ruth se virou para mim, ainda sem raiva, soando calma e meio cansada. Quase como se estivesse tentando me dizer alguma coisa que eu deveria saber o tempo todo, estritamente para o meu bem. Como se ela estivesse fazendo algo realmente legal para mim. Como se, de todas as pessoas que estavam nessa sala, eu fosse o seu favorito.

"David", disse ela. "Estou lhe dizendo. Deixe isso para lá."

"Eu quero ir embora, então", falei. "Eu quero sair daqui."

"Não."

"Eu não quero ver isso."

"Então não olhe."

Eles realmente iam fazer isso com ela.

Au-au estava com os fósforos. Ele estava aquecendo a agulha.

Eu estava tentando não chorar.

"Eu também não quero ouvir isso."

"Que pena", disse ela. "A menos que você tenha alguma sujeira nos ouvidos, você vai ouvir isso *muito* bem."

E eu ouvi.

CAPÍTULO QUARENTA E UM

Quando terminaram a escrita, e eles haviam acabado de limpá-la com álcool, cheguei mais perto para ver o que tinham feito. Não apenas agora, com as letras, mas na noite anterior e naquela manhã também.

Aquela foi a primeira vez em que eu fiquei perto dela o dia todo.

Eles removeram a mordaça assim que tinham terminado, sabendo que ela estaria muito fraca para dizer algo. Os lábios estavam inchados. Um dos olhos estava se fechando, estava ficando vermelho e roxo. Eu vi três ou quatro novas marcas de queimaduras de cigarro no peito e na clavícula dela e uma na parte interna da coxa. A queimadura do ferro de Ruth era uma bolha aberta agora. Havia machucados nas costelas de Meg, nos braços e nas panturrilhas e coxas, em que Willie a havia cortado no dia anterior.

E lá estavam as palavras.

EU FODO. ME FODE.

Letras de uns cinco centímetros. Todas maiúsculas. Meio queimadas e meio cortadas a fundo na carne da barriga dela. Escrito no que parecia a caligrafia hesitante de um menino de escola de 6 anos.

"Agora você não vai poder se casar", disse Ruth. Ela estava sentada em sua cadeira novamente, fumando, abraçando os joelhos e se embalando para a frente e para trás. Willie e Eddie tinham subido para pegar Coca-Cola. A sala fedia a fumaça, suor e álcool. "Está vendo? Isso ficará aí *para sempre,* Meggy. Você não pode tirar a roupa. Não pode, para ninguém, nunca. Porque a pessoa vai ver essas palavras aí."

Olhei para ela e me dei conta de que era verdade.

Ruth a havia transformado.

Ela a havia transformado para a vida toda.

As queimaduras e os machucados acabariam sumindo em algum momento, mas isso permaneceria nela, legível, ainda que fraco, até mesmo dali trinta anos. Era algo em que ela teria que pensar e explicar toda vez que ficasse nua na frente de alguém. Sempre que olhasse em um espelho, ela veria e se lembraria.

Eles haviam aprovado uma regra na escola este ano que dizia que era obrigatório tomar banho depois das aulas de educação física. Como Meg lidaria com isso em uma sala cheia de adolescentes?

Ruth não estava preocupada. Era como se Meg fosse sua protegida agora.

"Você ficará melhor assim", disse ela. "Você vai ver. Nenhum homem vai querer você. Você não terá filhos. Será bem melhor assim. Você é sortuda. Achou que era bom ser bonitinha? Ser sexy? Bem, eu vou lhe dizer uma coisa, Meggy. Neste mundo é melhor que uma mulher seja *odiosa*."

Eddie e Willie entraram rindo com um engradado de seis garrafas de Coca-Cola e as distribuíram. Eu peguei uma delas e a segurei, tentando manter a garrafa firme na minha mão. O suave cheiro doce de caramelo era nauseante. Um gole e eu sabia que ia vomitar. Eu estava me esforçando muitíssimo para não fazer isso desde que tudo começou.

Donny não pegou uma. Ele só ficou parado perto de Meg, olhando para baixo.

"Você está certa, mãe", disse ele, depois de um tempinho. "Tudo está diferente agora. Isso que nós escrevemos, quero dizer. É esquisito."

Ele estava tentando entender aquilo. Por fim, assimilou.

"Ela não é mais muita coisa", disse ele.

Ele soava surpreso, e até mesmo um pouco feliz.

Ruth sorriu. O sorriso dela era fino e trêmulo.

"Eu te disse", ela falou. "Está vendo?"

Eddie riu, foi andando até Meg e deu um chute em suas costelas. Ela mal soltou um gemido. "É, ela não é muita coisa", disse.

"Ela não é *nada*!", falou Denise. Ela bebeu um gole da Coca-Cola. Eddie chutou Meg de novo, com mais força dessa vez, em total solidariedade com sua irmã.

Me tirem daqui, pensei.

Por favor. Me deixem ir embora.

"Eu acho que poderíamos amarrá-la de novo", disse Ruth.

"Deixa ela aí", pediu Willie.

"Está frio ali. Eu não quero nariz escorrendo nem espirros. Ergam ela de novo e vamos dar uma olhada."

Eddie desamarrou os pés dela, e Donny soltou as mãos da coluna, mas as manteve atadas, juntas, e fez um laço com a corda sobre um dos pregos no teto.

Meg olhou para mim. Dava para ver quão fraca ela estava. Nem mesmo uma lágrima. Ela não tinha nem mesmo forças para chorar. Apenas uma expressão triste e derrotada que dizia: você viu o que eu me tornei.

Donny puxou a corda e ergueu os braços dela acima da cabeça. Ele a amarrou na mesa, mas a deixou um pouco mais solta dessa vez. Isso era negligente e atípico dele, como se ele realmente não se importasse mais. Como se o esforço por ela não valesse a pena.

Alguma coisa havia mudado mesmo.

Era como se, ao entalhar as letras no corpo dela, eles tivessem desprovido Meg de todo seu poder de ficar excitada, para exprimir medo, tesão ou ódio. O que havia sobrado era apenas carne agora. Fraca. E, de alguma forma, desprezível.

Ruth ficou sentada, olhando para ela como um pintor faz quando examina a sua tela.

"Tem uma coisa que deveríamos fazer", disse ela.

"O quê?", quis saber Donny.

Ruth ficou pensando.

"Bem", disse ela, "nós fizemos com que ela ficasse de um jeito que nenhum homem vai querê-la agora. Vejam, o problema é que Meg ainda pode *querê-lo.*" Ela balançou a cabeça em negativa. "Uma vida de tormento aí."

"E...?"

Ela ficou considerando a situação. Nós ficamos a observando.

"Vou dizer a você o que fazer", disse ela por fim. "Vá até lá em cima, na cozinha, e traga aqui alguns jornais da pilha. Vários. Coloque-os dentro da pia que tem aqui atrás."

"Por que jornais? O que é que nós vamos fazer com jornais?"

"*Ler* para ela?", debochou Denise.

Eles riram.

"Faça o que estou mandando", disse Ruth.

Ele foi até lá em cima, pegou os jornais e voltou a descer. Jogou os jornais dentro da pia, perto da lavadora de roupas.

Ruth se levantou.

"Certo. Quem tem um fósforo? Os meus acabaram."

"Eu tenho alguns", disse Eddie, e os entregou a ela.

Ruth pegou a espátula de pneus que eu tinha dado a Meg na noite passada. Eu me perguntava se ela tivera oportunidade de usá-lo.

"Pega aqui", Ruth entregou o ferro a Eddie. "Venham."

Eles colocaram as garrafas de Coca-Cola de lado e passaram por mim. Todo mundo queria ver o que Ruth ia fazer.

Todo mundo, exceto eu e a Susan. Mas Susan estava sentada no chão onde Ruth mandara ela sentar, e eu tinha Willie segurando uma faca a meio metro do meu peito.

Então eu também fui.

"Podem enrolar", pediu Ruth. Eles ficaram olhando para ela. "Os jornais. Podem enrolar bem. Depois joguem tudo de volta na pia."

Au-au, Eddie, Denise e Donny fizeram o que ela mandou. Ruth acendeu um cigarro com os fósforos de Eddie. Willie permaneceu atrás de mim.

Olhei de relance para a escadaria, que ficava a apenas uns poucos metros de mim, me chamando.

Eles enrolaram os jornais.

"Juntem bem todos eles", disse Ruth.

Eles enfiaram os jornais dentro da pia.

"Bem, o negócio é o seguinte", disse Ruth. "Uma mulher não quer um homem por todo o seu corpo. Não. Ela só o quer em um lugar específico. Sabe do que eu estou falando, Denise? Não? Ainda não? Bem, você saberá. A mulher quer um homem em um lugar específico e este lugar fica exatamente ali embaixo, entre as pernas dela."

Ela apontou e depois fez pressão com a mão em seu vestido, para mostrar a eles. Eles pararam de enrolar os jornais.

"Um lugarzinho", disse ela. "Agora... você tira esse lugar, e sabe o que acontece? Você remove todo o desejo dela." Uma pausa. "É verdade. Tira o desejo, para sempre. Funciona. Eles sempre fazem isso em alguns lugares do mundo, é como se fosse a coisa mais comum a se fazer, quando a garota chega a determinada idade, eu acho. Impede que ela se perca. Em lugares como, não sei, África, Arábia e Nova Guiné. Lá eles consideram isso uma prática civilizada.

"Então, eu penso, por que não aqui? *Vamos eliminar esse lugarzinho.*

"*Vamos queimá-la.* Vamos tirar com o ferro.

"E então ela ficará... perfeita."

A sala ficou em silêncio enquanto eles a encaravam por um instante, sem acreditar muito no que estavam ouvindo.

Eu acreditava nela.

E a sensação que eu vinha tentando entender durante dias finalmente tinha ficado clara para mim.

Comecei a tremer como se estivesse nu, parado e exposto a um vento severo de inverno. Porque eu podia ver aquilo, sentir o cheiro, ouvir os gritos dela. Eu podia ver todo o futuro de Meg, o *meu* futuro... as consequências de tal ato para a vida.

E eu sabia que estava sozinho nisso.

Os outros — até mesmo Ruth, apesar de toda a impulsividade que a havia transformado em uma carcereira, apesar de todo seu talento inventivo com a dor, apesar de toda a sua conversa sobre o que poderia ter sido feito para manter seu emprego e não conhecer Willie Sr., e não ter se casado, e nunca ter tido filhos —... os outros não tinham imaginação.

Nenhuma. Nenhuma que fosse. Eles não faziam a mínima ideia.

Eles estavam cegos, vazios, para todo mundo que não fosse eles mesmos, para tudo, exceto o momento.

E eu tremi, sim. Com razão. Com entendimento.

Eu fui capturado por selvagens.

Eu tinha vivido com eles. Tinha sido um deles.

Não. Selvagens, não. Não exatamente.

Pior do que isso.

Estavam mais para um bando de cães ou gatos ou os enxames de ferozes formigas-lava-pés com as quais o Au-au gostava de brincar.

Como se fossem outra espécie completamente diferente. Com um pouco de inteligência que apenas parecia humana, mas sem nenhum acesso a sentimentos humanos.

Eu estava entre eles, cercado pela alteridade.

Pelo mal.

Corri em direção às escadas.

Ouvi Willie soltar um xingamento e senti sua faca passar de raspão pelas costas da minha camiseta. Eu agarrei o corrimão de madeira e me torci em direção às escadas.

Tropecei. Vi Ruth apontando, gritando, com a boca aberta como um largo buraco negro. Senti a mão de Willie segurando e puxando os meus pés. Ao meu lado vi latas de tinta e um balde. Eu os empurrei escada abaixo e ouvi Willie soltando um xingamento mais uma vez, e Eddie fez o mesmo, enquanto eu soltava meu pé. Consegui me erguer. Subi as escadas, correndo com tudo, às cegas.

A porta estava aberta. Escancarei a tela.

O calor do verão me banhou em uma onda única e pesada. Eu tive que me esforçar muito para respirar. Não conseguia gritar. Eu estava ofegante. Eu os ouvia bem perto atrás de mim. Desci a escada para a rua em um pulo.

"Anda!", gritou Donny.

De repente, ele estava em cima de mim, e o impulso do pulo que ele deu do patamar me jogou no chão e me deixou sem ar. Eu fui rolando para longe dele. Eu era mais rápido. Fiquei em pé mais uma vez. Vi Willie ao meu lado, bloqueando o caminho até a minha casa. Eu vi o brilho da faca na luz do sol. Não hesitei.

Passei correndo pelos braços estirados de Donny, cruzando o quintal e me dirigindo ao bosque.

Eu estava na metade do caminho para lá quando Eddie me atingiu, se jogando com força nas minhas pernas. Eu fui ao chão e, de repente, ele estava totalmente em cima de mim, me socando, me chutando, tentando arrancar meus olhos. Eu rolei e me contorci. Eu tinha o meu peso por cima dele. Lutei com ele para que ficasse virado para o chão.

Ele agarrou a minha camisa. Deixei que ele a rasgasse e me puxei para longe. Fui aos tropeços para trás, e então Donny também estava em cima de mim, e depois foi a vez do Willie também vir, e foi só quando que eu senti o canivete dele no meu pescoço e o senti me cortar que parei de lutar.

"Para dentro, seu puto", disse. "E não solte nem uma porra de um pio!"

Eles me levaram de volta, marchando.

A visão da minha própria casa me atormentava. Eu continuava olhando para ela, em busca de sinais de vida, mas não havia nenhum.

Descemos no porão, adentrando a escuridão que cheirava a tinta.

Coloquei a mão no pescoço. Meus dedos voltaram molhados com apenas um pouco de sangue.

Ruth estava lá, parada, em pé, com os braços cruzados com firmeza sobre os seios.

"Tolo", disse ela. "Aonde é que você estava indo?"

Não respondi.

"Bem, eu acho que você está com ela agora", disse Ruth. "Não faço a mínima ideia de que diabos eu vou fazer com todos vocês."

Ela balançou a cabeça. Em seguida, riu.

"Só fique feliz porque você não tem um daqueles *pontinhos*, como ela tem. É claro que, por outro lado, você tem outra coisa com que se preocupar, não é?"

Denise riu.

"Willie, vá pegar um pouco de corda. Eu acho que é melhor amarrar ele para evitar surpresas, caso ele sinta vontade de sair por aí de novo."

Willie foi para dentro do abrigo. Ele voltou com uma pequena extensão de corda e entregou a faca ao Donny, que a segurava enquanto Willie atava minhas mãos atrás de mim.

Todo mundo ficou olhando e esperando. E, dessa vez, parece que Donny não teve problema nenhum em olhar nos meus olhos.

Quando terminaram com os jornais, Ruth se virou para Au-au e entregou os fósforos a ele. "Ralphie? Quer fazer as honras?"

Au-au sorriu, acendeu um fósforo e se inclinou por cima da pia. Ele esticou a mão para trás e acendeu um dos jornais enrolados. Em seguida, acendeu um outro canto do jornal, que estava mais perto dele.

Ele deu um passo para trás.

O jornal começou a queimar, o fogo crepitava, brilhante.

"Você sempre gostou de fogo", disse Ruth. Ela se virou para o restante deles. Suspirou. "Quem quer fazer isso?"

"*Eu quero*", disse Eddie.

Ruth olhou para ele, sorrindo um pouco. Para mim, parecia o mesmo olhar que, uma vez, não fazia nem tanto tempo assim, havia sido reservado justamente para mim.

Eu acho que não era mais o menino favorito dela no pedaço.

"Pegue a espátula", disse ela.

E Eddie fez o que ela mandou.

Eles seguraram o ferro junto às chamas. Estava muito silencioso.

Quando achou que o ferro estava quente o suficiente, Ruth pediu a Eddie que o retirasse dali, e todos nós voltamos lá para dentro.

CAPÍTULO QUARENTA E DOIS

Eu não vou contar a vocês sobre isso.

Eu me recuso a fazê-lo.

Existem coisas que a gente sabe que vai morrer antes de contar, coisas que a gente sabe que deveria ter morrido antes de ver.

Eu observei e vi.

CAPÍTULO QUARENTA E TRÊS

Estávamos deitados, juntos, no escuro.

Eles haviam tirado a luz de serviço e fechado a porta, e estávamos sozinhos, eu, Meg e Susan, deitados nos colchões infláveis que Willie Sr. havia provido à família.

Eu podia ouvir passadas indo da sala de estar até a sala de jantar e voltando novamente. Passadas pesadas. Donny ou Willie. Então a casa ficou em silêncio.

Exceto pelo gemido de Meg.

Ela desmaiou quando eles encostaram nela com o ferro. Ficou toda rígida, e então, de repente, mole, como se tivesse sido atingida por um relâmpago. Mas, agora, alguma parte dela estava lutando e tentando ficar consciente de novo. Eu estava com medo de pensar em como seriam as coisas para ela assim que acordasse. Eu não conseguia imaginar a dor. Não aquela dor. Eu não queria fazer isso.

Eles tinham nos desamarrado. Nossas mãos estavam livres.

De alguma forma eu poderia cuidar dela.

Eu me perguntava o que eles estariam fazendo lá em cima agora. No que estariam pensando. Eu conseguia visualizá-los. Eddie e Denise provavelmente tinham ido para casa para jantar. Ruth estaria deitada na cadeira, com os pés na almofada de apoio, um cigarro queimando no cinzeiro ao lado dela, o olhar fixo na tela em branco da televisão. Willie estirado no sofá, jantando. Au-au, no chão, de bruços. E Donny sentado, ereto, em uma das cadeiras de espaldar reto da cozinha, talvez comendo uma maçã.

Jantares pré-cozidos e congelados seriam aquecidos no forno.

Eu estava com fome. Não comia nada desde o café da manhã.

Jantar.

Pensei nisso.

Quando não cheguei em casa para comer, meus pais devem ter ficado com raiva. Depois, devem ter começado a se preocupar.

Meus pais estavam preocupados.

Eu duvido que eu tivesse processado antes o que exatamente isso queria dizer. E, por um instante, eu os amava tanto que quase chorei.

Meg gemeu novamente e pude senti-la tremer ao meu lado.

Pensei em Ruth e nos outros que estavam sentados em silêncio lá em cima. Me perguntei o que eles fariam conosco.

Porque o fato de eu estar aqui mudava tudo.

Depois de hoje, eles não poderiam confiar em mim, e, ao contrário de Meg e Susan, as pessoas sentiriam minha falta.

Será que os meus pais viriam me procurar? Claro, é óbvio que eles me procurariam. Mas *quando*? Será que eles me procurariam aqui? Eu não tinha dito a eles aonde diabos eu ia.

Que idiota, David.

Mais um erro. Você sabia que poderia ficar encrencado aqui.

Eu senti a pressão da escuridão ao meu redor, tornando-me de alguma forma pequeno, comprimindo meu espaço e limitando minhas opções, meu potencial. E eu tinha uma leve ideia de como Meg deveria ter se sentido em todas essas semanas, completamente sozinha aqui embaixo.

Dava quase para desejar que eles voltassem de novo, só para aliviar a tensão da espera, a sensação de isolamento.

No escuro, eu percebi, a gente tende a desaparecer.

"David?"

Era Susan, e ela me assustou. Eu acho que essa foi a única vez em que a ouvi falar comigo ou com quem quer que fosse, a propósito, sem que falassem com ela primeiro.

A voz dela mal passava de um sussurro trêmulo. Como se Ruth ainda estivesse na porta ouvindo.

"David?"

"Sim? Você está bem, Susan?"

"Estou bem. David, você me odeia?"

"Se eu odeio você? Não, é claro que não. Por que eu...?"

"Você deveria me odiar. Meg deveria me odiar. Porque é minha culpa."

"Não é culpa sua, Susan."

"Sim, é culpa minha, sim. É tudo culpa minha. Se não fosse por mim, Meg conseguiria fugir, não teria voltado."

"Ela *tentou*, Susan. Eles a pegaram."

"Você não está *entendendo*."

Até mesmo sem vê-la, dava para notar o quanto ela estava se esforçando para não chorar.

"Eles a pegaram no *corredor*, David."

"Hein?"

"Ela veio me pegar. De alguma forma, ela conseguiu sair daqui."

"Eu *deixei* que ela saísse. Deixei a porta aberta."

"E ela subiu a escada e entrou no meu quarto e colocou a mão na minha boca, para que eu ficasse calada, e me tirou da minha cama. E ela estava me carregando pelo corredor abaixo, quando Ruth, quando Ruth..."

Ela não conseguia mais se conter. Ela chorou. Estiquei a mão e a coloquei no ombro dela.

"Ei, tudo bem. Está tudo bem."

"Quando Ruth saiu do quarto dos meninos... eu acho que ela ouviu nós duas, sabe? E ela agarrou Meg pelos cabelos e a jogou no chão, e eu caí bem em cima dela, então ela nem conseguiu se mexer, e aí Willie saiu, e Donny e Au-au também, e eles começaram a bater nela, espancar e chutar a Meg. O Willie entrou na cozinha e pegou uma faca para colocar bem ali no pescoço dela, e disse que, se ela se mexesse, ele cortaria a cabeça dela fora. Ele cortaria a cabeça dela fora, David, foi o que ele disse.

"Então eles colocaram a gente aqui embaixo. Jogaram minhas muletas e talas no chão. Esta daqui está quebrada."

Ouvi o barulho que ela fazia.

"Eles bateram de novo na Meg, e Ruth usou o cigarro nela... nela..."

Ela deslizou para o meu lado. Coloquei o braço em volta dela enquanto chorava em meu ombro.

"Eu não entendo", falei. "Ela ia voltar para buscar você depois. Nós íamos pensar em alguma coisa. Por que agora? Por que ela tentaria pegar você? Por que ela tentou te levar com ela?"

Susan limpou os olhos. Eu a ouvi fungar.

"Eu acho que é porque... a Ruth", começou ela. "A Ruth... me toca. Lá embaixo, sabe? Lá. E, uma vez, ela me fez sangrar. E a Meg... eu contei a Meg... e ela ficou muito brava. Realmente muito brava, e ela disse a

Ruth que sabia o que ela estava fazendo, e Ruth bateu nela de novo, bateu feio nela com uma pá da lareira e..."

A voz dela falhou.

"Eu sinto muito! Eu não pretendia fazer isso. Ela deveria ter ido embora daqui! *Deveria*! Eu não queria que ela se machucasse. Eu não consegui evitar! Odeio quando a Ruth toca em mim! Eu *odeio* a Ruth! Eu *odeio*. E eu contei a Meg... contei a Meg o que Ruth fazia comigo e foi por isso que eles pegaram ela. *Foi por isso* que ela foi me buscar. Por minha causa, David. Por *minha* causa!"

Eu a segurei e era como se eu estivesse embalando um bebê, de tão frágil que ela parecia.

"Shhhhh. Fique tranquila. Vai ficar tudo... bem."

Eu pensei em Ruth tocando nela. Eu era capaz de visualizar a cena. A menininha indefesa e quebrada, incapaz de lutar, a mulher com os olhos vazios e brilhantes como a superfície de um riacho correndo rapidamente. Então eu bloqueei isso da minha mente.

Depois de um bom tempo, ela se acalmou.

"Eu tenho uma coisa", fungou ela. "Eu dei isso a Meg. Estique a sua mão atrás da ponta mais afastada da mesa. Ali depois da Meg. Passe a mão ao redor."

Fiz o que ela pediu. Encontrei uma caixa de fósforos e um toco de vela de uns cinco centímetros.

"Onde foi que você...?"

"Eu peguei da Ruth."

Acendi a vela. Seu brilho cor de mel preenchia o abrigo. Isso fez com que eu me sentisse melhor.

Até que eu vi Meg.

Até que nós dois a vimos.

Ela estava deitada com a barriga para cima, coberta até a cintura com um lençol velho, sujo e fino que eles jogaram por cima dela. Os seios e os ombros estavam descobertos. Meg tinha ferimentos por toda parte. Suas queimaduras estavam abertas, e vazava algum líquido delas.

Até mesmo dormindo, a dor fazia com que os músculos da face se repuxassem. O corpo dela tremia.

A escrita brilhava.

EU FODO. ME FODE.

Olhei para Susan, e dava para ver que ela ia chorar de novo.

"Não olhe", eu pedi.

Porque aquilo era ruim. Tudo era ruim.

Além do que eles tinham feito com ela, Meg estava fazendo algo terrível com si mesma.

Os braços dela estavam para fora do lençol. Ela dormia.

E as unhas sujas e irregulares da mão dela trabalhavam incessantemente em seu próprio cotovelo esquerdo e por toda a extensão até o pulso.

Ela estava dilacerando a cicatriz.

Dilacerando-a, abrindo-a.

O corpo, abusado e espancado, estava finalmente se virando contra si mesmo.

"Não olhe", repeti. Tirei a camisa e consegui mordê-la e rasgar a costura com os dentes. Rasguei duas faixas da parte de baixo. Movi os dedos de Meg para longe da cicatriz. Envolvi o braço dela com a camisa apertada, dando duas voltas. Então eu a atei em cima e embaixo. Ela não poderia causar muitos estragos agora.

"Ok", eu tentei raciocinar.

Susan estava chorando. Ela tinha visto. O bastante para saber.

"Por quê? Por que ela faria uma coisa dessas?"

"Eu não sei."

No entanto, de certa forma, eu sabia. Eu quase podia sentir a raiva de Meg consigo mesma. Por fracassar. Por falhar em se libertar, por fracassar consigo mesma e com a irmã. Talvez até mesmo por ser o tipo de pessoa com quem isso poderia acontecer, para começo de conversa. Por permitir que acontecesse e achando que, de alguma forma, sobreviveria.

Era injusto e muito errado da parte dela se sentir daquele jeito, mas eu achava que entendia.

Ela havia sido ludibriada: e agora aquela boa e límpida mente estava com raiva de si mesma. *Como eu pude ser tão idiota?* Quase como se ela merecesse sua punição agora. Ela havia sido ludibriada para que pensasse que Ruth e os outros eram seres humanos, da mesma forma como ela era humana, e que, consequentemente, haveria limites para o que poderiam fazer. Haveria algum limite. E isso não era verdade. Eles não eram da mesma espécie, de jeito nenhum. Ela percebeu isso. Tarde demais.

Fiquei olhando enquanto os dedos dela sondavam a cicatriz.

Sangue vazava pela camisa. Não muito, ainda, mas eu senti a estranha e triste ironia de saber que eu poderia ter que usar a camisa para atá-la novamente, para controlá-la e impedi-la de fazer isso.

Lá em cima, o telefone tocou.

"Vá atender", ouvi Ruth dizer. Passos cruzaram a sala. Ouvi a voz de Willie e depois veio uma pausa, e então a voz de Ruth ao telefone.

Eu me perguntava que horas seriam. Olhei para a minúscula vela e me perguntei o quanto ela duraria.

A mão de Meg pendeu para longe da cicatriz.

Ela ficou ofegante e gemeu. Seus cílios tremeluziram.

"Meg?"

Ela abriu os olhos. Estavam vidrados com a dor.

Os dedos se voltaram novamente para a cicatriz.

"Não faça isso", eu disse. "Não faça isso."

Ela me olhou, sem compreender a princípio. Depois, tirou a mão dali.

"David?"

"Sim. Sou eu. E Susan está aqui."

Susan se inclinou para a frente de maneira que podia ver apenas os cantos da boca de Meg voltados para cima, na forma fantasmagórica e pálida de um sorriso.

Até mesmo isso parecia causar dor a ela.

"Ah, meu Deus", disse gemeu. "Dói."

"Não se mexa", falei. "Eu sei que dói." Puxei o lençol até o queixo dela. "Tem alguma... alguma coisa que você quer que eu faça?"

"Não", disse ela. "Só me deixe... Ah, meu Deus."

"Meg?" Susan estava tremendo. Ela esticou a mão, mas não conseguiu alcançá-la. "Eu sinto muito, Meg. Sinto muito. Sinto muito."

"Está tudo bem, Suz. Nós tentamos. Está tudo bem. Está..."

Dava quase para sentir a dor que a percorria.

Eu não conseguia pensar no que fazer. Continuei olhando para a vela como se a luz fosse me dizer alguma coisa, mas nada aconteceu. Nada.

"Onde... onde estão eles?"

"Lá em cima."

"Eles vão ficar por lá? Já é... noite?", arfou.

"Quase. Quase na hora do jantar. Eu não sei. Não sei se vão ficar lá."

"Não consigo... David? Eu não aguento mais. Sabe?"

"Eu sei."

"Não consigo."

"Descanse. Apenas descanse." Balancei a cabeça em negativa.

"Que foi?", disse ela.

"Eu fico desejando que tivesse alguma coisa..."

"O quê?"

"Alguma coisa para machucar eles. Para nos tirar daqui."

"Não tem nada. Nada. Você não sabe quantas noites eu..."

"Tem isso", disse Susan.

Ela ergueu a tala de cotovelo articulada.

Olhei para aquilo. Ela estava certa. Era de alumínio leve, mas se pegasse a parte da ponta do cabo e girasse a parte articulada, faria algum estrago.

Mas não o bastante.

Não contra Willie e Donny juntos. E Ruth. A gente não poderia subestimar a Ruth. Talvez se eles fossem legais o bastante para vir um de cada vez, com alguns minutos de diferença, eu poderia ter alguma chance, mas isso era improvável. De qualquer forma, nunca fui exatamente um lutador.

Tudo que podíamos fazer quando precisávamos de alguém que lutasse era pedir para Eddie.

Precisaríamos de outra coisa.

Olhei ao redor. Eles tinham removido praticamente tudo dali. O extintor de incêndio, o rádio, as caixas de papelão de comida, até mesmo o despertador e a bomba de ar para o colchão. Eles tiraram até mesmo os fios de varal com os quais nos amarravam. Tudo que tínhamos era a mesa, quase pesada demais para que pudéssemos mexê-la, quem dirá arremessá-la, o lençol de Meg, seu copo de plástico e as roupas que vestíamos. E os fósforos e a vela.

E foi então que eu vi uma utilidade para os fósforos e a vela.

Pelo menos poderíamos fazer com que eles descessem até aqui quando *nós* quiséssemos e não só quando eles estivessem a fim. Poderíamos confundi-los e surpreendê-los. Isso era alguma coisa. Alguma coisa.

Inspirei fundo. Uma ideia tomava forma.

"Beleza", falei. "Vocês querem tentar fazer algumas coisas?"

Susan assentiu. Meg também, mesmo fraca.

"Talvez não dê certo, mas é possível."

"Vá", disse Meg. "Faça." Ela soltou um gemido.

"Não se mexa", falei. "Eu não vou precisar de você."

"Ok. Só faça", disse ela. "Pegue-os."

Tirei meus Keds de cano alto, puxei os cadarços e os amarrei um no outro. Em seguida, tirei os sapatos de Susan e amarrei os cadarços deles nos meus, para que tivesse uma linha de uns três metros e meio com que trabalhar. Deslizei uma das extremidades em volta da dobradiça inferior da porta, amarrei-a bem apertado e corri com o fio por cima das vigas de suporte, e o amarrei a uns oito centímetros do chão, o que me deixou com uma linha para que eles tropeçassem se estendendo a um leve ângulo da porta até a viga, cortando cerca de um terço do lado esquerdo da sala quando se entrava nela.

"Escuta", falei. "Isso vai ser difícil. E perigoso. Quero dizer, não vai ser só eles. Eu quero atear fogo aqui. Na frente da mesa, bem no meio da sala. Eles vão sentir o cheiro da fumaça e vão descer. E vamos torcer para alguém bater naquela linha ali. Enquanto isso, posso ficar do outro lado, ali perto da porta, com uma das talas da Susan.

"Mas vai ter muita fumaça e não tem muito ar aqui. É melhor que eles cheguem rápido ou vamos nos ferrar. Entendeu?"

"Vamos gritar", disse Susan.

"É. Espero que dê certo. Mas nós temos que esperar um pouquinho para que sintam o cheiro da fumaça. As pessoas entram em pânico quando tem um incêndio, e isso vai nos ajudar. O que vocês acham?"

"O que eu posso fazer?", disse Susan.

Eu tive que sorrir. "Não muito, Suz."

Ela pensou um pouco, as feições de menininha delicada de repente muito sérias. "Já sei o que posso fazer. Eu poderia ficar aqui perto dos colchões e, se alguém tentar passar por mim, posso fazer com que tropece!"

"Beleza, mas tome cuidado. Já chega de ossos quebrados. E preciso ficar com bastante espaço para girar aquela coisa ali no ar."

"Certo."

"Meg? Tudo bem para você?"

Meg estava pálida e fraca, mas assentiu. "Qualquer coisa."

Eu tirei a minha camiseta.

"Eu vou... eu vou precisar do lençol", falei.

"Pode pegar."

Tirei o lençol dela cuidadosamente.

Ela usou as mãos para cobrir os lugares onde eles a haviam queimado. Mas antes disso, vi de relance o ferimento preto-avermelhado, brilhante. Eu me encolhi. Meg me viu e desviou o rosto. Ela começou a mexer na cicatriz novamente pela camisa. Não tive coragem de impedi-la... nem de chamar a atenção para o que ela estava fazendo.

E, de repente, eu mal podia esperar para usar aquela tala de cotovelo articulada em alguém. Fiz um montinho com o lençol e o coloquei onde queria, na frente da mesa. Coloquei minha camiseta e as meias em cima.

"As minhas também", disse Susan.

Elas não fariam muita diferença, mas ela queria ajudar, então as tirei e joguei ali também.

"Você quer a camisa?", disse Meg.

"Não. Pode ficar com ela."

"Certo", disse ela. Ela continuava afundando as unhas em sua carne.

O corpo dela parecia velho, os músculos estavam finos e frouxos.

Peguei a tala de cotovelo de Susan e a coloquei de pé junto à parede, perto da porta. Peguei o toco da vela e fui andando até a pilha.

Eu estava com um nó na barriga por causa do medo.

"Vamos nessa", falei, e derrubei a vela.

CAPÍTULO QUARENTA E QUATRO

O fogo ardia baixo, mas havia uma quantidade satisfatória de fumaça, enrugando-se no teto e se erguendo em ondas para fora. Nossa própria nuvem de cogumelo dentro do abrigo.

Em poucos segundos, a sala estava cheia de fumaça. Eu mal conseguia enxergar onde Meg estava, deitada no chão. Tossíamos de verdade.

Conforme a fumaça foi ficando mais densa, nossos gritos se intensificaram. Dava para ouvir as vozes lá em cima. Confusão. Medo. Depois, o barulho tamborilado de passos descendo as escadas. Eles estavam correndo. Estavam preocupados. Isso era uma coisa boa. Eu segurei a tala de cotovelo com força e fiquei esperando bem ao lado da porta.

Tinha alguém mexendo na tranca. Em seguida, a porta foi escancarada e Willie estava parado, na luz do porão, xingando enquanto era varrido pela fumaça, como se fosse uma névoa repentina. Ele seguiu a passos incertos, atingiu a linha de cadarços, caiu e derrapou pelo chão para cima da pilha, de cabeça, debatendo-se no trapo que estava queimando em sua bochecha e nos ensebados cabelos curtos que queimavam, sibilando e derretendo sua testa.

Ruth e Donny foram forçando a entrada lado a lado, com Donny mais perto de mim, tentando discernir o que estava acontecendo em meio à fumaça. Eu girei a tala. Vi sangue voar da cabeça de Donny, borrifando em Ruth e na entrada enquanto ele caía, tentando se segurar em mim. Eu trouxe abaixo a tala de cotovelo como se fosse um machado, mas ele se forçou a se afastar. A tala caiu no chão com um estrondo. Então, de repente, Ruth estava passando com tudo por mim, em direção a Susan.

Susan. Seu peão. Seu escudo.

Eu me virei, peguei a tala e a girei nas costelas e costas de Ruth, mas isso não foi o suficiente para fazê-la parar.

Ela era rápida, eu estava atrás dela, girando a tala de cotovelo articulada para cima, do chão, como se estivesse fazendo um *backhand* do tênis, mas ela esticou a mão na direção do peito magérrimo de Susan e a empurrou de encontro à parede. Depois levou a mão aos cabelos dela e os puxou para trás. Ouvi um som oco como de uma abóbora sendo derrubada, e Susan deslizou parede abaixo. Dei uma chicoteada com a tala na parte inferior das costas de Ruth, com toda a minha força. Ela soltou um uivo e caiu de joelhos.

Vi um movimento com a minha visão periférica. Eu me virei.

Donny estava em pé, vindo para cima de mim em meio à fumaça que se dissipava. Depois foi a vez de Willie.

Balancei a tala para a frente e para trás com força. Eles se moviam devagar a princípio, com cuidado. Estavam perto o bastante a ponto de eu poder ver como o rosto de Willie estava queimado, com um dos olhos fechados e lágrimas escorrendo. Havia sangue na camisa de Donny.

Willie veio se abaixando, precipitando-se para cima de mim. Girei a tala e ela o acertou no ombro, foi para cima e parou, irregular e ruidosamente, no pescoço dele. Soltou um berro guinchado e caiu.

Vi Donny indo para a frente bruscamente, empurrei a tala ao meu redor e ouvi o som de algo se raspando atrás de mim.

Ruth se lançou para cima das minhas costas, sibilando como um gato. Tropecei com o peso dela. Meus joelhos cederam. Caí. Donny se moveu para a frente e, de súbito, senti uma dor lancinante na minha bochecha, e meu pescoço estalou para trás.

De repente, senti o cheiro de couro. Couro de sapato. Ele havia me chutado como se chuta uma bola de futebol. Vi uma luz ofuscante. Meus dedos tentaram apertar a tala, mas ela não estava mais lá. A luz brilhante rapidamente se esvaneceu, e tudo ficou preto. Eu me arrastei para ficar de joelhos. Ele me deu um chute na barriga. Fui abaixo, ofegante, tentando respirar. Tentei me levantar de novo, mas meu equilíbrio estava errado. Senti uma onda de náusea e confusão.

Havia mais alguém me chutando nas costelas, no meu peito. Fiquei em uma posição parecendo uma bolinha, contorcendo bem os músculos e esperando que as trevas se dissipassem. Eles ainda estavam me chutando e xingando. Mas estava começando a funcionar, eu estava começando a enxergar, finalmente o bastante para que soubesse onde ficava a mesa, de modo que rolei para debaixo dela, olhando para cima, para as pernas de Ruth e de Donny, que estavam na minha frente. Eu estava confuso de novo porque havia outro par de pernas lá em pé, onde Meg deveria estar, bem onde Meg deveria estar deitada no colchão.

Pernas descobertas. Queimadas e marcadas com cicatrizes.

As pernas de Meg.

"Não!", eu gritei. Saí debaixo da mesa.

Ruth e Donny se viraram e se moveram na direção dela.

"Você!", gritou Ruth. "Você! Você! *Você!*"

E eu ainda não sei o que Meg achava que estava fazendo, se ela realmente achava que poderia ajudar... talvez ela estivesse apenas farta disso, farta de Ruth e farta até a morte da dor, farta de tudo... mas ela precisava saber até onde toda a fúria de Ruth iria, não para cima de mim nem para cima de Susan, e sim diretamente a ela, como se fosse uma flecha malévola e envenenada.

Mas não havia nenhum medo nela. Os olhos dela estavam com uma expressão endurecida e límpida. E, fraca como estava, Meg conseguiu dar um passo à frente.

Ruth foi para cima de Meg como uma mulher ensandecida. Agarrou a cabeça dela entre as mãos, como se fosse uma evangelista, curando.

E então bateu a cabeça de Meg com tudo na parede.

O corpo de Meg começou a tremer.

Ela olhou bem fundo nos olhos de Ruth, e, por um instante, carregava um olhar confuso, como se, até mesmo agora, estivesse perguntando a Ruth: *por quê? Por quê?*

Ela caiu. Direto no colchão inflável, como se fosse um saco sem ossos.

Ela tremeu um pouco mais e depois parou.

Estiquei a mão para me apoiar na mesa.

Ruth estava ali parada, com o olhar fixo na parede. Como se não acreditasse que Meg não estava mais ali em pé. Seu rosto, lívido.

Donny e Willie estavam em pé também.

O silêncio na sala foi repentino e imenso.

Donny se curvou. Colocou a mão nos lábios dela, e depois, no peito.

"Ela está... respirando?"

Nunca tinha ouvido a voz de Ruth tão fraquinha antes.

"Sim, um pouco."

"Cubram ela", disse, assentindo. "Vamos. Coloquem uma coberta em cima dela." Ruth olhou para ninguém em especial, depois se virou e cruzou a sala cautelosa e lentamente, como se estivesse andando em meio a vidro quebrado. Na entrada, parou para se endireitar. Depois, saiu andando.

E então, estávamos apenas nós lá, as crianças.

Willie foi o primeiro a se mexer.

"Vou pegar uns cobertores", disse ele. Ele estava com a mão no rosto, cobrindo o olho. Metade dos seus cabelos tinha queimado.

Mas ninguém mais parecia estar com raiva.

Em frente à mesa, o fogo ainda ardia lentamente, mandando fiozinhos de fumaça para cima.

"Sua mãe ligou", murmurou Donny.

Ele estava com o olhar fixo voltado para baixo, para Meg.

"Como é?"

"Sua mãe", disse ele. "Ela ligou. Queria saber onde você estava. Fui eu quem atendi o telefone. Ruth conversou com ela."

Eu não tive que perguntar o que Ruth tinha dito à minha mãe. Eles não tinham me visto.

"Onde está o Au-au?"

"Ele foi comer na casa do Eddie."

Devolvi a tala de Susan. Não acho que ela tenha notado ou se importado com isso. Ela estava olhando para Meg.

Willie voltou com os cobertores. Olhou para cada um de nós por um instante, jogou os cobertores no chão, se virou e saiu de novo.

Nós o ouvimos arrastando os pés lá em cima.

"O que você vai fazer, Donny?", perguntei.

"Não sei."

Sua voz parecia inexpressiva e desprovida de foco, chocada, como se fosse ele quem tivesse levado o chute na cabeça no meu lugar.

"Ela pode morrer", falei. "Ela *vai* morrer. A menos que você faça alguma coisa. Ninguém vai fazer. Você sabe disso. Ruth não vai. Willie não vai."

"Eu sei."

"Então faça alguma coisa."

"O quê?"

"Alguma coisa. Conte a alguém. Aos tiras."

"Não sei", disse ele.

Ele tirou um dos cobertores do chão e cobriu Meg, como Ruth ordenara. Ele a cobriu com muita gentileza.

"Eu não sei." Ele balançou a cabeça. Em seguida, se virou. "Tenho que ir."

"Deixe a luz de serviço acesa para nós, por favor? Pelo menos isso? Para que possamos cuidar dela?"

Ele pareceu pensar por um instante. "Sim. Claro."

"E um pouco de água? Um trapo e um pouco de água?"

"Beleza."

Ele entrou no porão e ouvi a água correndo. Voltou com um balde e alguns panos de limpeza e os colocou no chão. Em seguida, pendurou a luz de serviço no gancho do teto. Não olhou para nós. Nem uma única vez.

Ele esticou a mão em direção à porta.

"Até mais", disse.

"É", falei. "Até mais."

E então ele fechou a porta.

CAPÍTULO QUARENTA E CINCO

A longa e fria noite seguiu em frente.

Nós não recebemos mais visitas de cima.

A casa estava silenciosa. Podíamos ouvir sons bem fracos vindo do quarto dos meninos, The Everly Brothers cantando "All I Have To Do Is Dream", e a do Elvis, "Hard Headed Woman". *Tudo que temos a fazer é sonhar. Mulher cabeça dura.* Cada canção zombava de nós.

A essa altura, minha mãe estaria frenética. Eu podia imaginá-la ligando para cada uma das casas na quadra para ver se eu estava por lá, acampando no quintal ou apenas passando a noite em algum lugar sem ter falado com ela antes. Depois, meu pai chamaria a polícia. Eu continuava na expectativa de ouvir aquela batida que soava oficial à porta. Não conseguia imaginar por que eles não tinham vindo.

Esperança se transformou em frustração, frustração se transformou em raiva, a raiva em uma resignação embotada. Então o ciclo reiniciou. Não havia nada a fazer além de esperar e banhar o rosto de Meg.

Ela estava febril. A nuca estava pegajosa, com o sangue incrustado.

Nós adormecíamos e acordávamos.

Minha mente ficava se prendendo a cantilenas, *jingles. Use Ajax! O limpador espumante-da-da-da-da-dadum-dum. Lave a sujeira e faça com que ela siga ralo abaixo-da-dada-da-da-dum. Passando pelo rio e pelo bosque... pelo rio e pelo...* Não conseguia me prender em nada. Eu também não conseguia desapegar de nada.

Às vezes, Susan começava a chorar.

Às vezes, Meg se mexia e gemia.

Eu ficava feliz quando ela gemia.

Isso queria dizer que ela estava viva.

Ela acordou duas vezes.

Da primeira vez que ela acordou, eu estava passando o pano por seu rosto. Já estava terminando quando ela abriu os olhos. Quase deixei o pano cair, de tão surpreso que fiquei. Eu o escondi atrás de mim porque o pano estava cor-de-rosa com o sangue, e não queria que ela visse aquilo. Essa perspectiva me incomodava.

"David?"

"Sim?"

Ela parecia estar ouvindo. Olhei para os olhos dela e vi que uma das pupilas estava novamente a metade do tamanho da outra... e eu me perguntei o que ela estava vendo.

"Você ouve ela? Ela está... lá?"

"Estou ouvindo apenas o rádio. Mas ela está lá, sim."

"O rádio. Sim." Meg assentiu, devagar.

"Às vezes, eu a escuto", disse ela. "O dia todo. Willie e Au-au também... e Donny. Eu achava que poderia ficar ouvindo... tentando escutar alguma coisa, algo que me ajudasse a descobrir por que ela estava fazendo isso comigo. Ficava ouvindo ela andar em uma sala ou se sentar em uma cadeira. Eu... nunca entendi."

"Meg? Escuta... Não acho que você deveria estar falando, sabe? Você está muito machucada."

Ela se esforçava muito para falar, dava para notar. As palavras saíam arrastadas, como se, de repente, a língua dela tivesse ficado do tamanho errado para a sua boca.

"Hum-hum", disse ela. "Não. Eu quero falar. Eu nunca converso. Eu nunca tenho ninguém com quem conversar. Mas...?"

Ela olhou de um jeito estranho para mim. "Como é que *você* está aqui?"

"Nós dois estamos aqui. Tanto eu como a Susan. Eles nos trancaram aqui. Lembra?"

Ela tentou sorrir.

"Eu achava que talvez você fosse uma fantasia. Você serviu neste papel algumas vezes. Eu tenho muitas... muitas fantasias. Eu tenho essas fantasias e elas vêm e... vão. E então, às vezes, se eu tento ter uma dessas fantasias, quero ter uma delas, eu não tenho. A gente não consegue pensar em nada. E depois... consegue.

"Eu costumava implorar a ela, sabe? Para que ela parasse. Que me deixasse em paz. Eu pensei: ela precisa parar, ela vai fazer isso um tempo e depois vai me soltar, ela vai ver que deveria gostar de mim, e então eu pensei, não, ela não vai parar, eu tenho que cair fora, mas não consigo, eu não a entendo, como ela poderia deixar que ele *me queimasse?*"

"Por favor, Meg..."

Ela lambeu os lábios. Sorriu.

"Mas você está cuidando de mim, não está?"

"Sim."

"E de Susan também."

"Sim."

"Onde está ela?"

"Ela está dormindo."

"É difícil para ela também", disse Meg.

"Eu sei. Eu sei que é."

Eu estava preocupado. A voz dela estava ficando mais fraca. Eu tive que me curvar bem perto dela para ouvi-la agora.

"Faz um favor para mim?"

"Claro."

Ela agarrou a minha mão. Sua pegada não estava forte.

"Você consegue a aliança da minha mãe de volta? Sabe a aliança da minha mãe? Ela não me ouve. Ela não se importa... Mas talvez... Você poderia pedir isso a ela? Você conseguiria meu anel de volta?"

"Vou pegá-la de volta para você."

"Você jura?"

"Sim."

Ela me soltou.

"Obrigada." Um instante depois, ela disse: "Sabe? Eu nunca amei a minha mãe o suficiente. Isso não é estranho? E você?".

"Não. Acho que não."

Ela fechou os olhos. "Eu acho que quero dormir agora."

"Claro", falei. "Descanse."

"É engraçado", disse ela. "Não sinto dor. Seria de se pensar que haveria dor. Eles me queimaram e me queimaram, mas não sinto dor."

"Descanse", pedi.

Ela assentiu. E então dormiu. Eu me sentei e fiquei esperando ouvir o policial Jennings bater à porta, com a letra de "Green Door" cavalgando absurdamente na minha cabeça como um carrossel brilhante pintado, rodopiando e rodopiando: *...meia-noite, mais uma noite sem dormir / observando, até que a manhã chegue de mansinho / porta verde, que segredo você está guardando? / porta verde?*.

Até que eu dormi também.

Quando acordei, provavelmente já era alvorada.

Susan estava me sacudindo.

"Faz ela parar com isso!", disse Susan, e a voz dela era um sussurro assustado. "Faz ela parar! Por favor! Não deixa ela fazer isso!"

Por um instante, achei que estivesse na minha cama em casa.

Olhei ao meu redor. Lembrei.

E Meg não estava mais ao meu lado.

Meu coração começou a socar meu peito, um nó foi se formando na minha garganta.

Então eu a vi.

Ela havia jogado fora o cobertor. Estava nua, acocorada no canto, perto da mesa. Seus longos cabelos sem brilho pendiam por cima dos ombros. Havia faixas e manchas de um marrom opaco nas costas, canais cruzados de um sangue que estava ficando seco. A nuca reluzia com o suor sob a luz de serviço.

Eu podia ver os músculos sendo puxados ao longo dos ombros dela e para a frente da elegante linha de vértebras enquanto ela fazia aquilo. Ouvi o raspar das unhas.

Me levantei e fui até ela.

Meg estava cavando.

Ela usava as mãos para cavar o chão de concreto onde ele se encontrava com a parede, também de concreto. Abrindo um túnel para fora. Fiozinhos de sons de exaustão escapavam dela. Com as unhas quebradas e sangrando, uma delas já se fora, a ponta dos dedos ensanguentadas também, seu sangue se misturando com a brita do concreto que ela cavava, que formava flocos em uma produção irregular de substâncias de cada um. Sua recusa final de se submeter. Seu ato final de desafio. A vontade se erguendo sobre um corpo derrotado, para se forçar contra a pedra sólida.

A pedra era Ruth. Impenetrável: produzindo apenas farelo e fragmentos.

Ruth era a pedra.

"Meg. Venha. Por favor", pedi.

Coloquei as mãos debaixo dos braços dela e a ergui. Foi fácil erguê-la, como se ela fosse uma criancinha.

O corpo dela parecia quente e cheio de vida.

Eu deitei Meg com as costas no colchão novamente e a cobri com o cobertor. Susan me entregou o balde e banhei a ponta dos dedos dela. A água ficou mais vermelha.

Comecei a chorar.

Eu não queria chorar, porque Susan estava ali, mas não era algo que eu podia evitar. O choro simplesmente veio, fluindo, como o sangue de Meg que cruzava o concreto.

O calor dela era febre. O calor dela tinha sido uma mentira.

Eu quase podia sentir o cheiro da morte nela.

Eu tinha visto essa morte na pupila expandida de seu olho, um buraco que se alargava, um buraco em que uma mente podia desaparecer.

Banhei os dedos dela.

Quando terminei, mudei Susan de lugar, para que ela pudesse ficar deitada entre mim e Meg, e nós ficamos lá, juntos, em silêncio, observando a respiração rasa de Meg, cada inspiração de ar fluindo pelos pulmões dela em um outro instante que conectava os instantes, mais uns poucos segundos de graça. O tremeluzir de suas pálpebras semiabertas falando da vida que se revolvia sob a superfície machucada... e, quando ela abriu os olhos novamente, não ficamos assustados. Ficamos felizes de ver que Meg estava ali, olhando para nós, a velha Meg, aquela que viveu antes disso no mesmo tempo em que vivemos, e não neste espaço onírico febril.

Ela moveu os lábios. E sorriu.

"Eu acho que vou conseguir", disse ela, e esticou o braço para pegar a mão de Susan. "Acho que vou ficar bem."

Sob o brilho forte e artificial da luz de serviço, na alvorada que, para nós, não era uma alvorada, ela morreu.

CAPÍTULO QUARENTA E SEIS

Demorou mais de uma hora e meia para baterem à porta.

Eu ouvi quando eles se levantaram de suas camas. Ouvi vozes masculinas e passadas desconhecidas cruzando a sala de estar em direção à sala de jantar e descendo as escadas.

Eles forçaram a tranca e abriram a porta, e Jennings estava ali, com meu pai e outro tira chamado Thompson, que nós conhecíamos da organização dos veteranos de guerras em terras estrangeiras. Donny, Willie, Au-au e Ruth estavam parados atrás deles, sem nenhuma tentativa de fuga ou de se explicar, apenas observando enquanto Jennings ia até Meg, erguia a pálpebra dela e buscava sentir uma pulsação que já não estava lá.

Meu pai veio até mim e colocou o braço ao meu redor. "Minha Nossa Senhora", disse ele, balançando a cabeça, "graças a Deus que encontramos você. Graças a Deus que encontramos você." Eu acho que essa foi a primeira vez em que o ouvi usar essas palavras, mas também acho que ele estava falando sério.

Jennings puxou o cobertor por cima da cabeça de Meg, e o Oficial Thompson foi confortar Susan, que não conseguia parar de chorar. Ela havia ficado quieta desde que Meg morrera e, agora, o alívio e a tristeza estavam saindo dela em uma torrente de lágrimas.

Ruth e os outros ficaram observando, impassíveis.

Jennings, a quem Meg havia avisado sobre Ruth no Quatro de Julho, parecia pronto para matar.

Com o rosto vermelho, mal conseguindo controlar a voz, ele continuava disparando perguntas a ela, e dava para ver que não eram exatamente perguntas, mas sim a pistola que ele acariciava no quadril, que ele queria disparar. "Como foi que isso aconteceu? Como foi que isso aconteceu? Por quanto tempo ela estava aqui embaixo? Quem colocou aquela coisa escrita ali?"

Por um momento, Ruth não respondeu. Tudo que ela fez foi ficar em pé ali, arranhando as feridas abertas no rosto. "Eu quero um advogado."

Jennings agiu como se não tivesse escutado. Ele continuou com as perguntas, mas tudo que ela dizia era: "eu quero ligar para um advogado", como se estivesse se preparando para usar a Quinta Emenda, e isso era tudo.

Jennings foi ficando cada vez mais enfurecido.

Mas isso não adiantava de nada.

Eu poderia ter dito isso a ele. Ruth era a pedra.

E, seguindo o exemplo dela, os filhos também eram.

Eu, não. Inspirei fundo e tentei não pensar no meu pai, que estava ao meu lado. "Eu vou lhe contar tudo que o senhor quer saber", falei. "Eu e a Susan vamos fazer isso."

"Vocês viram tudo isso?"

"A maior parte."

"Algumas dessas feridas foram causadas semanas atrás. Vocês viram alguma coisa disso?"

"Uma parte. O suficiente."

"Você viu isso acontecer?"

"Sim."

Ele estreitou os olhos. "Você é prisioneiro ou carcereiro aqui, menino?", disse ele.

Eu me voltei para o meu pai. "Eu nunca a machuquei, pai. Nunca fiz isso. É sério."

"Mas você também não a ajudou em momento algum", disse Jennings.

Era o que eu vinha dizendo a mim mesmo a noite toda.

Exceto que a voz de Jennings dizendo aquelas palavras com o maxilar cerrado era como um punho também cerrado, e ele as lançava para cima de mim. Por um instante, essas palavras me deixaram sem fôlego.

Existe o correto e existe o certo, pensei.

"Não", confirmei. "Não, em momento algum eu a ajudei."

"Você tentou", disse Susan, chorando.

"Ele tentou mesmo?", quis saber Thompson.

Susan assentiu.

Jennings olhou para mim por mais um longo instante e então ele também assentiu.

"Ok", disse ele. "Nós vamos falar sobre isso depois. É melhor pedir ajuda, Phil. Todo mundo, lá para cima."

Ruth murmurou alguma coisa.

"O que foi?", disse Jennings.

Ela estava falando com a cabeça junto ao peito, falando em voz baixa, uma voz ininteligível.

"Não consigo ouvi-la, senhora."

Ruth ergueu a cabeça com tudo, os olhos em fúria. "Eu disse que ela era uma *vadia*. Ela escreveu aquelas palavras! Foi ela quem fez aquilo! 'Eu fodo. Me fode.' Você acha que fui eu quem escrevi aquilo? Ela que escreveu, *em si mesma*, porque tinha *orgulho* disso!

"Eu estava tentando ensiná-la, discipliná-la, mostrar a ela um pouco de decência. Ela escreveu isso só para me ofender, 'eu fodo, me fode'. Ela fez isso, e ela trepou com *todo mundo*. Ela fodeu ele, isso é certeza."

Ela apontou para mim. Depois, para Willie e Donny.

"E com ele e com ele também. Ela trepou com todos eles! Ela teria trepado com o pequeno Ralphie se eu não a tivesse impedido, se eu não a tivesse amarrado aqui embaixo onde ninguém tinha que ver as pernas, o rabo e a boceta, a boceta dela... porque, senhor, isso é tudo que ela era, uma vadia, uma mulher que não sabe que não deve ceder a um homem toda vez que ele pedir por sua xoxota. E eu fiz um bendito de um *favor* a ela. Então, vá se foder, você e o que você pensa. Maldito pedaço de carne vestido de uniforme. Grande soldado. Grande merda. Vá se foder! Eu fiz um bendito de um favor a ela..."

"Senhora", disse Jennings. "Eu acho que a senhora deveria calar a boca agora."

Ele se inclinou para perto dela, e era como se estivesse olhando para algo em que havia pisado na calçada.

"Está entendendo o que eu quero dizer, senhora? Sra. Chandler? Por favor, eu realmente espero que sim. Essa merda que você chama de boca... mantenha-a *fechada*."

Ele se virou para Susan. "Você consegue andar, querida?"

Ela soltou uma fungada. "Se alguém me ajudar a subir a escada, sim."

"É melhor carregá-la", disse Thompson. "Ela não é muito pesada."

"Ok. Você primeiro, então."

Thompson a ergueu, passou pela porta e subiu as escadas. Willie e Donny seguiram atrás dele, com os olhares fixos e voltados para os pés, como se não conhecessem ao certo o caminho. Meu pai seguia atrás deles, como se fizesse parte da polícia agora, observando-os, e eu fui logo atrás. Ruth me seguiu, colada em meus calcanhares, como se estivesse com pressa de acabar logo com isso tudo. Olhei de relance por cima do ombro e vi Au-au vindo praticamente ao lado dela, e o Oficial Jennings atrás dele.

Então eu vi o anel.

A aliança da mãe de Meg reluzia à luz do sol que entrava pela janela dos fundos.

Continuei subindo as escadas, mas, por um instante, eu mal sabia onde estava. Senti o calor percorrendo meu corpo. Continuava vendo Meg e ouvindo a voz dela fazendo com que eu prometesse que pegaria a aliança de sua mãe de volta para ela. Para *pedir* o anel a Ruth, mesmo que ele pertencesse a Meg para começo de conversa, mas estivesse apenas emprestado para ela, como se Ruth tivesse algum direito a ele, como se ela não fosse apenas uma porra de uma ladra. E eu pensei em tudo pelo que Meg devia ter passado até mesmo antes de a conhecer, perder as pessoas que ela amava, tendo restado apenas Susan... e depois ficar com essa substituta. Essa paródia de mãe. Essa piada malévola de uma mãe que tinha roubado não apenas o anel dela, mas tudo: sua vida, seu futuro, seu corpo — e tudo em nome de criá-la, enquanto o que ela estava fazendo não era criar Meg, e sim podar, cortando cada vez mais na raiz; e ela estava adorando tudo, ficava exultante com aquilo, *gozava* com aquilo, pelo amor de Deus — até fazê-la cair na própria terra onde agora jazia, *não criada*, e sim apagada, desaparecida.

No entanto, a aliança permanecia ali. E, na minha fúria repentina, eu percebi que poderia dar um empurrãozinho também.

Eu parei, me virei e levantei a mão até o rosto de Ruth, com os dedos estirados, e vi os olhos escuros dela olhando chocados para mim por um instante e com medo, antes de desaparecerem abaixo da minha mão.

Eu vi que ela *soube*.

E que queria viver.

Vi quando ela tentou se agarrar ao corrimão.

Eu senti quando ela ficou boquiaberta.

Por um instante, eu senti a frouxa carne fria das bochechas dela sob meus dedos.

Eu estava ciente de que meu pai continuava subindo as escadas à minha frente. Ele estava quase no topo da escada agora.

Empurrei.

Nunca me senti tão bem e tão forte antes, nem desde então.

Ruth soltou um grito, e Au-au esticou a mão na direção dela, e o Oficial Jennings fez o mesmo, mas o primeiro degrau que ela atingiu foi aquele em que Jennings estava, ela se contorceu durante a queda e mal o tocou. Latas de tinta caíram no concreto lá embaixo. E o mesmo aconteceu com Ruth, um pouco mais devagar.

Ela caiu de boca aberta e se estatelou na escada. O ímpeto fez com que ela fosse voando para cima e pelos arredores como uma acrobata, de modo que, quando caiu lá embaixo, ela foi de cara no chão de novo, com a boca, o nariz e a bochecha estourando sob todo o peso de seu corpo, que caía como se fosse um saco de pedras.

Eu pude ouvir o pescoço dela estalando.

E então ela ficou lá deitada.

Um fedor repentino encheu a sala. Eu quase sorri. Ela havia se cagado que nem um bebê, e eu achava que isso era ótimo e muito apropriado.

Todo mundo surgiu lá embaixo em um instante, Donny e Willie, meu pai e o Oficial Thompson, menos o peso de Susan, passaram por mim, aos empurrões, e todo mundo gritou e cercou Ruth como se ela fosse algum tipo raro achado em um sítio arqueológico. "*O que foi que aconteceu? O que foi que aconteceu com a minha mãe?!*", Willie estava gritando e Au-au estava chorando. Willie estava realmente perdendo o controle, agachado, curvado por cima dela, com as mãos firmes nos seios e na barriga, tentando fazer uma massagem cardíaca e trazê-la de volta à vida.

"*Que porra foi que aconteceu?!*", berrou Donny. Todos eles olhavam para cima na escada, para mim, como se quisessem arrancar todos os membros do meu corpo fora, e meu pai na escada, só para o caso de eles tentarem fazer isso.

"Então, o que foi que *realmente* aconteceu?", quis saber Thompson.

Jennings apenas olhou para mim. Ele sabia. Ele sabia muito bem, cacete, o que tinha acontecido.

Mas eu não me importava com isso no momento. Eu sentia como se tivesse dado um tapa em uma vespa. Em uma vespa que havia me picado. Nada mais e nada pior do que isso.

Fui descendo as escadas e fiquei cara a cara com ele.

Ele olhou por um pouco mais de tempo para mim. Deu de ombros. "O menino tropeçou", ele disse. "Sem comida, privado de sono, com a amiga morrendo. Um acidente. É uma pena, caramba. Acontece, às vezes."

Au-au, Willie e Donny não estavam caindo nessa, mas ninguém parecia se importar muito com eles naquele momento ou com o que eles estavam aceitando ou não.

O cheiro da merda de Ruth estava terrível.

"Eu vou pegar um cobertor para nós", disse Thompson. Passou por mim.

"Aquele anel", falei. Apontei para a aliança. "A aliança no dedo dela era da Meg. Pertencia à mãe da Meg. Deveria ficar com a Susan agora. Posso dar o anel a ela?"

Jennings me desferiu um olhar aflitivo que dizia que já bastava e que não era para forçar a barra.

Mas eu também não me preocupei com isso.

"O anel pertence à Susan", falei.

Jennings soltou um suspiro. "É verdade, meninos?", ele quis saber. "As coisas vão correr melhor daqui para a frente se vocês não mentirem."

"Acho que sim", disse Donny.

Willie olhou para o irmão. "Seu merda", murmurou ele.

Jennings ergueu a mão de Ruth e olhou para o anel.

"Ok", disse ele, e então, imediatamente, sua voz estava gentil. "Entregue o anel a ela." Ele tirou o anel do dedo de Ruth. "Diga para ela não o perder."

"Pode deixar."

Fui lá para cima.

De repente, eu me sentia muito cansado.

Susan estava deitada no sofá.

Fui andando até ela e, antes que ela pudesse me perguntar o que estava acontecendo, ergui a aliança para ela. Vi que ela olhou para o anel e percebeu do que se tratava. De repente, a expressão em seus olhos fez com que eu ficasse de joelhos a seu lado, e ela esticou a mão na minha direção, com os braços pálidos, e eu a abracei e nós choramos e choramos.

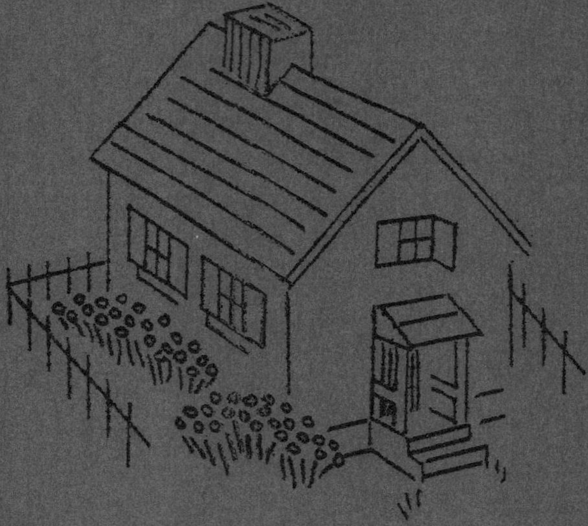

EPÍLOGO

Nós éramos adolescentes — não éramos criminosos, e, sim, delinquentes.

De modo que, segundo as leis, éramos inocentes por *definição*, não devendo ser exatamente considerados responsáveis por nossos atos, como se todo mundo com idade inferior a 18 anos fosse legalmente insano e não tivesse capacidade de diferenciar o certo do errado. Nosso nome nunca foi revelado para a imprensa. Não tínhamos antecedentes criminais nem tivemos publicidade.

Isso me pareceu bem estranho, mas, por outro lado, visto que estávamos excluídos dos direitos que tinham os adultos, suponho que a coisa natural a ser feita seria nos excluir das responsabilidades dos adultos também.

Natural, a menos que fosse Meg ou Susan.

Eu, Donny, Willie, Au-au, Eddie e Denise fomos até a Vara da Infância e Juventude, e eu e Susan testemunhamos. Não havia promotor público nem advogado de defesa, apenas o meritíssimo juiz Andrew Silver e alguns psicólogos e assistentes sociais que discutiam, sérios e de modo ardente, o que fazer com todo mundo. Até mesmo no começo, era óbvio o que deveria ser feito. Donny, Willie, Au-au, Eddie e Denise foram colocados em centros de detenção juvenis: reformatórios, para nós. Eddie e Denise, por apenas dois anos, visto que não tinham participado do assassinato propriamente dito. Donny, Willie e Au-au, até que completassem 18 anos, que era a sentença mais rígida que poderia ser dada naquela época. Aos 18 anos, eles seriam soltos, e os arquivos deles, destruídos.

Os atos das crianças não poderiam ser mantidos contra o homem.

Eles encontraram um lar adotivo para Susan em outra cidade, lá no distrito dos lagos, bem longe.

Por causa do que ela havia dito sobre mim na audiência, e em virtude do fato de que, segundo as leis da infância e da juventude, não havia, estritamente falando, algo como um cúmplice, eu fui mandado de volta à custódia dos meus pais e me foi designada uma assistente social psiquiátrica. Uma mulher gentil, com ares de professora de escola, chamada Sally Beth Cantor, que ia me ver uma vez por semana, e, depois, uma vez por mês durante exatamente um ano. Ela sempre parecia preocupada com o meu "progresso" no "lidar com" o que eu havia visto e feito, e com o que não havia feito, ainda que sempre parecesse também meio sonolenta, como se tivesse feito isso um bilhão de vezes antes e como se desejasse, contra toda a razão e todas as evidências, que meus pais fossem bem mais impiedosos comigo ou que eu fosse para cima deles com um machado ou algo do tipo, só para que ela tivesse algum problema ou ocorrência para trabalhar.

Então o ano acabou, e ela simplesmente parou de vir. Passaram-se três meses completos antes que eu sentisse a falta dela.

Eu nunca mais vi nenhum deles de novo. Pelo menos, não pessoalmente.

Eu me correspondi com Susan por um tempinho. Os ossos dela se curaram. Ela gostava dos pais adotivos. Conseguiu fazer alguns amigos. E depois parou de escrever. Não perguntei o motivo. Eu não a culpava.

Meus pais se divorciaram. Meu pai se mudou da cidade. Eu não o via com muita frequência. Acho que ele se sentia envergonhado por minha causa. Eu também não o culpava.

Eu me formei na escola, no grupo dos piores da classe, o que não foi surpresa nenhuma para ninguém.

Frequentei a faculdade por seis anos, interrompidos por dois anos que passei no Canadá para evitar ser chamado para o Exército, e saí com um Mestrado em Negócios. Dessa vez eu me formei como terceiro da minha classe. O que foi uma grande surpresa para todo mundo.

Consegui um emprego em Wall Street, casei com uma mulher que tinha conhecido em Victoria, me divorciei, casei de novo e me divorciei de novo um ano depois.

Meu pai morreu de câncer, em 1982. Minha mãe teve um ataque cardíaco, em 1985, e morreu no chão da cozinha, perto da pia, segurando um brócolis. Até mesmo no fim de sua vida, sozinha e sem ninguém para quem cozinhar, ela manteve o hábito de comer bem. Nunca se sabia quando a Grande Depressão estaria de volta.

Voltei com Elizabeth, minha noiva, para vender a casa da minha mãe e liquidar seu espólio e, juntos, remexemos nas relíquias amontoadas dos quarenta anos em que minha mãe morou lá. Encontrei cheques não descontados dentro de um livro da Agatha Christie. Encontrei cartas que eu tinha escrito na faculdade e desenhos feitos em giz de cera que tinha feito no primeiro ano da escola. Encontrei itens de jornal amarelados com o tempo sobre a abertura do Eagle's Nest do meu pai e de ter conseguido um prêmio ou outro dos Kiwanis, da organização dos veteranos de guerras em terras estrangeiras ou do Rotary.

E encontrei recortes sobre a morte de Megan Loughlin e Ruth Chandler.

Obituários do jornal local.

O obituário de Meg era curto, quase dolorosamente curto, como se a vida que ela havia vivido mal se qualificasse como uma vida.

> LOUGHLIN, Megan, 14. Filha do falecido Daniel Loughlin e da falecida Joanne Haley Loughlin. Irmã de Susan Loughlin. O velório será realizado na Casa Funerária Fisher, na avenida Oakdale, 110, Farmdale, NJ, no sábado, às 13h30.

O obituário de Ruth era mais longo.

> CHANDLER, Ruth, 37. Esposa de William James Chandler, filha do falecido Andrew Perkins e da falecida Barbara Bryan Perkins. Estão vivos seu marido e seus filhos, William Jr., Donald e Ralph. O velório será realizado na Casa Funerária Hopkins, Valley Road, 15, Farmdak, NJ, no sábado, às 14h.

Era mais longo, mas tão vazio quanto o de Meg.

Olhei para os recortes e me dei conta de que os velórios das duas estavam separados por meia hora naquele dia, realizados em casas funerárias a cerca de seis ou sete quadras uma da outra. Eu não tinha ido a nenhum dos dois. Não conseguia imaginar quem teria ido.

Fiquei olhando para o lado de fora da janela da sala, na casa do outro lado da garagem. Minha mãe tinha dito que um jovem casal vivia ali agora. Boas pessoas, ela disse. Sem filhos, mas com esperanças. Eles colocariam um pórtico na casa assim que tivessem dinheiro.

O próximo recorte era uma foto. Uma foto de um homem jovem, bonito, com cabelos castanhos curtos, um sorriso de pateta e olhos arregalados.

A foto me parecia familiar.

Desdobrei a foto.

Era um item do *Star-Ledger*, de Newark, datado de 5 de janeiro de 1978. A manchete era: "Homem de Manasquan indiciado por assassinato", e a história falava sobre como o homem da foto havia sido preso no dia 25 de dezembro, com um jovem não identificado, ambos ligados ao esfaqueamento e às mortes por queimadura de duas garotas adolescentes, Patricia Highsmith, 17 anos, de Manasquan, e Debra Cohen, também de 17 anos, de Asbury Park.

As duas vítimas apresentavam sinais de ataque sexual e, embora tivessem sido esfaqueadas repetidamente, a causa da morte era queimadura. Elas haviam sido banhadas com gasolina, e haviam ateado fogo nelas em um campo abandonado.

O homem da foto era Au-au.

Minha mãe nunca tinha me contado a respeito. Olhei para a foto e ponderei que havia pelo menos um bom motivo para isso: eu mesmo poderia ter lido o jornal e visto a foto.

Com seus vinte e poucos anos, Au-au tinha ficado tão parecido com Ruth que era assustador.

Como todos os outros recortes, este havia sido enfiado em uma caixa de camisa e colocado na escada do sótão, e as bordas estavam secas, marrons e esfarelando. Mas notei alguma coisa ao longo da margem.

Virei o recorte e reconheci a caligrafia da minha mãe. Ela havia escrito a lápis ali, e a escrita estava desbotada, mas legível.

Logo ao lado da manchete e subindo ao longo da lateral da foto, ela havia escrito, com fina ironia: "Fico imaginando como estão se saindo Donny e Willie…".

E agora, na incerta e confusa véspera do meu terceiro casamento, com uma mulher que teria exatamente a idade de Meg caso ela estivesse viva, atormentado por pesadelos, todos os quais parecem ser referentes a ter medo de falhar novamente, de falhar com *alguém*, de deixar, descuidadamente, alguém à mercê das durezas do mundo, e adicionando àqueles nomes que minha mãe havia garatujado ao longo da lateral do recorte os nomes de Denise e Eddie Crocker, além do meu próprio nome — eu também me faço essa pergunta.

no___ta do autor
NOTA DO AUTOR_____

_____THE²   ffff ²www
THE_____the
      ____the
TTTTTT vvvv xeeee
____xxxx____
TTTTTTTTTffff vvvv
vvvv____ ____ ____

xxxxxxx____
fffffffTTTT
do autor vvvv

JACK KETCHUM

ENTRE O PAVOR E A FÚRIA

"Quem te ama, baby?", diz Kojak.

Bem, com o grego de maior confiança do mundo vendendo jogos de azar em Atlantic City, quem vai saber? No entanto, eu sei quem e o que me *assustam*.

O *que*, falando em termos gerais, é o imprevisível. Não que algum encontro ao acaso com uma mulher de cabelos vermelhos me faça voltar correndo até o meu apartamento para pegar crucifixo e alho. Está mais para coisas como Alzheimer, aids, ou pássaros entrando em motores de aviões. Eu estava descendo pela Broadway um dia quando uma penteadeira inteira de carvalho caiu com tudo na calçada, dois passos à frente de mim. *Isso* me assustou. Isso me deixou assustado e enfurecido.

E eu me sinto da mesma forma em relação às pessoas que me assustam. Elas me deixam furioso. Fico ressentido por dividir o meu planeta com criaturas sinistras como Bundy, que se parecem comigo e que falam como eu, e que são muito charmosos, exceto pelo fato de que eles têm esse lance esquisito, caramba, eles gostam de arrancar os mamilos das pessoas com mordidas.

Isso não tem a ver apenas com empatia com a vítima. Quero dizer... eu também tenho mamilos.

Sociopatas me assustam e me deixam enfurecido. Não somente os sociopatas famosos, como Manson e Gary Tison, mas também os caras que arrancam dinheiro de velhas senhoras com golpes na Flórida. Todos esses tipos desprovidos de consciência. Eu conheço uma mulher cujo marido perdeu o emprego na bolsa de valores e, para cobrir suas dívidas, forjou empréstimos em nome dela totalizando mais de 250 mil dólares, isso sem falar em formulários da Receita Federal, e agora está sendo o inferno na terra para ela, com a possibilidade de a casa ser tomada para pagar a dívida, além de impostos vencidos, e ela, com uma criança para cuidar que, tragicamente, ainda ama o cara do jeito como uma criança de 8 anos tem que amar o pai. Não o vê nem recebe notícias dele desde março de 1989. Nem ninguém mais sabe dele. Ele fugiu. Ninguém pode pôr as mãos nele. Enquanto o mundo cai em cima da esposa e do filho como enxames de moscas.

Eu queria escrever sobre um desses canalhas fazia um bom tempo. Sobre a diferença deles. E o que acontece conosco, pessoas de verdade, quando acreditamos que eles sejam humanos.

Encontrei uma dessas em *Bloodletters and Badmen,* de Jay Robert Nash. O crime dela era incomum e repulsivo por completo.

No passar dos meses, e com a ajuda do filho adolescente e das filhas, e, por fim, das crianças da vizinhança também, ela havia torturado até a morte uma garota de 16 anos, uma hóspede, em frente à irmã caçula dela, aparentemente para "lhe ensinar uma lição" sobre o que era ser uma mulher no mundo.

Os filhos dela me lembraram de alguma coisa saída de *O Senhor das Moscas.* Mas esqueçam as crianças, pois eis essa mulher, essa adulta, dando-lhes permissão, orquestrando coisas e os conduzindo a cada passo do caminho em um jogo doentio de instruções que tinha a ver com um ódio fundamental de seu sexo e com a incapacidade de enxergar qualquer sofrimento que não fosse o dela. E depois transmitir isso a um bando de adolescentes. Os *amigos* da garota.

Havia uma foto dela no livro. Seu crime ocorreu em 1965, quando ela estava com 36 anos, porém, o rosto no livro era de 60 anos. A pele manchada e flácida, com rugas profundas, uma boca fina e amarga, uma entrada na testa e cabelos sujos com o penteado da década anterior.

Olhos escuros e fundos que conseguiam parecer assombrados e vazios ao mesmo tempo. Assustador. Eu fiquei imediatamente enfurecido com ela.

A imagem dela permaneceu comigo.

Então, alguns anos depois, a minha mãe faleceu, bem amada, na mesma casa em New Jersey em que eu tinha crescido e que conhecia desde a infância. De quase todas as formas que importavam, essa casa ainda era uma base de operações para mim. Lidei gradualmente com ambas as perdas, deixando meu apartamento de tempos em tempos, e passando muito tempo ali, repassando os pertences dela, conhecendo seus vizinhos de novo, lembrando.

Na época, eu estava retrabalhando em *She Wakes*, meu único romance sobrenatural até hoje. Eu o tinha engavetado por um tempo. E foi bom voltar a ele na época, porque eu estava sem condições de começar algo novo ou algo de verdade naquele momento. Uma deusa reencarnada em uma ensolarada ilha grega simplesmente estava ok para mim.

No entanto, aos poucos, aquela mulher se insinuou novamente. Talvez fosse o penteado no estilo da década de 1950. Não sei.

Porém, quando eu era criança, minha rua era um beco sem saída e todas as casas eram cheias de bebês, filhos da guerra. Eu podia imaginar aquela mulher cometendo seus crimes ali. E então, se a gente viveu na década de 1950, a gente conhece seu lado obscuro. Todos aqueles nódulos pestilentos, belos, suaves e confortáveis, de segredo e repressão, prestes a estourar. Havia o tipo perfeito de isolamento e um elenco inerente de personagens que eu podia moldar com base nos personagens reais.

Então eu pensei: volte lá para 1958, quando você tinha 12 anos. Em vez do Meio-oeste, onde aquilo realmente aconteceu, use New Jersey.

E, estando lá, especialmente durante o verão, continuei lembrando das coisas. O cheiro do bosque, as paredes úmidas das quais escorria água como se fosse sangue no porão. Coisas que eu estivera ocupado demais para me lembrar durante anos estavam me mantendo acordado por noites agora. Havia muitos detalhes vindo à tona para resistir, e eu nem tentei. Eu podia até mesmo fazer menção de vez em quando ao que eu gostava em relação àquela época. Nós tínhamos riachos, pomares e portas destrancadas. Nós tínhamos Elvis.

Mas eu também não estava fazendo nada no estilo de *Happy Days*. Eu não tinha trabalhado em um assunto tão sombrio assim desde *Off Season*, meu primeiro livro. E *Off Season* era sobre canibais na costa do Maine, caramba! Ninguém o levaria muito a sério, por mais que eu escrevesse algo de revirar as entranhas. Ao passo que este era sobre abuso infantil. Um abuso tão extremo que, ao escrever o livro, em determinado momento eu tomei a decisão de aliviar um pouco o que aconteceu e deixar algumas coisas completamente de fora.

Ainda assim, é bem extremo.

Não havia como evitar isso, não que eu pudesse ver uma maneira de fazê-lo. O problema, na verdade, era manter o livro extremo sem defraudar no processo todas aquelas crianças da vida real que são abusadas todos os dias.

Levantar questões quanto a problemas técnicos ajudou. Usei a voz em primeira pessoa, para começo de conversa, com o menino da casa ao lado como narrador. Ele é um menino perturbado, mas não insensível, que vacila entre a fascinação com a própria licença envolvida e com o que a empatia está lhe dizendo. Ele vê muito do que acontece. Mas não tudo. O que me permitiu esboçar algumas coisas em vez de abordá-las bem de perto e a todo vapor.

Ele também está se pronunciando cerca de trinta anos depois. Ele é adulto agora, pode editar. Então, em algum momento, quando as coisas atingem o pior, faço com que ele diga: Sinto muito, eu simplesmente não vou lhe mostrar isso. Imagine a cena por si, se quiser e caso se atreva a fazê-lo. Eu? Eu não vou te ajudar.

A voz em primeira pessoa em um livro de suspense pode automaticamente mudar a simpatia do leitor diretamente para o objeto da violência. Usei a voz em primeira pessoa em *Hide and Seek* com esse propósito. Você sabe que quem quer que esteja falando com você vai sobreviver, então não tende a se preocupar muito com a segurança física dele. (Embora possa se preocupar com sua segurança moral, e espero que seja isso o que aconteça aqui.) Porém, se a coisa for feita do jeito certo, você vai se preocupar com a segurança das pessoas com quem ele *se importa*. Neste caso, a garota da casa ao lado e sua irmã.

É algo traiçoeiro. Porque, se as pessoas com quem ele se importa fossem esboçadas de forma insuficiente ou se não fossem simpáticas o bastante, ou se você, como leitor, não gostar de advogados ou cachorros do jeito como ele gosta, você vai acabar apenas observando os bandidos, a violência ou ambos. Ou vai acabar fechando o livro para sempre.

Porém, eu não estou muito preocupado quanto a isso (diz ele, sorvendo grandes goles do fundo de sua caneca de extrema autoconfiança). Se o livro tem uma moral ambígua, uma tensão moral, é porque deve tê-las. Este é o problema que este menino tem que resolver no livro todo, um problema com sua visão das coisas. E não estou muito preocupado com isso, porque gosto dessas garotas e acho que isso está claro. Elas não são apenas vítimas. Em alguns aspectos, especialmente na maneira como se relacionam uma com a outra, eu acho que elas são bem heroicas.

E porque, em contraposição, esses outros tipos me assustam.

Eles me assustam, e, por estarem diante de mim toda vez que abro um jornal ou ligo a TV no noticiário da noite ou converso com alguma mulher cujo marido bêbado a espancou de novo, eles realmente me deixam enfurecido.

Jack Ketchum

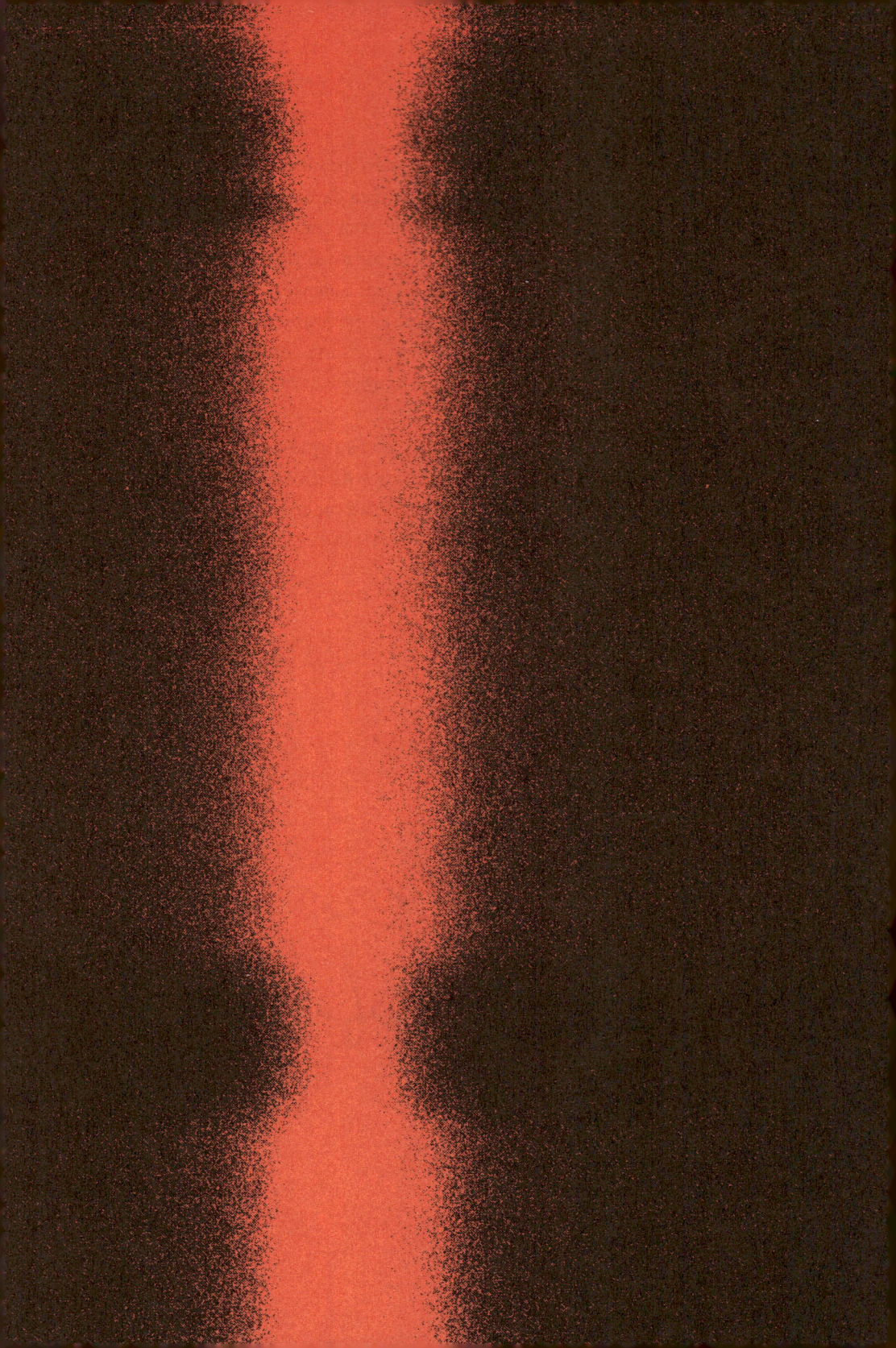

FUMAÇA
SANGUE E
CARNE

APRESENTAÇÃO DE GETRO GUIMARÃES

Jack Ketchum, como você viu até aqui, tem uma maneira bastante meticulosa mas direta de contar suas histórias. Ele consegue não só a proeza de nos transportar para o universo que descreve, como também de nos fazer sentir que os gostos e cheiros ali descritos são desagradáveis. Fumaça de cigarro. Sangue pisado. Carne queimada.

Os vilões construídos não são entidades sobrenaturais que surgem à noite para atacar, mas pessoas próximas que você talvez conheça. Já os protagonistas, vítimas do acaso, são submetidos a torturas psicológicas se não impostas por terceiros, impostas por eles próprios. Expert em amargura, Ketchum, o "homem mais assustador da América", segundo o mestre Stephen King, é uma espécie de versão gringa macabra do brasileiro Nelson Rodrigues.

A edição de *A Garota da Casa ao Lado* que você tem em mãos traz um bônus: os contos a seguir são outros borrifos de sangue para a sua memória.

Em "Você ama sua esposa?", John Bass, um homem consternado por conta de um fracassado relacionamento amoroso, é atormentado por sonhos delirantes e assustadores e decide enfrentar de uma vez por todas seus fantasmas do passado, custe o que custar.

No bizarro "Retornos", um recém-falecido volta a perambular por seu antigo apartamento sem saber ao certo por que não "descansa em paz". Qual seria a missão pós-morte que lhe foi reservada? Em sua forma etérea, o homem tenta estabelecer contato com a ex-esposa, porém, apenas Zoey, sua gatinha de estimação, consegue vê-lo.

Jack Ketchum provoca, transgride e questiona morais e preceitos que nossa sociedade carrega sem nenhuma culpa. Espiar a casa ao lado, neste caso, pode acabar revelando algo sobre os outros, mas também sobre nós mesmos. Você está pronto?

CONTOS
INÉDITOS

JACK KETCHUM

VOCÊ AMA SUA ESPOSA?

"Às vezes eu sinto como se você estivesse... eu não sei, parece que você não está mais nem aí", disse ela. "Como se não importasse o que eu fizesse, que não faria diferença alguma. Sabe do que estou falando?"

Eles estavam deitados na cama. Ele estava cansado e um pouco zonzo por causa dos uísques que havia tomado depois do trabalho. *The Power and the Glory*, de Greene, estava aberto no colo dela. Ele estava na metade de *Bay of Souls*, de Stone.

Ela estava certa.

Stone obviamente poderia entrar em ação sozinho. Ele, não.

Ela ia viajar para a Califórnia dentro de poucos dias, deixando para trás o frio de Nova York e a frieza dele mesmo por mais ou menos uma semana. Seu ex-amante a chamava. Talvez ele fosse se tornar seu amante outra vez. Bass não tinha perguntado.

"Eu não estou reclamando", disse ela. "Não estou criticando. Você sabe."

"Eu sei."

"E não é só comigo e com você. Parece que é assim com tudo. Você costumava escrever. Que diabos, você pintava! Isso não é do seu feitio."

"Obviamente, isso meio que *faz parte* de mim."

"Não é sua melhor parte."

"Bem... talvez não."

Ela não disse o restante da frase. *Até mesmo depois de três anos inteiros, ainda é ela, não é?* Ela não tinha a mais leve vontade de machucá-lo com isso. Ela estava simplesmente fazendo uma observação e deixando para ele uma abertura, caso quisesse conversar. O que ele não queria fazer. Fosse como fosse, não era precisamente a perda de Annabel que o incomodava nesses dias. Era o que havia sobrado dele na ausência dela. O que parecia ser cada vez menos uma diferença distinta, ainda que sutil. Ele continuava a sentir como se estivesse rolando para longe, debaixo da água espumosa que ficou depois da separação dos dois. Bem lá embaixo, onde a água ainda era profunda e muito transparente.

"Confronte-a", disse Gary.
"Annabel?"
"Sim, Annabel. Quem mais seria?"
"Depois de todo esse tempo?"
"Exatamente por isso. Você não vai ficar mais jovem."
"É mais fácil falar do que fazer. Ela está casada agora, lembra?"
"Você e a Laura também. Do jeito muito estranho de vocês."

Ela estava se referindo ao fato de que Laura estava se encontrando com seu antigo amante novamente. Gary não aprovava e não se importava de dizer o que pensava. Eram quatro horas da manhã. Eles estavam fechando o bar The Gates of Hell. *Os portões do inferno.* Era uma noite quente de verão e a galera de seus trinta e tantos havia comparecido, veloz e furiosa, apesar dos drinques feitos com bebidas baratas.

"Confronte os dois então, que diabos!"
"Eu nem mesmo o conheço. Nos encontramos uma vez quando ela estava bancando a *barwoman*, o que durou cinco minutos. Eu não sei ao certo se o reconheceria caso ele estivesse sentado bem na minha frente."

"Então talvez isso seja parte do problema. Você não conhece o cara. Então não sabe o que ele oferece a ela. Você não sabe o *porquê dele*... quero dizer, às vezes você conhece o outro cara e ele não é tudo isso, sabe? Isso faz com que *ela* caia um pouquinho em seu conceito. Às vezes, é disso exatamente que você precisa.

"Você sente falta dela e acha que está perdendo essa... enorme personalidade. Mas você só a está vendo no contexto de vocês dois. Você não tem nenhuma perspectiva. Você está dentro de si mesmo, revirando as coisas. Bagunçando com a perspectiva. Você acha que conhece alguém, mas não conhece, não até que more com a pessoa ou a veja em alguma situação totalmente nova, como com outro alguém. De qualquer forma, é assim que eu penso. E ainda acho que você é maluco pra cacete de deixar a Laura pegar um avião para ir ver algum palhaço na Califórnia."

Ele ignorou a última parte. Ele não podia dizer a Laura o que fazer nem queria fazer isso, de qualquer forma. Tinha que presumir que ela sabia o que estava fazendo.

Mas ele achava que era possível que Gary tivesse razão em alguma coisa no que dizia respeito a Annabel. Quando foi embora, ela insistiu em cortá-lo de sua vida por completo. Nada de telefonemas, nem e-mails, nem cartas. Uma separação limpa, era como ela havia se referido a isso. Ele se lembrava de ter se encolhido com o doloroso clichê.

A princípio ele não acreditou que ela fosse capaz de ter tal pensamento draconiano, não com relação a eles dois, então ele tentou, de qualquer forma. Mas ficou aparente que nenhum confronto, nenhuma tentativa de manter contato de nenhum tipo, a não ser aparecer no apartamento dela, estava prestes a acontecer.

Ele sabia aonde *essa* visitinha levaria. O acesso à casa dela se dava por meio de convite, apenas. Isso somente lhe causaria a humilhação de ter uma porta, que antes fora aberta para ele, fechada com tudo na sua cara.

O último dos e-mails que ela havia enviado a ele era calmo e deliberado, informando-o de que ela havia jogado fora todas as fotografias que tinha deles dois e sugerindo que ele fizesse o mesmo. Que isso aceleraria o processo de cura. Era ainda outro clichê, mas que ele deixou passar. Três meses depois, ela havia se casado com um cara que havia conhecido e com quem terminava e voltava, por um bom tempo, antes de eles dois se conhecerem, e essa foi a última notícia que ele teve sobre ela.

Ele tinha ficado com raiva, magoado e surpreso com o desenrolar das duas coisas. Primeiro ao ser cortado da vida dela, e, depois, o casamento. Mas não haveria nenhum apelo nem seria útil uivar ao vento. Simplesmente parar com toda comunicação, cortar toda a comunicação tinha parecido intolerável. Por um tempo, Bass quase a odiou.

Ainda assim, três anos depois, ele não sentia mais raiva. Ele podia apenas se perguntar aonde a raiva teria ido. Porque, na época, o *você vai superar isso com o tempo,* com o *fazer uma separação limpa* e *acelerar o processo de cura* haviam parecido o Pai, o Filho e o Espírito Santo da baboseira psicológica inútil. Essas coisas o deixavam com repulsa e furioso.

No entanto, talvez com o passar do tempo, essas coisas tenham sido obtidas, afinal de contas. *Vitória por meio da inanidade.*

Porque aqui estava ele.

Curioso, de um jeito meio que passivo, em relação à possibilidade de que algo pudesse fazer com que ele levantasse o rabo morto novamente, que causasse a ressurreição de seu senso de engajamento na Vida Pós-Annabel. Porém, a palavra operativa ainda era *passiva.* Confronto? Três anos atrás, em um minuto. Mas agora ele nem mesmo sabia ao certo se tinha energia para isso. Era possível que o tempo para explicações e entendimentos e aquela mais odiosa de todas as palavras formais, *conclusão,* tivessem simplesmente chegado e acabado.

Ele nunca tinha jogado fora as próprias fotografias.

Então ele repassou essas fotos pela primeira vez em um bom tempo, comendo carne-seca no pão de centeio no almoço do dia seguinte. Ele sentiu uma breve dor aguda ao olhar as fotos. A pontada em um músculo da qual a gente poderia se livrar logo depois com alongamento.

Ainda assim, era alguma coisa.

Ele decidiu fazer uma busca sobre ela na internet. Ele havia pensado em fazer isso antes, mas resistiu à ideia, temeroso de sofrer mais humilhações.

Ele digitou o nome de solteira dela e não obteve nenhum resultado. Então ele tentou o nome de casada. O que resultou em uma única fotografia. Uma foto de casamento de dois anos e meio atrás, com Annabel e o marido, Gerard, em pé e sorrindo debaixo de uma liteira de frondosas palmeiras verdes, na frente de um antigo hotel de New Orleans. Annabel estava adorável em um vestido verde-claro com os ombros à mostra, o marido levemente mais baixo do que ela e ficando careca, usando uma camisa branca de seda de mangas curtas, com um sorriso torto e um chapéu de palha novo e engomado. O olhar contemplativo dela não estava voltado para a câmera, e sim para o céu. E isso era exatamente típico dela. Annabel era pintora, e o céu era seu verdadeiro norte, sua tela.

Era a única coisa familiar.

A legenda dizia: Apresentando o sr. e a sra. Gerard Pope no Mardi Gras. Vejam aonde nós fomos e o que fizemos!

A foto estava no website do marido dela. Bass não tinha nenhum motivo para pensar que ele até mesmo tivesse um site. Não tinha a mínima ideia de que ele ganhava a vida escrevendo romances de detetive e, ao que parecia, livros relativamente de sucesso. Ele ficou vagando pelo site. Capas de livros, uma bibliografia, um quadro de mensagens e citações da *Publishers Weekly* e de Lawrence Block. Nem um pouco decadente. Ele tinha um personagem de uma série que apareceu primeiro em seis livros de capa mole e depois, mais recentemente, em dois livros de capa dura, presumivelmente com versões em capa mole a caminho.

Ele sentiu aquela pontada de dor novamente.

Possivelmente, essa pontada de dor fosse inveja. Bass havia nutrido seriamente a esperança de um dia ele mesmo escrever; trabalhar como *barman* era supostamente para ter sido algo temporário.

Ou talvez fosse o fato de que ela e Bass haviam falado sobre ir para New Orleans também, enquanto o mais longe ao sul que tinham ido fora até Cape May, na primavera, no primeiro ano juntos.

Porém, era mais provável que ele estivesse começando a vivenciar aquilo de que Gary havia lhe falado.

Contexto.

Aqui estava ela, Annabel, abraçada na foto. Outra Annabel, uma Annabel diferente. Bem longe do escopo ou da influência daquela entidade que uma vez tinha sido Annabel e Bass juntos. Com um homem que ele mal reconhecia, para todos os efeitos, um completo estranho. E, na presença deste homem, pelo menos naquele dia, ela estava feliz.

Então parecia que ela podia ser perfeitamente feliz sem ele.

É claro que ele sabia disso. Qualquer grande cérebro que se preze poderia chegar a essa conclusão. Porém, ele achava que a pontada de dor não vinha dali, e sim de alguma parte menos equilibrada do cérebro. Parte esta que os homens partilhavam com cobras, pássaros e dinossauros. Parte esta que tem uma única coisa acima de tudo e que é clara como o sol: *coma ou seja comido*. Conquiste ou seja conquistado.

Apenas uma pontada de dor.

O bastante para que, quando uns dias depois, Laura sorriu para ele e lhe deu um beijo de despedida na porta do apartamento e carregou suas bagagens para baixo até o táxi que se dirigia ao LaGuardia, essa pontada de dor, inesperadamente, deixou de ser uma pontada e passou a ser um latejar. Vazando e entrando nesse recém-adquirido segundo vazio em sua vida, criado pela ausência dela, como uma represa construída por castores sendo desfeita aos pedaços, lentamente, por uma pesada chuva rio acima.

O foco imediato dessa sensação era em Gerard, e não em Annabel. O que parecia estranho para ele, porque, tirando o website do homem, ele não fazia a mínima ideia nem de quem era Gerard. Bass comprou um dos livros dele com capa mole, mas ele odiava thrillers, então, além de ler as primeiras páginas para confirmar que o homem era capaz de lidar com linhas e parágrafos com mais do que uma medíocre habilidade, ele não mergulhou mais a fundo na leitura. Então, como é que ele podia sentir uma tão crescente *animosidade*, porque era disso que se tratava, em direção a alguém com quem ele nunca tinha trocado um aperto de mãos? Sobre cujos hábitos, gostos, voz, talento ou falta deste, ele nada sabia?

Como é que a gente pode começar a desgostar do que se resume a uma abstração humana?

Boa pergunta, pensou ele...

No entanto, a vida em seus sonhos não estava fazendo perguntas.

E Gerard estava começando a aparecer aqui e ali bem regularmente.

Em um sonho, ele e Gerard estavam tentando decifrar instruções borradas e meio apagadas impressas em um saco de comida congelada, algum tipo de pão recheado italiano. Eles precisavam saber quanto tempo o pão deveria ficar dentro do forno e não conseguiam ler as malditas instruções. Isso era muito frustrante.

Em outro sonho eles estavam jogando xadrez. As peças viviam desaparecendo. Um peão aqui, um bispo ali. Bass suspeitava que ele mesmo estava trapaceando.

Em outro sonho ainda, eles estavam sentados debaixo da sombra de uma árvore no Central Park, observando uma menininha brincar no trepa-trepa, e essa menininha era Annabel. Isso não parecia estranho para nenhum dos dois. Bass acendeu um cigarro e tragou, e Gerard se inclinou para a frente, sorrindo, tirou-o dos lábios de Bass e o jogou para longe. Annabel deu risada, pulou do trepa-trepa e esmagou o cigarro com os pés. Bass ficou furioso com ambos.

Então ele teve aquele sonho realmente ruim.

Lá está Gerard, sentado em frente a uma mesa de carvalho no estilo interiorano, maciça, e ele está atado a uma pesada poltrona de madeira. Suas pernas estão amarradas às pernas da poltrona e os braços estão atados aos braços da poltrona. Não se vê Annabel em lugar nenhum. Gerard está fitando Bass, com o cenho franzido de ansiedade. Bass pergunta a ele: você ama sua esposa? Ele responde que sim com um movimento de cabeça.

Então, de repente, lá está Annabel, amarrada de forma similar ao marido, a uma poltrona também similar àquela em que ele está, na outra extremidade da mesa. Atrás dela está uma porta telada aberta para a noite estrelada. Mariposas passam pela entrada, atraídas pela luz. Uma mariposa-luna, da cor do vestido de casamento dela, pousa nos nós dos dedos de sua mão direita, onde ela se segura na cadeira. Bass afasta a mariposa dali, e sua faca de trinchar a substitui de imediato, grande, afiada e elegante de seu jeito, e posicionada de modo a separar da mão todos os quatro dedos dela, e talvez o polegar também, como um extra.

Ele pergunta a Gerard de novo, "você ama sua esposa?", e pressiona de leve a faca na carne dela.

Gerard responde que sim com um movimento de cabeça, e Bass vê que ele está amordaçado agora, assim como ela.

Bass ergue a faca dos dedos dela e a transfere para a mão direita de Gerard, e pergunta a ele, uma terceira vez, "você ama sua esposa?", e ele faz que sim com a cabeça de novo, devagar, triste, ao que parece, quase uma reverência polida a ele e cheia de compreensão. Ele estica a mão livre para colocá-la em cima da faca e a empurra de repente para baixo, e os gritos por trás da mordaça e o som e a sensação da faca quebrando ossos são o que o acordam.

Ele ficou reprisando o sonho, indo e voltando, a noite toda, no Gates of Hell. Bass não cortejava o sonho. Ele simplesmente não ia embora. Se Gary tivesse perguntando ao menos como iam as coisas, ele teria contado a ele sobre o sonho imediatamente, com quantos detalhes conseguisse se lembrar, mas ele não perguntou nada, e não poderia muito bem ter disparado a falar entre daiquiris de banana e coquetéis *bijou*.

No entanto, foi o sonho e o quanto ele permanecia vivendo o sonho que o levaram a agir no dia seguinte.

O site oficial de Gerard Pope não tinha nenhum endereço de e-mail, mas tinha, na verdade, um quadro de mensagens onde os leitores podiam discutir a obra dele, trocar observações e opiniões, e Bass notou de imediato que Gerard tinha a tendência de fazer login no site uma vez por semana, no fim de semana, e responder a quaisquer perguntas que tivessem sido feitas a ele. Ele fazia isso com regularidade.

Seu estilo nessas mensagens era aberto, de um jeito encorajador, além de natural. Ele era até mesmo engraçado. Amigável. Bass refletiu sobre o fato de que, embora Annabel houvesse proibido que ele travasse alguma forma de contato com ela, não havia dito nada em relação a Gerard.

Bass se sentou, acendeu um cigarro, deu uma tragada profunda e escreveu uma mensagem breve na noite de quinta-feira, depois do trabalho.

Boa foto. Ela fica ótima de verde. Eu gosto do olhar distante, voltado para o céu, é claro. Conheço-o bem. Está a fim de se atualizar sobre os velhos tempos que nunca passamos juntos? Se estiver curioso, o e-mail está aí em cima. Bass.

No domingo, ele teve uma resposta.

Ela provavelmente me mataria por isso, mas, sim, eu acho que sou curioso. Você ainda está no West Side? Se estiver, que tal almoçar no Aegean, na terça-feira, à uma da tarde? Saudações, Pope.

Então ele também usava o último nome. Interessante.

Bass enviou um e-mail a ele dizendo que terça-feira era uma boa.

Na noite de segunda-feira, ele sonhou com outra coisa totalmente diferente. Pelo menos ele achava que se tratava de outra coisa totalmente diferente. Era um dia radiante e belo, e ele estava dirigindo por uma autoestrada quando outro carro estacionou ao longo do dele, e Bass e o motorista trocaram um olhar de relance. Quem dirigia era uma mulher loira, levemente acima do peso, pensou ele, mas ela abriu para ele um sorriso banguela que simplesmente o chamava.

Em seguida, ele viu que estava no carro dela, no banco do passageiro, e logo depois *disso*, eles estavam com o carro estacionado ao longo do acostamento da estrada, e o carro era agora um trailer, e eles estavam nus na cama dela, fazendo amor, e mesmo com o corpo dela sendo bem cheinho, o sexo era muito bom, na verdade, não era nem um pouco ruim. Ficou ainda melhor quando ela se transformou em uma magra e bela morena, a modelo Paulina Porizkova, que Bass havia desejado desde que pusera os olhos nela. E ela continuava fazendo isso: transformando-se de Paulina na loira banguela e voltando a Paulina.

"Eu acho que talvez você devesse passar a noite aqui", disse ela, na forma da loira.

Ele disse: "Eu achei que você nunca fosse me convidar".

Ele acordou mal com tempo de tomar uma ducha, barbear-se e pegar uma xícara de café no caminho.

O Aegean estava com um movimento moderado no almoço, e havia muitas mesas disponíveis, mas Pope estava no bar, no canto, de frente para a porta. De imediato ele abriu um sorriso e esticou a mão para um cumprimento. "Gerard Pope", disse ele.

"John Bass. Como você sabia que eu era eu?"

"O quê? Ah, as fotos."

"Fotos?"

"É."

"Ela guardou as fotos?"

"Algumas, eu acho. Não sei quantas. Eu só conheço você daquelas que ela mostrou para mim. A maioria de Cape May. Você sabe como são as mulheres... aquelas fotos em que ela havia saído realmente bem."

Ele sorriu e balançou a cabeça. "Caramba."

"O que você vai tomar?", disse o barman. Pope estava bebendo uma cerveja O'Doul's sem álcool.

"Amstel Lite."

"É para já."

"Eu achei que ela tivesse destruído todas as fotos."

"Annabel? Annabel não consegue jogar fora nem uma lâmpada queimada."

A cerveja dele chegou com uma caneca congelada, e eles pediram o cardápio e ficaram falando de trivialidades, sobre o site dele, na maior parte do tempo, o qual Bass disse que admirava e que tinha sido feito para ele por um fã no Colorado em troca de colecionáveis raros, primeiras edições e tal, e eles foram pedindo coisas para comer e beber, e então, aos poucos, a conversa começou a ficar mais pessoal, e Bass ficou sabendo que eles haviam se mudado duas vezes em três anos para apartamentos maiores e melhores, de Hell's Kitchen para o West Side e, por fim, para o Soho. Bass ficou sabendo que dois dos livros de Pope haviam recebido propostas para filmes, mas que ele não estava necessariamente contando com que fosse além disso. Ele ficou sabendo que Annabel estava trabalhando com multimídia agora, paisagens marítimas com versões estilizadas de imagens de pessoas buscando coisas de valor na praia, e que estavam vendendo relativamente bem no loft deles, no Soho. No momento estavam trabalhando em um site para promover as coisas dela também.

Na hora em que ele havia terminado de comer sua lula grelhada e sua salada de lula cozida, e Pope tinha terminado seu frango ao limão, Bass se deu conta de algo que não o deixou nem um pouco feliz. Ele meio que gostava do cara. Que pé no saco, isso! E ele achava que Pope podia ver isso estampado em sua cara, porque ele riu.

"Decepcionado? Porque não sou nenhum babaca que você poderia simplesmente continuar odiando?"

"Eu nunca..."

"Oras... Se você não me odiava, com certeza estava trabalhando nisso. Veja bem, eu sou escritor. Sou bom com linguagem corporal. Quando você entrou, definitivamente estava bem tenso. Faz só um tempinho que você relaxou."

Ele pensou no sonho, no triste assentir de Gerard para ele, que era quase uma reverência. Ele mesmo era muito bom em linguagem corporal. No entanto, somente agora ele havia se dado conta do que aquele movimento afirmativo com a cabeça estava lhe dizendo. Não era resignação quanto à faca, o que ele achava que era na manhã seguinte. Era *reconhecimento*. Reconhecimento do Outro.

Em sua mente, ele falava as palavras do sonho: *você ama sua esposa?*, porém, o que saiu dele foi: "Você a ama, não?".

"É claro que sim. É muito fácil amá-la, caramba. Você, acima de todos, deveria saber disso. Ela estava tentando fazer um favor a você, Bass."

"Ah, é? Como assim?"

Ele esperava que sua pergunta não soasse amarga, mas soava.

"Dizendo a você que ela havia jogado as fotos fora, para começo de conversa. Falando para você fazer o mesmo. Mas cortando você da vida dela. Isso foi a coisa principal."

Cortando você da vida dela. Ele pensou em seu sonho e, de repente, o sonho ficou claro e isso quase o deixou alarmado. Ele se deu conta de que, nas sutis inversões que fazem os sonhos, não era Gerard quem estava atado à cadeira, de jeito nenhum. Era Bass. Incapaz de se mover e se defender, incapaz de falar ou argumentar sobre sua posição. Esperando, assentindo, com tristeza, em reconhecimento *a Gerard*. E, por fim, cortado no próprio momento do acordar.

"Ela sabia que isso não ia dar certo. Ela estava tentando fazer a você uma bondade, não permitindo que isso fosse mais além. E fazendo uma bondade a ela mesma também. E a mim também, é claro."

Bass pensou a respeito. Por fim, assentiu.

"Eu sonhei com você", disse ele. "Acendi um cigarro. Você o tirou de mim e o jogou fora."

"Canalhazinho agressivo, hein?"

"Não. Foi para o meu próprio bem, caramba."

Eles racharam a conta.

"Você me perguntou se eu amo a minha esposa", disse Gerard, *embora ele não tivesse feito isso, não exatamente.* "Se *você* a ama, você fará o mesmo que ela tentou fazer por você. Pelo menos, metaforicamente, jogue aquelas benditas fotos fora. Rasgue-as em pedacinhos. Talvez algum dia, quando você estiver velho e com os cabelos grisalhos, vocês possam tirar uma foto nova."

"Ou talvez, não."

"Ou talvez, não. Prazer em conhecê-lo, Bass. Esse nosso encontro nunca aconteceu, mas estou meio feliz que tenha acontecido, se é que você me entende."

Bass pediu outra cerveja e bebeu a goles lentos pensando e repensando nas coisas.

Um pouquinho depois, ele trocou a cerveja pelo uísque.

No meio do segundo, ele saiu para fumar e ficou observando a vida na rua. Babás e enérgicas jovens mães com carrinhos de bebês que pareciam vans. Caminhões entregando produtos de papel e laticínios. Uma mulher do outro lado da rua que estava trotando em um semáforo e gritando furiosa ao celular. Um cara com um moicano, mocassins e protetores de orelha de pele, sem camisa, todo musculoso e bronzeado. O que era aquilo?, ele se perguntava. *Tonto Nuevo?* Protetores de orelha em pleno verão? Parecia que havia pessoas ali bem mais estranhas e obsessivas do que ele.

Ele voltou para dentro, terminou de beber seu uísque e tomou ainda mais um, que ficou bebericando por um bom tempo. O *barman* não fez nenhum esforço de travar uma conversa com ele. Às vezes, eles simplesmente sabiam.

Ele pagou pela cerveja e pelos uísques e se dirigiu para casa.

Sua casa, que estava como ele sabia que estaria. Vazia. Vazia, sem Laura, principalmente.

Ele se serviu de um último uísque do qual certamente não precisava, sentou-se pesadamente no sofá e o bebeu aos golinhos, e deve ter dormido um tempinho porque, quando deu por si, seu rosto estava molhado com lágrimas, *ele estava chorando enquanto dormia, pelo amor de Deus, isso era diferente* e pensou no sonho e no que o sonho talvez quisesse que ele fizesse, então foi até a cozinha, abriu a gaveta e tirou a faca dali.

Ele olhou para a longa e pesada lâmina, que precisava ser afiada, mas ele achava que daria para o gasto. Ele olhou para seus dedos estirados em cima do balcão. Um símbolo, pensou ele. Era disso que se tratavam os sonhos, não? Símbolos para o que ainda precisa ser feito na vida da gente? Ele acendeu um cigarro e pensou nisso um pouco mais. *Nem*, pensou ele. Isso é mais doideira do que os protetores de orelha. Nem mesmo a ponta de um mindinho. A gente não ia querer levar essa terminologia de sonhos tão ao pé da letra, caramba.

Além do mais, outra coisa havia passado pela cabeça dele. No sonho, o fim do caso com Annabel era uma perda, pura e simples. Simbolizada por alguns dedos faltando. Ele achava que a coisa era mais complexa do que isso.

A gente perdeu alguma coisa, claro. Mas quando isso aconteceu, alguma coisa foi acrescentada também.

Tecido de cicatrização.

Ele podia viver com isso.

Ele colocou a faca de lado e tirou a camisa, tragou a fundo seu cigarro e depois fez uma pressão de leve com ele diretamente sobre o lugar onde imaginava que seu coração estaria. Ele queria que a queimadura durasse. Isso daqui é para você, Annabel, pensou ele. Ele sentiu o cheiro dos pelos do peito sendo queimados e sentiu outro cheiro mais doce debaixo deste, e sentiu alguma coisa como se fosse uma picada de marimbondo, aguda e abrupta e depois diminuindo, tornando-se um brilhante latejar enquanto a brasa se apagava.

Ele jogou a guimba dentro do cinzeiro e foi atrás de uma pomada.

Mais ou menos sete anos depois, nos preparativos da festa do décimo aniversário de casamento de Annabel e Gerard, ele saiu de um chuveiro fumegante e ficou admirando o pálido círculo branco que se destacava claramente em contraste com sua carne brilhante.

Laura já estava a sua espera, vestida e pronta para ir.

Ela sempre estava um pouquinho à frente dele.

CONTOS
INÉDITOS

JACK KETCHUM

RETORNOS

"Estou aqui."

"Você o quê?"

"Eu disse que estou aqui."

"Ah, não começa a fazer isso comigo. Não começa."

Jill está deitada no sofá caro e manchado, com a TV ligada na frente dela, sintonizada em algum programa de jogos, uma garrafa de uísque bourbon Jim Beam no chão e um copo na mão. Ela não está me vendo, mas Zoey, sim. Zoey está enrolada no lado oposto do sofá, esperando por sua alimentação matinal, e o sol se ergueu há quatro horas agora, são dez da manhã e ela está acostumada a comer seus Friskies às oito.

Eu sempre tive a sensação de que gatos veem coisas que as pessoas não veem. Agora eu sei disso.

Ela está olhando para mim meio como que implorando interesse. Com os olhos arregalados, torcendo o focinho preto. Eu sei que ela está esperando alguma coisa de mim. Estou tentando dar isso a ela.

"Você deveria dar comida para ela, pelo amor de Deus! A caixa de areia dela precisa ser trocada."

"Quem? O quê?"

"A gata. Zoey. Comida. Água. A caixa de areia. Lembra?"

Ela enche o copo de novo. Jill vem fazendo isso a noite toda e a manhã toda, tirando uns cochilos curtos de vez em quando. Era ruim quando eu estava vivo, mas, desde que o táxi me matou quatro dias atrás na esquina da 72nd Street com a Broadway, ficou imensuravelmente pior. Talvez esse seja seu jeito de sentir minha falta. Eu voltei apenas ontem à noite de sabe-se lá Deus onde, sabendo que haveria alguma coisa que eu teria que fazer ou tentar fazer, e talvez seja isso. Tirá-la desse estado.

"Meu Deus! Que diabos, deixe-me em paz! Você está na minha cabeça, cacete! *Sai da minha cabeça, cacete!*"

Ela grita isso alto o bastante para os vizinhos ouvirem. Os vizinhos estão trabalhando. Ela, não. Então ninguém soca as paredes. Zoey apenas fica olhando para ela, e então volta a olhar para mim. Estou parado na entrada da cozinha. Eu sei que é lá que estou, mas não consigo me ver. Faço um gesto com as mãos, mas não aparece mão alguma na minha frente. Olho no espelho do corredor e não há ninguém ali. Parece que apenas o meu gato de 7 anos consegue me ver.

Quando cheguei, ela estava no quarto, dormindo em cima da cama. Ela deu um pulo para fora da cama e veio trotando com seu rabo preto e branco erguido, cuja ponta branca estava curvada. Sempre dá para ver que um gato está feliz pela linguagem do rabo. Ela estava ronronando. Tentou esfregar o focinho em mim, com a lateral do maxilar, onde ficam as glândulas odoríferas, tentando me marcar como sendo dela, para me confirmar, do jeito como fazem os gatos, do jeito como fez milhares de vezes antes, mas alguma coisa não estava certa. Ela olhou para mim, confusa. Eu me inclinei para baixo para coçar as orelhas dela, mas é claro que eu não tinha como fazer isso, o que pareceu deixá-la ainda mais confusa. Ela tentou me marcar com as ancas. Não deu certo.

"Eu sinto muito", falei. E sentia muito mesmo. Meu peito estava pesado, como se estivesse carregado de chumbo.

"Vamos lá, Jill. Levante-se! Você precisa dar comida a ela. Tome um banho. Prepare um bule de café. O que for preciso."

"Isso é uma doideira, cacete", diz ela.

No entanto, ela se levanta. Olha para o relógio na cornija da lareira. Sai andando com as pernas bambas, em direção ao banheiro. E então eu posso ouvir a água escorrendo para ela tomar banho. Não quero entrar lá. Não quero ficar olhando enquanto ela toma banho. Não quero vê-la nua, não mais, e não a via nua fazia um bom tempo já. Ela foi atriz. Em produções teatrais no verão e alguns comerciais de vez em quando. Nada mais que isso. Mas, meu Deus, ela era bonita! Então nos casamos e logo o beber socialmente se transformou em beber sozinha, e depois passou a ser beber o dia todo, e o corpo dela logo passou a ter rapidamente muito peso aqui, peso de menos ali. Bolsões de gordura de autodepreciação. Eu não sei por que continuei com ela. Eu tinha perdido a minha primeira esposa para o câncer. Talvez simplesmente não conseguisse suportar a ideia de perder outra.

Talvez eu seja apenas leal.

Eu não sei.

Ouvi a água ser desligada e, um tempo depois, ela vem andando de volta para a sala de estar, em seu robe atoalhado branco, com os cabelos envoltos em uma toalha cor-de-rosa. Ela olha de relance para o relógio. Estica a mão até a mesa para pegar um cigarro. Acende-o e dá uma tragada, com fúria. Ela ainda está cambaleando, mas bem menos. Ela está franzindo o cenho. Zoey está olhando atenciosamente para ela. Quando fica assim, meio bêbada e meio sóbria, ela fica perigosa. Eu sei disso.

"Você ainda está aqui?"

"Sim."

Ela ri. Não é uma risada legal.

"Claro que está."

"Estou."

"Bobagem. Cacete, você me levava à loucura enquanto estava vivo. Está me deixando louca agora que está morto, cacete."

"Estou aqui para ajudar você. Você e a Zoey."

Ela olha ao seu redor na sala como se finalmente acreditasse que talvez seja possível que eu realmente esteja aqui, e que não seja uma voz na cabeça dela. Como se estivesse tentando me localizar, determinar o lugar onde estou. Tudo que ela tem que fazer, na verdade, é olhar para Zoey, que está com o olhar fixo e voltado diretamente para mim.

Mas ela está apertando os olhos de um jeito como eu nunca vi antes. De um jeito que eu não gosto.

"Bem, você não tem que se preocupar com a Zoey", ela diz.

Estou prestes a perguntar a ela o que ela quer dizer com isso quando a campainha toca. Ela apaga o cigarro, vai andando até a porta e a abre. Há um homem no corredor que eu nunca vi antes. Um homem pequeno, tímido e que parece sensível, com uns trinta e poucos anos e que está ficando careca, vestindo um casaco de chuva azul-escuro. Sua postura diz que ele está se sentindo desconfortável.

"Sra. Hunt?"

"Isso mesmo. Entre", diz ela. "Ela está bem aqui."

O homem se curva para baixo e pega alguma coisa do chão e eu vejo o que é.

Uma caixinha de transporte de gatos. De plástico, com uma grade de metal na frente. Exatamente como a nossa. O homem entra na casa.

"Jill, *o que você está fazendo?* Que diabos você está fazendo, Jill?"

Ela leva as mãos às orelhas, como se estivesse tentando espantar uma mosca ou um mosquito, e pisca rapidamente, mas o homem não vê isso. Ele está focado na minha gata, *que continua focada em mim, quando deveria estar observando o homem, quando deveria estar vendo a caixinha de transporte de gatos, ela sabe muito bem o que isso significa, caramba, pelo amor de Deus!, que ela vai para algum lugar, algum lugar de onde ela não vai gostar.*

"Zoey! Vai! Cai fora daqui! *Corre!*"

Bato palmas, mas não sai nenhum som. Porém, ela ouve o alarme na minha voz e vê a expressão que devo ter no rosto e, no último instante, ela se vira na direção do homem, no exato momento em que ele estica a mão na direção dela, estica a mão para o sofá e a pega, e a enfia de cabeça dentro da caixinha de transporte. Ele fecha a caixa. Trava as dobradiças duplas.

Ele é rápido. Eficiente.

Minha gata está presa ali dentro.

O homem sorri. O sorriso não sai muito bom.

"Não foi tão mal assim", diz ele.

"Não. Você tem sorte. Ela morde. Ela encara uma briga e tanto, às vezes."

"*Sua vadia mentirosa*", eu digo a ela.

Eu fui ficar diretamente atrás dela agora. Estou dizendo isso junto ao ouvido dela. Posso *sentir* seu coração sendo bombeado com a adrenalina e não sei se sou eu que a estou assustando ou se foi o que ela acabou de fazer ou permitiu que acontecesse que a está assustando, mas ela está agindo totalmente como uma atriz agora, ela não me reconhece, de jeito nenhum. Nunca me senti com tanta raiva nem tão inútil em toda a minha vida.

"A senhora tem certeza de que quer fazer isso, madame?", diz ele. "Nós poderíamos colocá-la para adoção por um tempinho. Não temos que sacrificá-la. É claro que ela não é mais um filhote. Mas nunca se sabe. Alguma família..."

"Eu *disse* a você", falou a minha esposa por seis anos. *"Ela morde."*

E agora ela está calma e fria como gelo.

Zoey começou a miar. Meu coração começou a se partir. Morrer era fácil em comparação com isso.

Nossos olhos se encontram. Existe um ditado que diz que a alma de um gato é vista através de seus olhos, e eu acredito nisso. Estiquei a mão para dentro da caixa de transporte. Minha mão passou *por* ela. Eu não consigo ver minha mão, mas Zoey consegue vê-la. Ela mexe a cabeça para colocar o focinho na minha mão. E a expressão de perplexidade não está mais ali. É como se ela, dessa vez, realmente pudesse me *sentir*, sentir a minha mão e o meu toque. Eu gostaria de poder senti-la também. Fiz carinho nela exatamente desse jeito quando ela era apenas um filhote, uma gatinha abandonada de rua, que tinha medo de todas as buzinas e sirenes. E eu estava totalmente sozinho. Ela começa a ronronar. Eu descubro uma coisa. Fantasmas conseguem chorar.

O homem vai embora com a minha gata e eu estou aqui com a minha esposa.

Não consigo ir atrás deles. De alguma forma, eu sei disso.

Você não pode nem começar a entender como isso faz eu me sentir. Eu daria qualquer coisa no mundo para ir atrás deles.

Minha esposa continua a beber e, durante as próximas três horas, mais ou menos, eu não faço nada além de gritar com ela, ralhar com ela. Oh, ela consegue me ouvir, certo. Estou fazendo com que ela reviva todos os tormentos de que consigo me lembrar, rememorando todos os males que ela já fez para mim ou qualquer outra pessoa, lembrando-a repetidas vezes do que ela fez *hoje* e penso que então este é o meu propósito, é por isso que eu estou de volta, o motivo pelo qual estou aqui é fazer com que essa vadia ponha fim a sua vida, que ela ponha um fim a sua merda de vida miserável, e eu penso na minha gata e em como Jill realmente nunca se importou com ela, que ela se importava com seus móveis manchados de vinho mais do que com a minha gata, e eu a incito a ir em direção à tesoura, eu a incito a ir em direção à janela e à queda de sete andares, em direção às facas na cozinha, e ela está chorando, está gritando, que pena que todos os vizinhos estão trabalhando, pelo menos eles teriam feito com que ela fosse presa. E ela mal consegue andar ou ficar em pé e, eu penso, *ataque cardíaco, talvez, talvez um derrame*, e fico andando atrás da minha esposa e a incitando a morrer, a *morrer*, até que é quase uma da tarde e alguma coisa começa a acontecer.

Ela está mais calma.

Como se não estivesse me ouvindo tão claramente.

Estou perdendo algo.

Algum poder lentamente se esvai como se fosse uma bateria perdendo a potência.

Começo a entrar em pânico. Eu não entendo. *Eu ainda não terminei.*

Então eu sinto. Eu sinto isso vindo até mim de quadras e mais quadras ao longe, do outro lado da cidade. Eu sinto a respiração ficando lenta. Sinto o coração parando de bater. Sinto o silencioso fim dela. Sinto isso mais claramente do que senti meu próprio fim.

Sinto isso agarrando meu próprio coração e *o apertando*.

Olho para a minha esposa, que está andando de um lado para o outro, bebendo. E me dou conta de alguma coisa. E, de repente, isso não é tão ruim assim. Ainda dói, mas de um jeito diferente.

Eu não retornei para atormentar Jill. Nem para dilacerá-la, nem para envergonhá-la pelo que fez. Ela mesma está se dilacerando. Ela não precisa de mim para isso. Ela teria feito essa coisa terrível de qualquer forma, comigo aqui ou não. Ela havia planejado isso. Estava em movimento. O fato de que eu estava aqui não a impediu de fazê-lo. O fato de eu estar aqui depois não mudou as coisas. Zoey era minha. E, em virtude de quem e do que Jill era, o que ela fez era inevitável.

E eu penso, *que Jill vá para o inferno. Jill não importa nem um pouco. Nadinha. Jill é um zero.*

Era pela Zoey que eu estava aqui. Era pela Zoey, o tempo todo. Aquele momento horrível.

Eu estava aqui pela minha gata.

O último toque de conforto dentro da jaula. O roçar do focinho e o ronronar. Lembrando a nós dois de todas aquelas noites em que ela havia me confortado e eu a havia confortado. O frágil roçar de almas.

Era disso que se tratava.

Era disso que nós precisávamos.

O último e o melhor de mim se fora agora.

E eu começo a esvanecer.

JACK KETCHUM

JACK KETCHUM (1946-2018) foi autor de dezesseis romances, oito coletâneas e três noveletas, além de dezenas de contos. Desde criança preferia ficar sozinho com suas histórias e criações. Adorava assistir ao filme *Nosferatu*, um dos seus primeiros contatos com o Horror, e apreciava o tom macabro dos monstros clássicos da Universal. Jack Ketchum foi muito incentivado por Robert Bloch, seu mentor literário e grande amigo, que enxergava nele um raro talento. Jack Ketchum trabalhou em muitos empregos diferentes antes de terminar seu primeiro romance (o controverso *Off Season*, publicado em 1981), e chegou a agenciar o romancista Henry Miller na Scott Meredith Literary Agency, um ponto crucial em sua carreira. Jack Ketchum ganhou quatro vezes o prêmio Bram Stoker, e viu alguns de seus livros virarem filmes, como foi o caso de *A Garota da Casa ao Lado*, *The Lost* e *Red*. O autor, admirado por Stephen King, Chuck Palahniuk, Neil Gaiman, entre outras personalidades, faleceu em janeiro de 2018, após uma longa batalha contra o câncer. Saiba mais em jackketchum.net.

Caminharemos juntos
para o lado mais verde da colina.

"MY BOOK, MY GOAT AND HEART MUST NEVER PART"

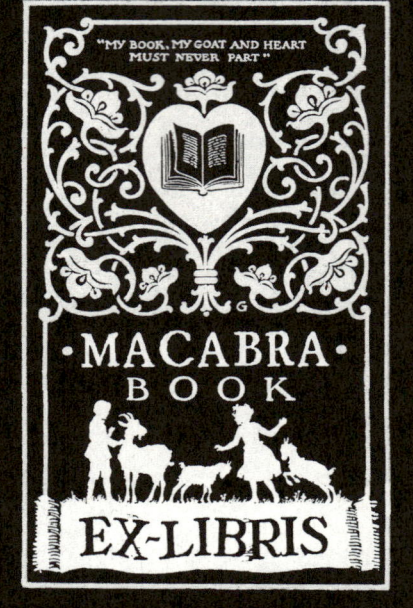

· MACABRA ·
BOOK

EX-LIBRIS

MACABRA™
DARKSIDE

Scream — Sin

FEAR IS NATURAL ©MACABRA.TV DARKSIDEBOOKS.COM

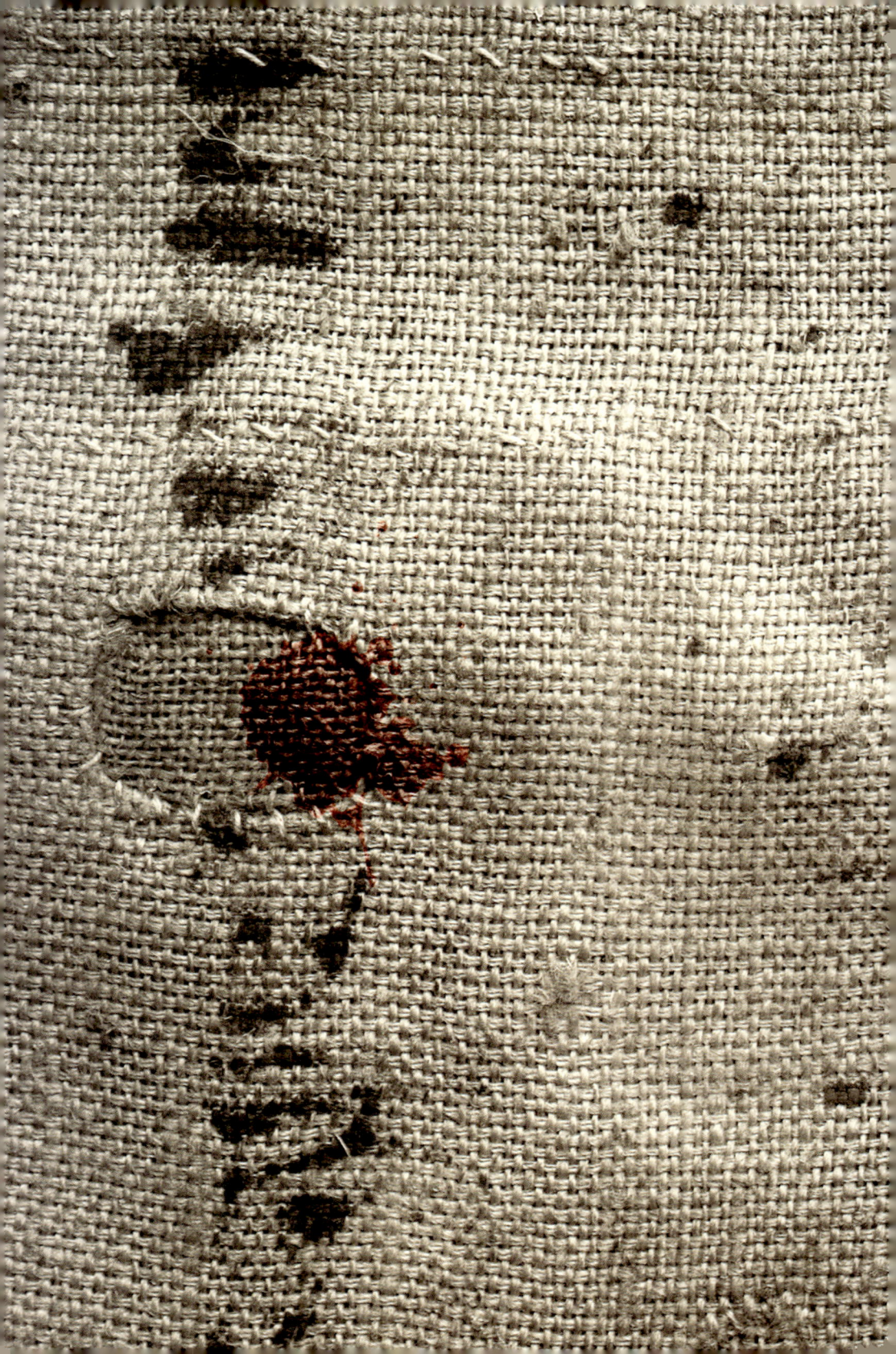